Peter Lechler

RHEIN BLUT

Ein Kurpfalz-Krimi

AGIRO

Peter Lechler, langjähriger Leiter eines Reha-Hauses, legt mit *Rheinblut* seinen zweiten Krimi vor, in dem er die verrückte Welt der Psychiatrie verlässt und sich auf islamistisches wie rechtsextremistisches Terrain begibt. Das Werkzeug des Psychologen, scharfe Beobachtung und Analyse sowie Einfühlung und Verständnis sind dabei wieder im Einsatz.

Seit Beginn seiner Altersteilzeit im Frühjahr 2013 hat der Autor drei Bücher verfasst. Das erste, *Im Alltag und auf Reise, mal heiter und mal scheiße* (2015), wartet mit Kurzgeschichten wie einem Essay auf, eine bunte Mischung aus Alltag, Job und Reiselust. Sein zweites Werk, *Wo der Wahnsinn wohnt* (2016), ist ein Kurpfälzer Kriminalroman, der im Milieu psychisch kranker Menschen in Mannheim spielt.
Im vorliegenden Buch ermittelt der Mannheimer Kripo-Chef Karlheinz Kautz erneut, diesmal in einem Fall, der ihn in Parallelwelten unserer Gesellschaft führt.

AGIRO

Steffen Boiselle & Clemens Ellert
Sauterstr. 36, 67433 Neustadt a. d. Weinstraße
Fon: 06321 - 489343, Mail: info@agiro.de

Lektorat: Ines Boiselle-Svrcina
Umschlagfoto: Kai Boever
ISBN 978-3-946587-26-2

Weitere Informationen unter:
www.agiro.de

Der vorliegende Kurpfalz-Krimi geht von einem realen Fall aus, dem versuchten Anschlag eines 12-jährigen Jungen aus Ludwigshafen, der im Advent des Jahres 2016 eine selbst gebastelte Bombe auf dem dortigen Weihnachtsmarkt zünden wollte. Auch den muslimischen Betreuer des Jungen gibt es. Der Chris Bode im Roman hat jedoch nichts mit dem echten Betreuer zu tun – bis auf die wenigen, aus der Presse bekannten Daten. Ein paar am Rande erwähnte Personen sind gleichfalls real. Ansonsten gilt für den zweiten Fall des Mannheimer Kripo-Chefs Karlheinz Kautz der obligatorische Satz jeder Fiktion:

Personen und Handlung sind frei erfunden. Ähnlichkeiten mit lebenden oder toten Personen sind rein zufällig und nicht beabsichtigt.

Übrigens aber ist der Mensch ein dunkles Wesen.
Er weiß nicht, woher er kommt, noch wohin er geht,
er weiß wenig von der Welt und am wenigsten
von sich selber.

Johann Wolfgang von Goethe
Gespräche mit Johann Peter Eckermann
10. April 1829

Dienstag, 11. Juli 2017

An einem Sommerabend Anfang Juli saß Karlheinz Kautz, Chef der Kripo Mannheim, nach einem nervigen Arbeitstag auf dem Balkon seiner Wohnung in der Mannheimer Oststadt und chillte in friedlich-privater Welt. Sein Blick schweifte über umliegende Dächer, den Luisenpark mit Fernsehturm bis hin zur Kuppel der Christuskirche. Auf dem Scheitel glühte der goldene Erzengel Michael in später Sonne, die Fanfare zum Gottesgericht an den Lippen, das Schwert in der Hand. Dem mächtigen Bezwinger Satans in frühchristlichem Mythos fühlte sich der Kommissar seelenverwandt, trug er doch mit seinem täglich unsäglichen Kampf zum Sieg über das Verbrechen bei.

Die Waffe hielt er am Feierabend natürlich nicht in der Hand, vielmehr einen Burgunder-Kelch mit dem neu entdeckten Cabernet Sauvignon aus der Südpfalz, Aromen von Pflaume, Waldbeeren und grünem Pfeffer, eine Geschmacksexplosion im Mund. Mit seinem silbergrauen Haar, das der sanfte Südwind zerzaust hatte, in weißem Hemd über den Jeans und dem bauchigen Glas, ihm wie auf den Leib geschrieben, glich er nicht so sehr dem feurigen Himmelsstreiter als vielmehr Dionysos, dem griechischen Gott des Weins.

Auf dem Bistrotisch vor ihm stand ein Schälchen mit Kalamata-Oliven von der Halbinsel Peloponnes – die schmeckten ihm am besten –, dazu ein Stück würziger Dijon-Senf-Bergkäse aus Rohmilch, zwölf Monate gereift, ein paar süßliche Cocktail-Tomaten und rustikales Baguette. Ein feiner Snack, ihm lieber als manch teures Gourmet-Menü. Genuss war ihm nicht in die Wiege gelegt. Sein schwäbisches Elternhaus, vor allem die Mutter, hatte für einfache, aber gesunde Kost gesorgt. Ihr Ethos war von Arbeit, Fleiß und Dienst am Gemeinwohl als Erfüllung menschlichen Daseins geprägt. Wieder einmal freute er sich, die sinnliche Seite des Lebens entdeckt zu haben. Ein wohltuender Ausgleich für die Schatten seiner beruflichen Welt, ihr Zwielicht und Dunkel, die ihn tagtäglich umgaben und ihm, je älter er wurde, immer mehr zusetzten.

Während er seinen Gedanken nachhing, war es frisch geworden, Zeit, den Ort zu wechseln. Im Wohnzimmer auf seinem Relax-Sessel Platz genommen, den er sich, sprichwörtlichem Geiz-Gen zum Trotz, jüngst gegönnt hatte, schaltete er den Fernseher ein. Ab und zu tat er das, egal, was gerade lief, wenn er ausgepowert und zum Lesen zu schlapp war. Auch Krimis waren dabei, das Programm schien ja zur Hälfte aus diesem Genre zu bestehen. Die Ermittlungskunst der „TV-Kollegen" half ihm irgendwie, sich zu entspannen. Mal erheiterte sie ihn, mal brachte sie ihn um den Verstand. Dann wachte er meist um Mitternacht mit Kopfschmerz und verzerrtem Hals im Sessel auf. Wenn seine Freundin Lea da war, die lieber ein gutes Buch zur Hand nahm, als sich „so einem Schwachsinn" auszuliefern, wurde er schon früher wach gerüttelt und nicht selten ins Bett gereizt. Informativ-unterhaltsame Sendungen aber mochte er wirklich, wie Markus Lanz, der meist Top-Gäste zum Talk geladen hatte, und Politmagazine.

An diesem Abend kam um viertel vor zehn *Report Mainz* und ließ in Kautz' Kulinarium eine Bombe psychischer Machart platzen: Fast wäre ein 12-jähriger Junge auf dem

Weihnachtsmarkt von Ludwigshafen zum Mörder geworden. Zum Glück war der selbst gebastelte Sprengsatz nicht explodiert. Der Kommissar raufte sich das trotz seines Alters noch volle Haar: ein Kind, vom *IS*-Terror infiziert, in der Pfalz, quasi vor der Haustür – nicht zu fassen! Und schon folgte der nächste Schock: Im Betreuungsteam des Jugendhilfe-Vereins, das den Jungen aus den Klauen der Islamisten befreien sollte, befand sich ein Profi, der selbst zur Szene gehörte. Der 30-jährige Psychologe aus Baden-Württemberg war bei der sogenannten *Lies!-Aktion* in Mannheim engagiert. Dass dabei der Koran an Passanten verteilt wird, klingt eigentlich harmlos. Doch Kautz wusste es besser: Das Bundesinnenministerium hatte 2016 die dahinterstehende Organisation *Die wahre Religion* aus gutem Grund verboten. Nach dieser Aktion waren bundesweit rund 1.400 junge Islamisten radikalisiert in die Kampfgebiete der Terrormiliz *Islamischer Staat* gezogen. Auch sei der Psychologe als Ordner bei einer Kundgebung von Top-Salafisten-Predigern wie Pierre Vogel und Ibrahim Abou-Nagie tätig gewesen. Abou-Nagie galt selbst als Gründer der *Wahren Religion* und hätte zudem die Al-Faruq-Moschee in Mannheim frequentiert, die der Verfassungsschutz des Landes als Anlaufstelle für Salafisten betrachtete und deshalb beobachten ließ.

Susanne Schröter vom Frankfurter Forschungszentrum *Globaler Islam* stufte den Psychologen anhand seines Facebook-Profils als ganz und gar überzeugten Salafisten ein und empfand den Vorgang als unerträgliche Panne. Christiane Rohleder, Staatssekretärin im rheinland-pfälzischen Ministerium für Familie, Frauen, Jugend, Integration und Verbraucherschutz, berichtete, dass eine freiwillige Sicherheitsüberprüfung der Betreuer Hinweise auf eine islamistische Betätigung des Psychologen ergeben hätte und schloss in emotionalem Ton: „Wir waren absolut schockiert über diese Nachricht. Eine Stunde später war der Mann von der Betreuung abgezogen.“

Als Spitze behördlichen Versagens erschien dem Kommissar die Tatsache, dass der Psychologe den Jungen bereits über sechs Wochen lang betreut hatte. Der Leiter des Jugendamts Ludwigshafen lehnte eine Stellungnahme dazu ab. Grundsätzlich aber gehöre eine kritische und begleitete Auseinandersetzung zum Betreuungskonzept. Auch der Psychologe wollte sich gegenüber *Report* nicht zur Sache äußern.

Das stank ja mächtig zum Himmel. Von Fehlern oder einer Panne konnte man da nicht mehr reden. Das war ein ausgemachter Skandal, der die Zusammenarbeit von Ministerium, Landeskriminalamt, kommunalem Jugendamt und Jugendhilfe-Verein auf den Prüfstand stellte. Ihre Vertreter hatten sich jüngst zur Aufarbeitung des Falls und Optimierung der Kooperation an einen Tisch gesetzt, der Verein jedoch fehlte. Wie konnte es sein, dass der Stuhl der Organisation leer blieb, die doch für die Hilfeleistung vor Ort verantwortlich war? *Die Rheinpfalz*, die er sich aus aktuellem Anlass gekauft hatte, wusste Bescheid: Auf der Suche nach Betreuung für das radikalisierte Kind hatte die Stadt Ludwigshafen zig Absagen von Trägern der Jugendhilfe kassieren müssen, bis schließlich besagter Verein den heiklen Auftrag übernahm. Dem fühlte sich das Amt wohl auf Gedeih und Verderb ausgeliefert.

Noch mehr wunderte sich der Kommissar, wieso sich ein Psychologe, dem doch Irrwege der Psyche vertraut sein müssten, der Unvernunft des Salafismus verschreiben konnte, einer rückwärts gerichteten Strömung des Islam, bei der es allein darum geht, Mohammed nachzuahmen und uralte arabische Sitten und Gebräuche in die Moderne zu kopieren. Bei seinem letzten Fall im *Tollen Haus* für psychisch kranke Menschen hatte er den Psychiater Dr. Björn Lichter vom Zentralinstitut für Seelische Gesundheit Mannheim kennengelernt, dessen Fachkompetenz und humane Haltung ihm Respekt einflößten. Der war natürlich von Haus aus Arzt, aber es hatte ja auch Ärzte gegeben, die ihren Berufsstand ad absurdum führten, indem sie für die Nazis grausame Experimente an KZ-Häftlingen durchführten. Es gab wohl in jedem Beruf schwarze Schafe, schloss er sein Selbstgespräch, das ihn zu später Stunde nach zwei oder drei Gläsern Wein zu überfordern schien. Wo war der wuchtige Rote noch mal her? Ach ja, aus Edelheim: passt zu dem tollen Tropfen. Nein, der Ort hieß anders … Edesheim? Ja, das stimmte. Vom Weingut *Anselmann* oder so ähnlich. Sein Vater hatte früher gern Amselfelder getrunken. In dem üblen Verschnitt war auch Cabernet drin, aber was ein süßes Gesöff! Er schüttelte sich. Auf einmal fiel sein Kopf nach vorn in ein schwarzrotes Loch.

Bevor der Kommissar gegen eins wieder zu sich kam, irrte er gerade in einem Labyrinth umher und suchte im Halbdunkel nach dem Ausgang. Trotz aller Bemühungen kam er immer wieder zur selben Stelle zurück. Es war zum Verzweifeln! Solche Träume hatte sein Unterbewusstes schon öfter inszeniert – kein Wunder bei seinem Job! Er raffte sich auf und begab sich ins Bad. Schnell noch die Zähne geputzt – die Fummelei mit der Interdental-Bürste ließ er sein –, sich der Kleider entledigt, um dann ins Bett zu fallen und weiter zu träumen.

Schon weilte er wieder im Land der Griechen … Der antike Faden der Ariadne, ja genau, das war des Pudels Kern!

Der Pudel … nein, der Faden würde ihn aus dem Wege-Wirrwarr retten, ganz simpel ohne GPS … aus der Unterwelt ans Licht des Tages.

Kautz öffnete die Augen, es war schon hell, die Nacht vorbei. Er gähnte und wollte sich nur noch einmal umdrehen. Doch der Wecker, den er vor Müdigkeit nicht mehr gestellt hatte, zeigte schon kurz vor sieben. Er musste sich sputen. Um 8 Uhr hatte er den ersten Termin.

Mittwoch, 12. Juli 2017

Schon erklang das Anfangsmotiv von Beethovens *Schicksalssinfonie* auf dem Smartphone, das stets in Griffnähe war. Den Klingelton hatte er gewählt, um Hiobsbotschaften, die ihn immer wieder ereilten, den Überraschungseffekt zu nehmen. Heute früh meldete sich Marie aus dem Kommissariat, die dort um 7.30 Uhr wie meist als Erste seines Teams den Dienst angetreten hatte.

„Morgen, Karlheinz! Dein Termin beim Staatsanwalt heute früh fällt flach, kein allzu großer Verlust, glaube ich, oder? Bei der Kuckucksinsel wurde eine Leiche entdeckt, von einem Rentner, der dort regelmäßig Müll einsammelt. Der Umwelt-Freund will früher sogar Hauptkommissar gewesen sein. Wenn ich mal so weit bin, such' ich mir ein schöneres Ehrenamt aus, aber ehrlich! Maier und Kunz sind schon im Bild, auch Fischer hat sich auf die Socken gemacht. Die Wasserschutzpolizei, die da ja zuständig ist, hat erst mal den Ort abgesperrt. Er liegt am Ende des Altrheinarms Bellenkrappen, wo der 'ne Kehre um die Kuckucksinsel macht, am westlichen Ufer, nicht zu verfehlen."

„Danke Marie, du kennst mich fast schon in- und auswendig, ist ja zum Fürchten! Stimmt, die Treffen mit Staatsanwalt Messer sind mir ein Graus. Danke für deine Regie, was tät' ich ohne dich? Ich mach' mich gleich auf den Weg, wir sehen uns dann später im Kommissariat."

Ein Glück, dass sie nicht jede Mode mitmachten und so auch nicht auf die *Viber*-App für Videotelefonie abfuhren, fand Marie, sonst hätte ihr Gesprächspartner bemerkt, dass sie rot anlief. Sie schätzte ihren Chef, war ihm jüngst in seinem Lieblingslokal am Rhein, dem *Gasthaus am Fluss*, bei einem Glas Pfälzer Wein sogar persönlich nähergekommen. Er hatte sie eingeladen und ihr irgendwann am Abend von seiner Beziehungsmisere erzählt. Der Grund, warum er in letzter Zeit so launisch zur Arbeit gekommen sei und sich gegen seine Art ein paarmal unfair verhalten habe. Es tue ihm leid. Andererseits habe ihm das eine nette Begegnung mit ihr verschafft, die er feiern wolle. Sprach's, prostete ihr zu und bot ihr das Du an, das sowieso längst fällig sei.

Beim Gedanken an diesen Moment wurde Marie plötzlich heiß. Sie hatte etwas für ihren Chef übrig, sprach ihr Körper gerade. Ihr Kopf dagegen hatte stets akzeptiert, dass sich Karlheinz Kautz in festen Händen befand, obwohl in seiner Partnerschaft schon länger der Wurm drin war, wie sie an jenem Abend erfuhr. Karlheinz – wie sie ihn seither nennen durfte – war ihr gegenüber meist freundlich und korrekt, hatte keine Anzüglichkeit auf der Zunge und war schon gar nicht übergriffig, was sie bei ihrem letzten Chef erleben musste, und das nicht zu knapp. Auch deshalb war sie ihm echt zugeneigt. Mit dem gestrigen Wort *zugeneigt* schützte sie sich vor sich selbst, denn eigentlich war sie in Karlheinz Kautz bis über beide Ohren verliebt, konnte sich das aber als geschiedene, emanzipierte Mittvierzigerin nur schwer zugestehen.

Der Kommissar, der sich nach Maries Anruf schnell fertig gemacht hatte, schwang sich in seinen Alfa und erreichte eine Viertelstunde später den genannten, mit rot-weißem Plastikband abgesperrten Ort. Die Kollegen Friedebert Kunz und Peter Maier waren schon da.

„Kein schöner Anblick Chef, ich hoffe, Sie haben gefrühstückt!", warnte ihn Maier.

„Schon vergessen, dass wir per Du sind?"

Der Kommissar hatte natürlich auch seinen anderen Kollegen das Du angeboten, sie waren schließlich ein Team.

„Sorry, Karlheinz, muss mich erst noch dran gewöhnen."

Kautz näherte sich der Leiche, die vom Unterholz verdeckt am Ufer des Altrheins lag, und war geschockt. Dem blonden, bärtigen Mann, dessen untere Hälfte bis zum Bauch in einem schwarzen Müllsack steckte, hatte jemand brutal die Kehle durchgeschnitten, ein grausamer, wenngleich schneller Tod. Der Tatort war natürlich woanders, sonst steckte der Tote nicht in einem Sack, läge vielmehr in seinem Blut. Während er die schaurige Szene inspizierte, traf auch Klaus Fischer von der Spurensicherung ein und machte sich ans Werk.

„Es gibt Fußabdrücke bei der Leiche, wahrscheinlich Schuhgröße 44", stellte der Profi fest, „sonst leider keine Spur – außer den Tritten des Müll-Sammlers, der den Toten entdeckt hat."

Die Leiche hatte nichts von Wert an sich, weder Armbanduhr, Ring, Geldbeutel noch Smartphone. Für gewöhnlich aber trug der nun Tote eine Uhr, wie der helle Streifen über seinem linken Handgelenk nahelegte. Dass das Opfer wie ein Tier abgeschlachtet worden war, sah verdammt nach Hinrichtung aus. Das würde wieder mal für Wirbel und Pressetermine sorgen. Der Kommissar rümpfte die Nase und duckte sich innerlich weg. Aber auch ein Raubmord käme infrage, dem Toten hatte man ja alles Wertvolle scheinbar entwendet. Von der Kleidung her schien jedoch ein solches Motiv fraglich. Die Jeans abgetragen, ein billiges T-Shirt und Turnschuhe ließen nicht auf Reichtum schließen, obwohl das heutzutage kein Beweis mehr war. Der Freund seiner

Schwester, fiel ihm ein, hatte ihn mal mit seinem Ferrari in Mannheim besucht. Zwei Stunden hätte er von München gebraucht, ein effektheischendes Understatement, dabei wies er auf die rot glühenden Auspuffrohre seines Sportwagens. Der Millionär trug löchrige Jeans und ein gewöhnliches T-Shirt, am Handgelenk eine Rolex, Goldkette um den Hals. An die Schuhe konnte er sich nicht mehr erinnern.

Karlheinz Kautz, dem auffiel, dass er in letzter Zeit zum Abschweifen neigte, wenn er um ein Problem kreiste wie ein Greif auf Beutejagd, fokussierte sich: Wie war das Opfer hierhergekommen? Es gab keine Spuren zum Anna-Reiß-Weg oberhalb des Fundorts, nur die paar Abdrücke nahe am Wasser. Der Schluss lag nahe, dass der Tote von einem Boot aus ins Unterholz gelegt worden war. Wahrscheinlich von zwei Personen – er dachte an kräftige Kerle, der leicht übergewichtige Mann brachte gut 90 Kilo auf die Waage –, der eine im Boot, der andere davor.

Klaus Fischer, der die Abdrücke schon gesichert hatte, wies den Kommissar noch auf die Nase des Toten hin, die an der Wurzel beidseitig Druckstellen zeigte, zudem heller als die Haut drumherum schien. So wie es aussah, war der Mann Brillenträger, obwohl auch eine Sonnenbrille infrage kam. Es war ja Mitte Juli und in den letzten Wochen außergewöhnlich warm gewesen. Eine Brille aber war nicht auffindbar.

Die Befragung des Umweltfreunds erbrachte für Kunz nichts von Bedeutung, wohl aber Einblick in dessen private Welt. Der Alte hatte sich der Beseitigung von Müll im Waldpark sowie auf der Reißinsel verschrieben und in ein paar Jahren sage und schreibe über 6.700 Säcke voll mit Abfall entsorgt. Das war sein Alltag geworden, seitdem seine Hündin gestorben war, mit der er 25 Jahre lang fast jeden Tag geteilt hatte.

„Sie war meine große Liebe. Danach stellte sich Leere ein, und Trübsinn kam auf leisen Sohlen daher. Die selbst gewählte Aufgabe, die Natur vom Müll zu befreien, hat wohl eine Depression abgewendet … Tut mir leid, jetzt hab' ich mich verfranzt! – Heute morgen hat mein für Unrat sensibles Auge zu Beginn der täglichen Tour, die immer an der Kuckucksinsel beginnt, den großen Sack im Unterholz an der Schleife ums Eiland entdeckt. Die Böschung halb hinuntergerutscht, um den Sack zu holen, stellte sich der als langes, in der Mitte mehrfach verschnürtes Paket heraus. Für die Verpackung waren sogar zwei Müllsäcke nötig. Da hat einer sein altes Zeug doch tatsächlich im Naturgeschutzgebiet entsorgt, dachte ich. Als ich die Schnüre durchschnitt und einen Sack wegzog, kam ein menschlicher Leib zum Vorschein, zuletzt der Kopf mit einer klaffenden Wunde am Hals. Es war entsetzlich!“

Nach der Befragung wollte der rührige Rentner nur noch nach Hause, der Fund in der Frühe war ihm auf den Magen geschlagen. Er hatte genug!

Auch der Kommissar machte sich auf den Weg. Der Tote würde bald nach Heidelberg in die Gerichtsmedizin gebracht werden, die ihn in der Regel rasch über den Befund der Obduktion informierte.

Als er die Böschung hinauf ins Licht des Morgens trat, verströmte das Bild der Streuobstwiese vor ihm reinen Zauber, unberührt von dem nahen Verbrechen. Die Äpfel auf den Bäumen waren großteils schon rot. Im satten Grün des Grases hoben sich zart violette Partien mit Herbstzeitlosen ab, die Wiese mal heller, mal dunkler, wie die Wolken so spielten. Auf einmal war seine Kindheit da: An der Hand der Mutter hatte er einst Waldpark und Reißinsel erkundet. Sie hatte ihm viele Bäume und Sträucher erklärt und manch seltenen Vogel, dessen Gesang sie meist bestimmen konnte. Später war er dann mit ein paar Freunden auf dem Fahrrad hierhergekommen. Wenn die Äpfel reif waren, griffen sie einfach zu – bis sie einmal der Aufseher mit seiner Rute verfolgte. Freilich hatte der sie nicht erwischt, aber das Klauen war ihm seitdem verleidet.

Die Erinnerung an jene heile Welt wirkte wie Balsam für seine Seele nach der grässlichen Tat, mit der er hier konfrontiert wurde und die ihn wohl geraume Zeit in Bann halten würde.

Alle waren zur ersten Besprechung des neuen Falls pünktlich um halb vier im Kommissariat erschienen, selbst der Chef, ein notorischer Zuspätkommer. Zunächst referierte Friedebert den vorab telefonisch erhaltenen Befund der Rechtsmedizin.

Der Unbekannte sei zwischen 19 und 21 Uhr am Vortag ermordet worden. Der Schnitt, mit scharfem Messer schräg von unten nach oben ausgeführt, lege den Schluss nahe, dass der Täter zwischen 190 und 200 Zentimeter groß sei, wenn er nicht höher als das Opfer gestanden habe. Keine weiteren Verletzungen, Hämatome oder Narben. Das Alter zwischen 28 und 32 Jahren, der Gesundheitszustand *ante mortem* recht gut, wenn auch leicht adipös. Der Tote hatte alle Zähne, dichtes blondes Haar, einen akkurat getrimmten Vollbart mit freier Oberlippe – und wäre, hätte er keinen Bauch gehabt, als athletischer Typ durchgegangen. Sein Magen enthielt Hühnchen mit Reis und Blumenkohl, Joghurtsoße, gewürzt mit Curry und Koriander, dazu wohl einen Nachtisch mit Mandeln, Pistazien und Honig. Im Blut 0,0 Promille Alkohol.

Der Bericht über das „Henkersmahl“ drohte Marie Liebig auf den Magen zu schlagen. Sie kannte das von sich und konzentrierte sich schleunigst auf die Deutung des Falls. Trotz karger Hinweise nahm eine Idee in ihrem Kopf Gestalt an. Die Pause nach Friedeberts Obduktionsbericht nutzend, preschte sie vor und zog ihr vorläufiges Resümee:

„Die letzte Mahlzeit scheint mir arabisch, orientalisch gewesen zu sein. Das Fehlen jeder Spur von Alkohol weist in dieselbe Richtung. Der Tote könnte also Muslim gewesen sein. Sein Vollbart und die freie Oberlippe sprechen für einen Salafisten. Die Kleidung passt jedoch gar nicht ins Bild. Auch der Zustand des Barts, gestutzt und sehr gepflegt, ist eher untypisch für Salafisten. Und dennoch könnte er der radikalen Strömung des Islam angehört haben. Die Ausführung der Tat spricht für einen gezielten Mord, das Opfer wurde überrascht, nicht die Spur von Gegenwehr. Könnte der junge Mann in die Mühle des IS geraten sein? Der hat ja solche Brutalität zur Genüge an den Tag gelegt. In einer Sure des Koran, welche, habe ich vergessen, wird befohlen, Allahs Feinde – Apostaten, Gotteslästerer, alle, die sich Muslimen in den Weg stellen – zu töten oder ihnen auch *nur* Hände und Füße abzuhacken. Die IS-Kämpfer ziehen die Stelle immer wieder als Rechtfertigung ihrer Gräueltaten heran. Wenn der IS dahintersteckt, wird es bald eine Bekennerbotschaft geben. Was aber wäre das Motiv? – Übrigens ist der Salafismus, der für junge Muslime auch eine Station auf dem Weg in den Dschihad sein kann, seit Jahren die am stärksten wachsende islamistische Bewegung in Deutschland. 2016 hat der Verfassungsschutz fast 10.000 Anhänger gezählt, und eine weitere Steigerung in diesem Jahr ist zu erwarten."

Des Effekts wegen verschwieg Marie, dass sie das Buch *Ich war ein Salafist* von Dominic Musa Schmitz gelesen hatte. Darin beschrieb der deutsche Konvertit seinen Aufstieg in der salafistischen Szene Mönchengladbachs und späteren Ausstieg aus dieser Parallelwelt eindrücklich. Sie war eine entschiedene Gegnerin der Auswüchse des Islam, als solche betrachtete sie jede Form von Islamismus.

Das Team war verblüfft. Aufgrund spärlichster Daten hatte Marie ein Schlaglicht auf mögliche Hintergründe des neuen Falls geworfen.

„Nicht schlecht Marie, eine passable Arbeitshypothese“, reagierte der Kommissar als Erster. Marie verstand sein typisch schwäbisches Understatement und strahlte. Das war höchstes Lob!

„Ich darf ergänzen, dass der Mord wahrscheinlich kurz nach dem Abendessen passierte, dass der verblutete Tote auf ein Boot geschafft, zur Kuckucksinsel gefahren und dort am Ufer abgelegt wurde. Wir suchen also einen Tatort, der im Umkreis von circa 20 Kilometern vom Fundort liegt. Weiter suchen wir ein Motorboot und vermutlich zwei Männer, die den Leichnam beseitigt haben, der Täter wahrscheinlich einer von beiden. Ach ja, der Mann, der an Land ging, lebte auf großem Fuß.“

„Unser Stand der Erkenntnis, besser Unkenntnis, gibt nicht gerade ein Konzept zur Ermittlung her“, wandte Peter Maier ein. „Wir wissen so gut wie nichts über das Opfer, weder Name noch Wohnort, und Maries Vermutungen sind natürlich spekulativ. Es könnte alles auch ganz anders gewesen sein.“

Gönnte Peter seiner Kollegin Marie das Lob des Chefs nicht oder war er ein Empiriker, für den nur harte Fakten zählten?

Der Neue im Team, Hans Jäger, brachte es auf den Punkt:

„Wir fischen echt im Trüben: keine Zeugen, weder im Kontext des Mords, noch was die Beseitigung der Leiche betrifft, und statt Facts nur Fantasy. Wir müssen an die Presse, die Bevölkerung um Mithilfe bitten.“

„Das denke ich auch“, nahm Kautz Hans’ Fazit auf.

„Marie, du schreibst einen Pressetext für den *Mannheimer Morgen*, *Die Rheinpfalz* und so weiter und bittest die Bürger der Rhein-Neckar-Region um sachdienliche Hinweise. Stimme den Text mit Staatsanwalt Messer ab – die Pressemitteilung muss heute noch raus!“

Donnerstag, 13. Juli 2017

Schon am nächsten Tag erschien die Mitteilung inklusive Bild des Opfers in der regionalen Presse:

> ***Ermordeter an Kuckucksinsel abgelegt***
> *Gestern früh wurde dort ein 28 bis 32 Jahre junger Mann (siehe Bild) mit durchschnittener Kehle aufgefunden. Sein Tod trat am Vorabend zwischen 19 und 21 Uhr ein. Personen, die zur Identifizierung des Opfers beitragen und/ oder Hinweise auf das Verbrechen geben können, werden dringend gebeten, sich mit dem Kriminalkommissariat Mannheim in Verbindung zu setzen. (Telefonnummer, E-Mail-Adresse)*

Erste Reaktionen erfolgten rasch, Anrufe wie E-Mails, darunter Hinweise, wo das Opfer angeblich gesehen worden war. Ein Anrufer wollte bemerkt haben, wie der Ermordete vor circa zwei Wochen die Omar-Al-Faruq-Moschee in Mannheim betreten hatte: „Ein blonder Germane in Allahs Reich, Verrat am deutschen Volk, ein geistiger Krüppel, zum Kotzen! Heil Hitler!" Ende der Ansage. Die Beamtin am Apparat war schockiert.

Hilfreich dagegen war das Telefonat mit dem Geschäftsführer des Jugendhilfe-Vereins, bei dem das Opfer kurzzeitig gearbeitet hatte. Name und Wohnort des Mannes wurden bereitwillig genannt, allerdings mit Bitte um

Diskretion. Auch die frühere Freundin des Toten, der nunmehr einen Namen hatte, meldete sich und war sich sicher, auf dem Foto ihren Ex Chris Bode zu erkennen.

Zwei Volltreffer, fand der Kommissar, an den die Anrufe weitergeleitet wurden. Sofort trommelte er sein Team zusammen und besprach die nächsten Schritte. Er selbst würde Chris Bodes Verflossene besuchen, da er sich von ihr brauchbare Hinweise versprach.

Vom Orient fasziniert, was mit Neugier auf Muslimas und Muslime einherging, wollte Marie natürlich in die Moschee, erntete aber nur Peters Spott: „Du hast sie wohl nicht alle, eine Polizistin auf Recherche in der Moschee – da wird ja der Bock zum Gärtner gemacht!"

Der Kommissar rügte den Ton, gab ihm aber in der Sache recht und beauftragte Peter, dort Erkundigungen einzuziehen: „Komm aber bloß nicht auf die Idee, den Imam im Präsidium antanzen zu lassen – Du gehst da mal schön hin!"

Die brüskierte Marie sollte stattdessen den Geschäftsführer des Jugendhilfe-Vereins interviewen. Friedebert, der Senior im Team, hatte die Stellung zu halten und Anrufe entgegenzunehmen. Neuling Hans bekam den Auftrag, die Dachwohnung von Chris Bode auf der Rheinau, einem Stadtteil im Süden Mannheims, in Augenschein zu nehmen, was die professionelle Öffnung der Tür einschloss. Der freute sich über den legal-kriminellen Job: „'ne Wohnungstür knacken – voll cool!"

Der Kommissar klemmte sich gleich ans Handy, um den Kontakt zu Chris Bodes ehemaliger Freundin, Claudia Kern, herzustellen. Er hatte Glück. Sie dokterte wohl gerade an ihrer Promotion herum. Von ihr „auf einen Sprung" eingeladen, brach er umgehend auf.

Sein Alfa, auf dem Parkstreifen vor dem Präsidium bereitstehend, brachte ihn in wenigen Minuten nach Herzogenried zu ihrem Apartment.

Mit wachem Blick und Augenaufschlag, der ihre rehbraunen Augen in Szene setzte, führte Claudia Kern ihn ins Wohn- und Arbeitszimmer. In der Mitte stand ein Tisch mit PC, vielen Büchern und Notizzetteln. Sie bat ihn, Platz zu nehmen. „Kaffee, Herr Kautz?“

„Gerne, vielen Dank“, hörte sich der Kommissar sagen, von der selbstbewussten, dazu noch bildhübschen Brünetten beeindruckt. Autoritätshörige Bürger sprachen ihn meist mit „Herr Kommissar“ an. Um nicht gleich mit der Tür ins Haus zu fallen, knüpfte er erst einmal an Frau Kerns Karriere an.

„Sie schreiben an Ihrer Doktorarbeit, sagten Sie. Wovon handelt die denn?“

„Es geht um soziale Faktoren vor dem Ausbruch einer Erkrankung an Schizophrenie. Heutzutage ist ja die genetische Forschung auf dem Vormarsch. Ich dagegen halte mich an den Einfluss der Lebensgeschichte der Patienten und untersuche sogenannte *Life-Events* als Auslöser von „Schizo“-Episoden, also kritische Ereignisse wie häufige Umzüge, Mobbing, Prüfungsversagen, Kündigung der Arbeit, bis hin zum Verlust vertrauter Menschen …“

Dem Anschein nach folgte ihr der Kommissar, innerlich aber hatte ihn Frau Kern abgelenkt und seinen letzten Fall heraufbeschworen. Seither spukte ihm Jaqueline, die aparte Witwe des Ermordeten, in Kopf und Bauch herum. Freundin Lea hatte es gespürt und ihn zur Rede gestellt. Er aber wollte nicht reden. So baute sich mit der Zeit eine Wand zwischen ihnen auf. Schon zuvor hatte es in ihrer Beziehung gekriselt. Nach der Begegnung mit Jaqueline aber bewirkte seine Unnahbarkeit, dass Lea eine Auszeit nahm und vorübergehend, wie sie betonte, zu einer Freundin zog … ‚Es reicht!', rief er sich gedanklich zur Arbeit zurück.

„Danke für den Einblick in Ihre Studien", kürzte er den Bericht der Doktorandin ab. „Ich möchte Ihre Zeit nicht überstrapazieren. Erzählen Sie mir doch etwas von Ihrem Ex-Freund, was Ihnen spontan so einfällt."

„Als ich Chris' Bild heute Morgen in der Zeitung gesehen habe, war ich geschockt, Herr Kautz. Obwohl wir schon ein knappes halbes Jahr auseinander sind, hat mich sein Tod echt mitgenommen. Es war ja nicht so, dass ich ihn nicht mehr mochte, aber Chris war so besitzergreifend und eifersüchtig geworden, dass ich es einfach nicht mehr aushielt. Da half mir mein Verständnis für seine Geschichte auch nicht mehr. Seine Mutter hatte ihn früh verlassen, war mit einem Armee-Arzt aus Alabama durchgebrannt, als er fünf war. Für uns war Therapie angesagt. Eine Paar-Beratung lehnte er aber strikt ab. Das brauche er nicht. Er sei selbst Profi. Als ich dann Schluss machte, wurde er so was von wütend, schrie mich an: ‚Das wirst du noch bereuen, du Schlampe!', knallte den Schlüssel für mein Apartment auf den Tisch und die Tür hinter sich zu. Einen Moment lang hatte er mir richtig Angst gemacht. Seither habe ich ihn nicht mehr zu Gesicht bekommen. Da er meine Anrufe wegdrückte, habe ich ihm seinen Wohnungsschlüssel per Post nach Hause geschickt."

„Wären Sie bereit, in der Gerichtsmedizin die Leiche zu identifizieren?"

„Oh je, muss das sein …? Ja doch, wenn's hilft!"

„Am besten, ich nehm' Sie gleich mit", ergriff der Kommissar die Chance beim Schopf. „Sie können unterwegs ja weitererzählen."

Mit Blaulicht auf dem Dach des Alfas – je schneller er Klarheit hatte, desto besser – flitzten sie auf der A656 gen Heidelberg. Schon wenig später war das Institut für Rechtsmedizin am Neckarufer erreicht, zu Füßen der nach aktueller Lage der Dinge gerade nicht vor Romantik strotzenden Stadt.

Dort lief dann der letzte Akt einer Tragödie ab: Kühlfach Nummer 17 geöffnet, Schlitten mit der Leiche herausgezogen, Tuch zurückgeschlagen. Auch dieses Mal kamen tiefe Gefühle hoch. Über den Toten gebeugt, streichelte Claudia Kern dessen Stirn, während Tränen über ihre Wangen liefen. Sie brachte kein Wort heraus, nickte nur. Der Kommissar widerstand dem Impuls, den Arm um sie zu legen. Die mitfühlende Geste hätte missverstanden werden können. Er ging aber eng neben ihr zum Auto zurück, besorgt, sie könnte in Ohnmacht fallen.

Er schnallte sich gerade an, als sie leise sagte:

„Herr Kautz, mir fällt eben etwas ein, das ich verdrängt haben muss. Wie konnte ich das nur übersehen? Es könnte für Sie echt wichtig sein. Als sich Chris wieder eingekriegt hatte, telefonierten wir ab und an. Vor ein paar Wochen erzählte er mir aufgeregt, dass ihn ein Rechtsextremer bedroht habe. Er wurde auf Facebook beschimpft, er sei pervers, ein Germane gebe sich nicht wie ein Salafist, sein Kaftan, den er endlich abgelegt habe, wie auch sein Bart seien abartig! Ein Deutscher mische sich nicht unter Muslime. Das eingestellte Foto zeigte ihn vor der Al-Faruq-Moschee. Das Muslim-Pack, lauter lackierte Halbaffen, so der Führer, wolle nur die Knute spüren. ‚Die Herren sind wir, du aber bist ein Verräter des deutschen Volks. Nimm dich in acht!‘ Wenig später kam noch ein Kommentar von demselben Account, diesmal gar eine böse Drohung: ‚Du bist tot, wenn du dem Schisslam nicht die rote Karte zeigst, die Zeit läuft!‘“

Der Kommissar hörte Claudia Kern aufmerksam zu, während er, diesmal ohne Blaulicht, nach Mannheim-Herzogenried zu ihrer Wohnung zurückfuhr.

„Das ist in der Tat ein heißer Tipp – danke! Wenn ich etwas für Sie tun kann …?"

Doch sie winkte ab.

„Sie werden selbst alle Hände voll zu tun haben. Wenn Sie noch Infos brauchen, Sie kennen ja meine Nummer. Für Ihre respektvolle Begleitung danke ich Ihnen!"

Eine bemerkenswerte junge Frau, fand Kautz. Smart und sensibel zugleich, eine seltene Melange, und wirklich bildhübsch. Wenn er zwanzig Jahre jünger wäre …

Auf dem Weg ins Präsidium ertönte sein Handy. Jäger war dran und brachte Kautz auf den neuesten Stand.

„Es ist mir voll peinlich, Chef, aber jemand hat mich böse aufs Kreuz gelegt."

„Lass hören, Hans!"

Der räusperte sich kurz, bevor sein Bericht stockend begann.

„Ich bin … ich hab' die Wohnung von Chris Bode auf Anhieb gefunden, in einem Altbau auf der Rheinau. Die Haustür war nur angelehnt, die Wohnungstür aufgebrochen. Als ich näher kam, hörte ich drinnen Geräusche. Instinktiv zog ich die Waffe, ging auf Zehenspitzen über einen Mini-Flur – und stürzte von da in ein Zimmer mit angelehnter Tür. Ich stürzte wirklich, denn etwas traf mich so hart am Kopf, dass ich bewusstlos wurde. Als ich wieder zu mir kam, schaute mich ein dicker Imam mit Kaftan und Gebetsmütze an. Er hob den Zeigefinger, als ob er mir sagen wollte: ‚Ungläubiger, du wirst in der Hölle schmoren!' Ich muss voll blöd gegrinst haben. Doch langsam kam mein Kripo-Brain wieder in Fahrt. Ich versuchte, die Location zu checken: Vor mir an der Wand ein Poster mit dem Salafisten-Star Pierre Vogel, daneben ein Regal, vor allem Psycho-Books und religiöser Kram drin. Mein Kopf muss dann vornüber gekippt sein. Plötzlich sah ich ein Objekt am Boden neben mir, eine Mini-Moschee, Andenken-Kitsch. Ich griff das Ding am Minarett – es war schwer –, musterte es und erschrak: An einer Seite klebte Blut. Unwillkürlich fasste ich mir an den Kopf: auch da Blut. Jetzt war ich hellwach! Das Moschee-Modell war die Tatwaffe, nun auch mit meinen Fingerprints gespickt!

‚Du musst systematisch vorgehen, wie du es auf der Polizeischule gelernt hast ... Erst mal einen Überblick verschaffen!‘, sagte ich mir. Der Raum war karg möbliert, am Fenster eine Grobspanplatte auf zwei Böcken als Schreibtisch, Tischlampe, ein Klappstuhl davor, gegenüber eine Mini-Küche, Spüle, Kühlschrank und Herd kombiniert, daneben die Essecke mit rundem Plastik-Tisch und zwei Holzstühlen, an der Wand das gerahmte Foto einer schick aussehenden Braut.

Ich richtete mich auf, mein Kopf dröhnte. Warum musste ich auch Superman spielen? Hätte ich nicht warten können, bis der Typ rausgekommen wär'!

Dann nahm ich den Schreibtisch unter die Lupe: Ein dünnes Kabel von einem Apple-iPad schlängelte sich darauf, am Rand ein Block mit einer To-do-Liste, ein paar bekritzelte Blätter und ein halb volles Wasserglas. Der Computer fehlte, auch kein Handy lag rum. Aus dem unteren Regal waren zwei Leitz-Ordner rausgerissen und lagen auf dem Boden. Da hatte einer was gesucht, bloß nichts mehr anfassen! Ich habe gleich die Spusi angefordert und bin auf Posten geblieben. Dann habe ich dich angerufen und war darauf gefasst, dass mir der Kopf gewaschen wird. Wenigstens wär' dann das Blut weg!", versuchte Hans zum Schluss einen Witz.

Der Kommissar jedoch reagierte gelassen, ja sogar erfreut: „Kopf hoch, Hans, das ist unsere erste echte Spur! Wie schwer ist deine Verletzung? Kannst du bleiben, bis Klaus Fischer da ist?"

„Geht schon. Sollte der Typ zurückkommen, kriegt er gehörig was auf die Mütze!"

Schon eine halbe Stunde später erschien der Experte für Spurensicherung mit seinen Koffern, nahm Fingerabdrücke auf Türklinken, Kühlschrank, Bücherregal, Ordnern, Andenken-Moschee, Wasserglas und so weiter. Als er begann, jedes Buch aus dem Regal zu nehmen, seilte sich Hans ab, schnappte sich zuvor noch die beiden Aktenordner und das Frauenfoto, packte alles in seinen flotten Opel Adam und fuhr ins Präsidium. Von den Kollegen wusste er, dass Fischer seine Arbeit akribisch zu Ende bringen würde. Das schloss auch die Versiegelung der Wohnungstür mit ein.

Peter Maier ging wie immer gründlich vor. Zuerst recherchierte er, was über die Al-Faruq-Moschee in Erfahrung zu bringen war. Die große Sultan-Selim-Moschee am Ring kannte er natürlich, die Al-Faruq dagegen nicht.

„In der Neckarstadt liegt die – ach du meine Güte …!", entfuhr es ihm, von einem Flash an seine letzte Liebe gepackt.

Mimi wohnte in dem Stadtviertel mit hohem Migrantenanteil, seit sie mit seiner Hilfe dem Rotlichtmilieu entkommen war. Ihrem Zuhälter, der sie bedrohte und zurückholen wollte, hatte er die Fresse poliert. Ein blaues Auge und das gebrochene Nasenbein erinnerten den Bordell-Macker nachhaltig daran, dass mit Mimis Neuem gar nicht gut Kirschen essen war. Von da an hatte der die Finger von ihr gelassen. Ihre Anfangszeit war sehr schön gewesen. Mit der Zeit jedoch merkte Mimi, dass sie ihren Retter zwar überaus schätzte und natürlich auch mochte, im Grunde aber nicht liebte. Doch die Leidenschaft wollte sie einer solchen Beziehung nicht opfern. Die folgende Trennung hatte Peter sehr mitgenommen. Er hatte sich in den Sport geflüchtet und versucht, sich den Schmerz von der Seele zu laufen, zu schwimmen und zu radeln. So war er ein immer besserer Triathlet geworden, ein Ironman mit gestähltem Körper, was jedoch die Liebe betraf, ohne eiserne Nerven.

‚Stop', verbot er sich das Grübeln, ‚zu deinem Fall zurück, aber fix!'

Also recherchierte er weiter. Die Al-Faruq-Moschee gehörte zum arabischen Arbeiterverein, der in den 1980er-Jahren gegründet wurde. Damals waren dort vorwiegend arabischsprachige, aber auch türkische und bosnische Muslime zugange. Inzwischen hatte sich die Mischung der Gemeinde ziemlich verändert: Asylbewerber aus Afrika, Syrien und dem Irak, Menschen aus Osteuropa und Konvertiten machten nun die Mehrheit aus. Auch zwei in Mannheim gemeldete deutsche Frauen, die jüngst als IS-Anhängerinnen im Irak inhaftiert worden waren, waren laut Verfassungsschutz im Umfeld der Moschee aufgetaucht. Der Geheimdienst hatte die Moschee gar auf eine Liste von 17 Objekten und Vereinen des radikal-islamischen Salafismus gesetzt. Da musste er auf der Hut sein.

Seiner Vorarbeit geschuldet, traf er erst zwei Stunden später bei der Moschee unweit der Alten Feuerwache ein, von außen ein bürgerliches Gebäude, geziert von Halbsäulen nach antikem Vorbild. Nur ein weißes Schild mit grüner Schrift – *Islamischer Arbeiterverein e.V., Al-Faruq Omar Center* – ließ auf die religiöse Funktion des Hauses schließen. Als er die erstbeste Person nach dem Imam fragte, wurde er freundlich zu dessen Büro geführt. Die Tür stand halb offen, Peter klopfte an und trat nach dem „Herein“ ins Zimmer.

Der weiß gewandete, füllig-vollbärtige Mann saß hinter seinem Schreibtisch und blickte ihn über den Rand seiner Lesebrille mit wachen Augen an.

„Setzen Sie sich, bitte. Ich bin Imam Mehmet Zaman. Was kann ich für Sie tun?“

Bevor sein Gast noch antworten konnte, ergänzte er:

„Am besten, ich lasse uns etwas Tee bringen, dabei redet es sich besser. Sie trinken doch Tee, Herr ...?“

„Maier, Peter Maier, Kripo Mannheim. Eine Tasse, ja, Herr Zaman.“

Dann kam er auch schon zur Sache.

„Ich muss Sie zu einem Mann befragen, der in der Moschee hier verkehrt haben soll.“

„Wenn ich helfen kann, gerne. Um wen handelt es sich denn?“

Peter Maier zeigte ihm das Foto des Ermordeten.

„Allah, der Allmächtige, das ist ja Ibrahim! Was ist passiert?“

„Chris Bode, so heißt der Tote mit deutschem Namen, wurde heute früh vor der Kuckucksinsel mit durchschnittener Kehle gefunden. Er wurde am Abend zuvor ermordet.“

„Entsetzlich! Ibrahim ging ja mal bei uns ein und aus, seit ungefähr einem Jahr jedoch kam er immer seltener. Früher war er aktiv dabei, besuchte unsere Kurse, meine Vorträge ‚Wie lerne ich das Gebet lieben?‘ mochte er besonders, beim Freitagsgebet fehlte er so gut wie nie. Er war ein akzeptiertes Glied der Muslim-Gemeinschaft, wahrscheinlich auch mit dem einen oder anderen befreundet, so genau weiß ich das nicht. Nachdem er sich zum Islam bekehrt hatte – ich meine, das war 2010, das muslimische Glaubensbekenntnis legte er bei mir persönlich ab –, war er wie eine Granate."

Als er sah, wie Maier die Stirn in Falten zog, bemerkte er das Zweideutige des Satzes und fügte fix hinzu:

„So sagt man doch hier, wenn jemand richtig dynamisch ist, oder? Sein Tod ist auch ein Verlust für uns, glauben Sie mir!"

Ein dienstbarer Geist brachte zwei Tassen und eine Kanne, aus welcher der Imam zuerst dem Gast und danach sich Tee einschenkte.

„Danke, Herr Zaman. Haben Sie vielleicht eine Idee, warum sich Chris Bode aus dem Moschee-Leben zurückgezogen hatte?"

Der Imam zögerte: „Nein, eigentlich nicht. Wissen Sie, es gibt Zeiten, wo man schwach im Glauben wird. Manche ziehen heutzutage, wo alles erlaubt ist und Konsum herrscht, muslimische Werte und Regeln in Zweifel, wenige wenden sich sogar vom wahren Glauben ab – Allah behüte! Doch da fällt mir ein, dass Ibrahim wohl seit einiger Zeit eine Freundin hatte, die, wie mir zugetragen wurde, dem Islam gegenüber recht kritisch ist. Aber ich will natürlich niemanden beschuldigen. Am Ende richtet Allah allein."

„Ihr Deutsch ist vorzüglich", warf Peter ein, der Zeit brauchte, um nachzudenken.

„Ist ja kein Wunder – schließlich habe ich vier Jahre Islamwissenschaften an der Uni in Freiburg studiert. Wie Sie sicher wissen, gab es nach dem Anschlag auf das World Trade Center im Jahr 2001 – was für eine Tragödie! – einen wahren Boom dieses Fachs. Bis heute wurden, wie ich jüngst las, über 300 Absolventen allein bei deutschen Geheimdiensten eingestellt. Seit wenigen Jahren bilden ein paar deutsche Universitäten Studenten zu islamischen Theologen und

Religionslehrern, selbst zu Imamen aus. Der Islam hat Zukunft, auch in der BRD!"

Zaman hatte sich stolz in die Brust geworfen, damit aber, bewusst oder unbewusst, den Kriminaler provoziert. Den wurmte die Euphorie des Imam, die er als Anmaßung empfand. Noch gehörte die christliche Religion zu Deutschland, wenngleich ein Theologe ihr „Verdunsten" prophezeit hatte. Der Islam stammte aus einer patriarchalischen Welt, die er recht rückständig fand. Abrupt und unbedacht wies er den Imam in die Schranken, ein Fehler, den er sogleich bereute:

„Bleiben wir auf dem Boden! Der Verfassungsschutz des Landes beschäftigt auch zwei Islamwissenschaftler, und eben dieser Geheimdienst beobachtet Ihre Moschee, weil sie als Anlaufstelle für gewaltbereite Salafisten gilt!"

Des Imams Gesicht verfinsterte sich: „In einem Punkt haben Sie ja recht: Seit dem Anschlag auf den Berliner Weihnachtsmarkt werden in Deutschland der Islam im Allgemeinen und unsere Moscheen im Besonderen beargwöhnt und nicht selten verdächtigt, solche Gewalt insgeheim zu befürworten oder gar zu unterstützen. Wir haben uns aber schon Ende 2015 bei den Anschlägen von Paris wie auch nach dem brutalen Anschlag des Islamischen Staats auf deutschem Boden klar von dieser Terrormiliz distanziert, die zwar den Islam im Namen trägt, aber seine friedfertige Seite ignoriert, ja geradezu auf den Kopf stellt."

Peter Maier hatte sich vergaloppiert und war froh, dass es in diesem Moment an die Tür klopfte. Die öffnete sich, und ein großer schlanker Araber, der ihm ziemlich nervös vorkam, blieb im Türrahmen stehen und bat, den Imam sprechen zu dürfen.

„Nicht jetzt, Ahmet, die Mannheimer Kripo ist gerade bei mir zu Besuch."

Der Angesprochene drehte sich blitzartig um und rannte davon.

Ohne ein Wort des Abschieds sprang Peter auf und heftete sich an dessen Fersen, den Flur entlang durch eine von erschreckt zurückweichenden Muslimas und Kindern bevölkerte Halle, durch die Haustür, die krachend auf- und zuflog, dann ein paar Meter die Lortzingstraße entlang und von da in die belebte Mittelstraße zur Alten Feuerwache hin. Schon in Reichweite, wechselte Ahmet blitzschnell die Straßenseite und wäre dabei fast mit der Straßenbahn kollidiert und einem Mercedes auf der Kühlerhaube gelandet. Der Straßenbahnfahrer klingelte und gestikulierte wütend, während die Bremsen des Benz' kreischten. Peter Maier musste warten, bis die Bahn vorbeigefahren war, um dann die Verfolgungsjagd fortzusetzen. So wie es aussah, wollte der durchaus sportive Mann über die Kurpfalzbrücke in Richtung Innenstadt und dort wohl untertauchen. Vielleicht rannte er auch nur kopflos davon.

Der Flüchtende ahnte nicht, dass er keine Chance hatte, denn Peter war ja, seit ihn Mimi verlassen hatte, ein ehrgeiziger Triathlet geworden, und Laufen war nun mal seine Lieblingsdisziplin. Es dauerte nur ein paar Minuten, bis er den japsenden Araber auf der Brücke zu fassen bekam. Fix legte er ihm eine Handschelle ums rechte Handgelenk und die andere um sein eigenes linkes.

Die Situation ließ sich nicht klären, da der durch die Flucht Verdächtige wohl Schiss bekommen hatte und beharrlich schwieg. Also rief Peter seinen Chef an, der gerade ins Kommissariat kam, und erfuhr, dass vor einer Stunde ein Unbekannter Hans Jäger bei der Durchsuchung von Chris' Wohnung niedergeschlagen hatte: „Zum Glück ist Hans wieder auf den Beinen!“

„Da habe ich vielleicht ein echtes Schnäppchen gemacht, Karlheinz! Ich bringe es am besten gleich mal persönlich vorbei."

Hatte ihm der Zufall den Unbekannten in die Hände gespielt? Jedenfalls war der Typ auffällig, eigentlich verdächtig. Weshalb sollte er sonst vor der Kripo das Weite suchen? Zu Fuß zum Präsidium unterwegs, fiel Peter mit dem finster dreinblickenden Fremden am Arm natürlich auf wie ein Rossbollen, wie man in der Pfalz zu sagen pflegt. Ein paar schräge Kommentare gingen ihm dabei richtig auf den Sack:

„Setz den Kerl doch gleich ins Flugzeug!" – „Merkel macht's möglich …" – „Echt ätzend, schwule Fesselspiele!"

Die vielen interessierten Blicke jedoch, die das dumme Geschwätz wieder wettmachten, genoss er sichtlich.

Erst als der Festgenommene Kommissar Kautz gegenübersaß, fing er erregt zu sprechen an:

„Warum ich bin festgenommen? Ich gar nichts gemacht. Viel Angst vor Polizei, deshalb ich weglaufen. Du kein Recht, mich fesseln!"

„Nur keine Aufregung! Wenn Sie nichts verbrochen haben, sind Sie bald wieder auf freiem Fuß", versuchte ihn der Kommissar zu beruhigen, „dafür garantiere ich, und ich bin hier der Chef."

„Was heißt ‚freier Fuß'?"

„Wir lassen Sie wieder laufen, wenn alles gut ist. Jetzt aber werden Sie erst mal erkennungsdienstlich behandelt."

„Ich verstehe nicht."

„Sie müssen uns Ihren Ausweis, Pass oder Ihre Papiere zeigen und Ihre Fingerabdrücke nehmen lassen."

Der Kommissar nahm ein Blatt Papier zur Hand und drückte demonstrativ seinen Daumen drauf.

„Warum das?"

„Sie werden verdächtigt, in die Wohnung von Chris Bode – die Muslime nennen ihn Ibrahim – im Stadtteil Rheinau eingebrochen zu sein und dabei einen Polizeibeamten k. o. geschlagen zu haben."

Der Mann zuckte zusammen, verstummte und ließ sich von Friedebert Kunz, der Gewehr bei Fuß stand, widerstandslos abführen.

„Gute Arbeit, Peter!"

„Ein Geschenk des Zufalls, natürlich auch meiner Kondition", grinste Peter stolz. „Sollten wir den Fall etwa schon gelöst haben? Die Größe für den schrägen Schnitt durch Bodes Kehle hätte der Kerl ja!"

„Nun überschlag dich mal nicht, das gehört, denk' ich, nicht zum Triathlon", frotzelte der Kripo-Chef.

Gleich nach der Besprechung im Kommissariat kündigte sich Marie Liebig beim Geschäftsführer des Jugendhilfe-Vereins an, für den Chris Bode gearbeitet hatte.

Frank Steinmanns Büro befand sich im Hemshof, der Altstadt von Ludwigshafen, im Dachgeschoss eines fünfstöckigen Hauses aus der Nachkriegszeit, außen schnörkellos, von oben aber mit Blick auf das hauptsächlich von Menschen mit Migrationshintergrund bewohnte Viertel. Irgendwie holprig klang die neue Sprachregelung schon. Früher hatte man einfach *Ausländer* gesagt, aber es stimmte, das klang nach Ausgrenzung und nicht nach Inklusion.

In der Ferne ragte der Pylon empor, der die Hochstraße nach Mannheim an Stahlseilen hält, wie auch der gemauerte Schlot der Technischen Werke Ludwigshafen. Nur die zwei stählernen Gasballons am Rande der Gartenstadt fehlten und jüngst auch die *Tortenschachtel* im Zentrum, einstige Kauf-Arena im Stil der 1960er-Jahre. Beides Objekte, die zum Bild der viel gescholtenen, auch schon mal hässlich genannten Stadt gehört hatten.

Die junge Arbeiterstadt, keine 200 Jahre alt, suchte Marie zugegebenermaßen selten auf. Im Vergleich zu Hektik und Glamour in Mannheims Quadraten, wo Frauen gestylt, geschminkt und die Spitzen des Zauns vor dem Schloss vergoldet waren, ging es hier unaufgeregt, unkonventionell, eigentlich ziemlich locker zu. In Ludwigshafen war vieles, auch das Shoppen im ungeschäftigen Geschäftsviertel, so anders …

Und schon stoppte die Sekretärin des Geschäftsführers ihr Kopfkino: „Der Chef lässt bitten!"

Die geistig wendige Kriminalbeamtin legte den Schalter um, trat ein und kam ohne Umschweife auf den Punkt:

„Marie Liebig, Kripo Mannheim, guten Morgen, Herr Steinmann. Wir ermitteln im Mordfall Chris Bode, ein Psychologe, der bei Ihrem Verein angestellt war und zum Betreuungs-Team des jungen Bombenlegers aus Ludwigshafen gehört hat."

„Natürlich hat uns der Tod von Herrn Bode sehr betroffen gemacht", beeilte sich der Geschäftsführer zu sagen. „Wir hoffen nur, dass er in keinem Zusammenhang zur Arbeit in unserem Verein steht. Was Herrn Bodes Einstellung betrifft, stehen wir vonseiten der Presse ziemlich unter Druck, wie Sie sich denken können. Wir haben uns aber nichts vorzuwerfen. Chris Bodes Führungszeugnis war tadellos, und er selbst präsentierte sich als gläubiger Muslim, der voll auf dem Boden des Grundgesetzes stand. Wie Sie wissen, verrät ein solches Zeugnis aber nur, ob eine Verurteilung wegen schwerer Straftaten vorliegt. Kleinere Delikte, Ermittlungen oder Erkenntnisse von Polizei und Verfassungsschutz werden damit nicht erfasst. Eine Sicherheitsprüfung, die das abfragt, war bislang für Betreuer von Problem-Jugendlichen nicht erforderlich."

„Warum haben Sie gerade einen Muslim eingestellt, noch dazu einen konvertierten Deutschen?"

„Im Klima grassierender Islamophobie hierzulande kann ich Ihre Skepsis zwar nachvollziehen, darf aber zugleich darauf verweisen, dass unser Ex-Bundespräsident Christian Wulff gesagt hat, der Islam gehöre zu Deutschland. Dieser Auffassung hat sich bekanntlich selbst die Bundeskanzlerin angeschlossen. Also, wo ist das Problem? Natürlich war uns nicht bekannt, dass Herr Bode dem Salafismus gewogen war, das macht den Fall schon etwas prekär. Wir haben deshalb auch umgehend die Konsequenzen gezogen, obwohl meines Wissens nur ein kleiner Teil der Salafisten gewaltbereit ist. Den Islam aber unter Generalverdacht zu stellen, würde bedeuten, das Kind mit dem Bade auszuschütten. Wie Sie vielleicht wissen, gibt es in Hessen ein Präventionsnetzwerk, VPN genannt, das junge radikalisierte Muslime resozialisiert, und zwar mit besten Ergebnissen. Der Verein kooperiert mit gläubigen Muslimen und hält diesen Ansatz für einen wichtigen Grund seines Erfolgs. Herrn Bode haben wir auch deshalb eingestellt, *weil* er Muslim ist – übrigens ein freundlich zugewandter –, in der Hoffnung, dass er einen Draht zu dem Jungen bekommen könnte."

„Hat er das?"

„Eher nicht, wenn ich höre, dass ihn der Junge für ein Weichei hält, was andererseits für die sanfte Art des Betreuers spricht und nicht für radikale Töne."

„Haben Sie noch mehr über die persönliche Seite des Psychologen erfahren?"

„Kaum etwas, was nicht schon in der Presse zu lesen war. Beruflich bot er im Internet Beratung bei Paarproblemen und

Burnout wie auch Klinikseelsorge an. Sozial und ökologisch engagiert, sammelte er Spenden für eine Kinderkrebsstation in Mannheim und für die Syrien-Nothilfe, machte bei *Greenpeace*-Aktionen mit, ob für den Schutz bayerischer Buchenwälder oder auch der Wale. In letzter Zeit war er auf der Suche nach einer zu ihm passenden Muslima. Bei den anderen Betreuern des Jungen hielt er sich nach fachlichem Austausch zurück und verblieb in belanglosem Smalltalk, wie mein Gespräch mit dem Team ergab."

Marie Liebig merkte, dass hier für ihren Fall nichts zu holen war. Obgleich, einen Versuch war es allemal wert gewesen. Sie bedankte sich für das Gespräch und fuhr zurück nach Mannheim.

Die für den Nachmittag angesetzte Besprechung sollte den Ermittlungsstand updaten. Eingangs resümierte der Chef die Festnahme Ahmet Mashnis, die zunächst den Anschein erweckt hatte, ihren Fall voranzubringen. Es gab aber keine Fingerabdrücke des Arabers in Chris Bodes Wohnung, wenngleich mehrere einer anderen Person, die bislang nicht identifiziert werden konnte. Dass Mashni den Mund nicht mehr aufgemacht hatte, tat nichts zur Sache, er musste mangels Beweisen auf freien Fuß gesetzt werden. Dem Kommissar erschien er dennoch nicht geheuer, was auch Hans so sah. Der junge Web-Profi ergriff als Nächster das Wort und wartete mit einer brisanten Information auf:

„Auf der Facebook-Seite der Kripo habe ich heute Morgen einen krassen Eintrag entdeckt, eine Bekenner-Message des Islamischen Staats: ‚Wir haben den Murtad Ibrahim Bode hingerichtet, so wird es allen gehen, die den wahren Glauben verraten!' *Murtad* heißt Abtrünniger auf Arabisch. Ein Foto von Chris Bode vor der Al-Faruq-Moschee ist im Anhang.

Ich hab den Account des Absenders schon gecheckt, doch wie vermutet, steht dahinter 'ne falsche Identität. Das kommt ja öfter vor, wenn sogenannte Bekenner sich nicht zu sich selbst bekennen und sich dazu noch auskennen!" Seine Verachtung war nicht zu überhören.

„Bode, ein Opfer islamistischen Hasses – also doch!", triumphierte Marie.

„Nicht so schnell, Marie", bremste der Chef, „so gern ich dir recht geben würde, aber ist dieser Text auch echt? Warum haben die kein Foto des Toten angehängt, sondern nur ein Bild aus dem Alltag? Für Zimperlichkeit ist der IS nicht gerade bekannt. Das könnte genauso ein Fake sein von jemandem, der uns auf eine falsche Spur führen will. Ich bin mir da nicht sicher."

Als er ihre Enttäuschung bemerkte, fügte er an:

„Klar müssen wir da weiter dranbleiben. Eigentlich sollte dieser Mashni beschattet werden, wir haben dafür aber keine Ressourcen frei. Wegen des vagen Verdachts krieg' ich kaum Unterstützung einer anderen Abteilung, die haben eh alle Hände voll zu tun."

Friedebert, der Alte, hatte noch einen Trumpf im Ärmel, den er nun ausspielte:

„Heute morgen kam ein Anruf eines BWL-Studenten rein, der nach heißer Spur riecht. Der Student gab an, er habe Dienstagabend um sieben mit seiner Freundin auf einer Bank beim *Gasthaus am Fluss* geschmust, als ihm ein kleines Motorboot mit zwei glatzköpfigen Männern auffiel, das rheinaufwärts Richtung Reißinsel fuhr. Eigentlich sei ihm das erst bewusst geworden, als eine Stunde später ein lauter Wortwechsel vom Fluss her ihren Flirt störte. Er habe gleich gecheckt, dass das Boot mit den Glatzköpfen zurückkam und kurz danach rheinabwärts verschwand. Die Typen trugen schwarze T-Shirts, auf denen, wie er zu sehen meinte, ‚national und sozialistisch' aufgedruckt war. Das irritierte ihn so, dass es die Stimmung versaute. Zwanzig Uhr zehn sei es gewesen, das wisse er genau, weil er auf die Uhr geschaut habe. Seiner Meinung nach hätte die Zwischenzeit gereicht, eine Leiche bei der Kuckucksinsel abzulegen."

„Marie, deine These hat Konkurrenz gekriegt", brummte der Kommissar. „Rechtsextreme Täter statt gewalttätige Islamisten? Was ich herausfand, eine Facebook-Drohung an die Adresse von Chris Bode, spricht für die erste Spur. Also: Ring frei für die nächste Runde!"

Marie schien geknickt.

„Klar ist dein Ansatz nach wie vor aktuell, Marie", setzte Kautz nach, „durch den Bekennertext sogar untermauert, vorausgesetzt, der ist echt. Aber machen wir uns nichts vor: Noch haben wir verdammt wenig, außer Vermutungen, die natürlich nicht aus der Luft gegriffen sind. Vielleicht findet sich in Chris Bodes ungewöhnlicher Vita ja der Schlüssel zu seinem viel zu frühen Tod. Zum Glück liegen uns seine Notizen und biografische Dokumente vor. Die müssen wir jetzt durchforsten, und zwar mit Hochdruck. Peter und Friedebert, das ist euer Job, teilt euch die Arbeit auf."

Und schon hatte er die Ordner über den Tisch geschoben.

„Hans, du recherchierst erst mal, wer im Umkreis von zwanzig Kilometern Motorboote verleiht, und überprüfst, wer am elften Juli ein Boot gemietet hat. Kein aufregender Job, doch unerlässlich. Wir müssen jetzt auch eine rechtsradikale Tat in Betracht ziehen. Also los, jede Menge Arbeit liegt an, es riecht nach Überstunden! Morgen früh treffen wir uns zur Auswertung wieder, so gegen acht Uhr."

Hans war gar nicht frustriert, im Gegenteil. Er fand den Auftrag „geil", bei solchen Recherchen war er top. Auf sein

Protokollblatt, das bei Sitzungen stets vor ihm lag, um das Relevante festzuhalten – egal, ob jemand das zwanghaft empfand –, notierte er unter der Headline „Fall Bode, Talk Nr. 2“: *Kautz hält Neonazi-Verdacht für wahrscheinlich.*

Da hatte er aber seinen Chef missverstanden. Der hielt zwar eine solche Täterschaft für möglich, doch auch nicht mehr als eine islamistische. Wie so oft, mussten sie zunächst zweigleisig fahren. Und wer konnte schon sagen, was noch alles zutage kommen würde?

Freitag, 14. Juli 2017

Am nächsten Morgen, Punkt acht Uhr, trafen sie sich wieder und trugen ihre Erkenntnisse zusammen.

Peter begann mit dem ersten Ordner, einer Sammlung von Dokumenten wie Stammbuch, Sterbeurkunden des Vaters und der Großeltern, Schulzeugnisse und Uni-Nachweise, aber auch Fotoalbum-Blätter und Notizen von Chris Bode zu seiner Vita bis zum Entschluss, Psychologie zu studieren, ein Aufsatz über Weltreligionen und vieles andere mehr. Besonders aufschlussreich schienen ihm ein paar handschriftliche Seiten, wie es aussah, aus dem Tagebuch von Chris' Mutter Nora. Nach dem Tod von Karl Bode, Chris' Vater, hatte Karls Schwester Ilse Noras Tagebuch im Schreibtisch des Bruders gefunden und ihrem Neffen Chris übergeben, als der 16 war.

Peter blickte in die Runde auf ein kleines, eingespieltes Team: der Chef, Friedebert, der Alte, Marie und Junior Hans. Klaus Fischer von der Spurensicherung, der Besprechungen von Fall zu Fall ergänzte, war heute nicht dabei.

Er räusperte sich und fasste dann die Story von Chris' Mutter bis zur folgenschweren Begegnung mit Liebhaber Gary zusammen:

„Chris Bode war schon früh zum Waisenkind geworden. Im Alter von fünf war seine Mutter mit einem US-amerikanischen Soldaten abgehauen. Nora Bode, eine attraktive, lebenshungrige Frau, lernte in ihrem Job, dem Betrieb einer Disco-Bar, zig junge Leute wie ein paar

Junggebliebene kennen. Die Disco wurde auch von den GI der nahen Kaserne frequentiert, und die flotte Nora sprach fließend Englisch. So blieb es nicht aus, dass sich das eine oder andere Gespräch mit den meist coolen Army-Boys ergab, das auch mal in einem Stundenhotel enden konnte. Nora bedeuteten solche Eskapaden wenig, bis sie den Armee-Arzt Gary Kissinger traf, in den sie sich Hals über Kopf verliebte, ohne dies so benennen zu können, denn so was hatte sie bisher noch nicht erlebt. Ich zitiere aus ihrem Tagebuch den letzten Eintrag, der mir von Bedeutung scheint, jugendfrei ist er nicht gerade …“, dabei grinste er verdruckst und räusperte sich, ehe er vorzulesen begann:

„Gary hatte alles, was einen Mann für mich zum Mann machte: Charme, Humor, Grips – und was für einen Körper! Die Nacht mit ihm war ein erotisches Feuerwerk gewesen, vor dem mein fades Sexleben mit Karl verblasste.
Es war eine schwül-warme Juli-Nacht, wir lagen ineinander verschlungen, als Gary mir überraschend erklärte, dass sein Rückflug in die USA am Morgen um zehn Uhr von Frankfurt aus gehe und ob ich mitkommen wolle … Nein, es war ganz anders und total sinnlich: Er küsste mir den Schweiß vom Körper und flüsterte mir ins Ohr: Komm bitte mit! Ich war wie vom Donner gerührt. Zugleich wies mich mein Gewissen zurecht: Du bist verheiratet, hast ein fünfjähriges Kind, das geht gar nicht! Die Nähe zu Gary hatte ich zutiefst genossen, aber an so was nicht im Traum gedacht. Bist du verrückt?, entfuhr es mir, worauf er antwortete: Ja, das bin ich – nach dir! Ich flehe dich an, komm mit mir. Wir könnten uns nach meiner aktiven Zeit in Alabama niederlassen, Eltern, Geschwister und einige Freunde leben dort, die würden dich mögen, da bin ich sicher. Noch zehn Jahre, dann bin ich mit der Army durch. Please, say yes! – Wahnsinn, dachte

ich, der meint das wirklich. Ich glaub, ich dreh durch! Ich war außer mir, starr und elektrisiert zugleich. Wie von einem Blitz getroffen fiel mein bisheriges Leben gleich einem Kartenhaus in sich zusammen und begrub mein Kind Chris unter sich.

Ich komme mit!, stöhnte ich heiser, sprang auf und stürzte zur Dusche, die sich eiskalt über mich ergoss. Aber auch dieser Schock brachte mich nicht zur Vernunft. Der plötzliche Entschluss war und blieb irre! Ich fühlte mich wie ein Fallschirmspringer, der Schirm ein Seidenkokon um mich, kurz vor dem Sprung auf Terra incognita. Auch Gary war ins Bad gekommen und machte sich hastig fertig. Er hatte ein Nein erwartet, sagte er, sonst hätte er mich schon viel früher gefragt. Er konnte es nicht fassen, dass ich für ihn, für uns, zum Äußersten bereit war.

Die Dinge, die jetzt anstanden, erlaubten ihm nicht, das Gefühl auszukosten. Er musste noch kurz in die Kaserne zurück, sein Gepäck holen, das dort bereitstand. Mit dem Intercity ginge es um sechs nach Frankfurt, er würde mir am Schalter noch ein Ticket besorgen, ich müsste aber zuvor noch meinem Mann Bescheid sagen, wie schwer mir das auch fiele, es müsste sein. Wenigstens das, fand er, seien wir dem Betrogenen schuldig. Erst dann würde die neue Zeit beginnen, für mich wie für ihn.

Er hatte es schon bei unserer ersten Begegnung gespürt, bei der wir uns so leicht den Ball zuwarfen, mal ich, mal er, miteinander tanzten, unsere Körper beim Blues spürten und bei Disco-Schluss trotz Begehrens auseinandergingen. Für mich fühlte sich das anders an als bisherige Flirts, deshalb wollte ich mir Zeit lassen. Wenn es auch wie Kitsch-Kino klingt: Gary sprach von mir als der Liebe seines Lebens – das spüre er mit Herz und Bauch. Zugleich ging ihm das Gefühl, mit seiner passion, *wie er es nannte, eine Familie auseinanderzureißen, an die Nieren – bis er es abrupt zur Seite schob. Als Arzt hätte er immer nur für andere gelebt, jetzt sei mal er an der Reihe."*

Peters Zuhörer waren von der Geschichte gefesselt, ob von ihrer Erotik oder Dramatik – wahrscheinlich von beidem. Er räusperte sich wieder, trank einen Schluck aus dem Wasserglas und fasste den Fortgang der Geschichte in eigene Worte:

„Als der kleine Chris erfuhr, dass seine Mama ihn und Papa verlassen hatte, glaubte er, sie wäre an einer seltsamen Krankheit gestorben. Er hatte ein Gespräch mitgehört zwischen Papa und dessen Schwester Ilse, die sich über Mama unterhielten. Die Tante hatte dabei versucht, dem Bruder die Krise auf ihre bildhafte Art zu erklären: ‚Nora hat eben einen unruhigen Unterleib.' Dort musste also die Krankheit stecken, die für den Verlust der Mutter verantwortlich war, schloss Chris daraus. Sein Papa war am Boden zerstört, ein grundsolider Mann, von heut' auf morgen alleinerziehender Vater. Etwas in Karl Bode zerbrach und ließ ihn in Trümmern zurück. Er war traumatisiert, ohne selbst zu wissen, was das hieß, und hätte doch dringend Therapie gebraucht. – Das ist natürlich die Einschätzung von Chris, dem Psycho-Studenten, nicht meine", merkte Peter der Wahrheit halber an.

„Karls Eltern halfen ihrem Sohn im Alltag, so gut sie konnten. Sie kümmerten sich um den kleinen Chris, wenn Karl seinem Lehrer-Beruf nachging, der ihm zum Glück mehr Zeit für das Kind ließ. Seelisch jedoch waren sie hilflos, Karl schien zu verkümmern. Er zog sich mehr und mehr aus dem Leben zurück, vernachlässigte Freundschaften, sein Unterricht, wie er sich eingestand, verlor an Dynamik, sein Frohsinn erstarb. Ein halbes Jahr später wurde er mit seinem BMW aus einer Kurve getragen und überschlug sich mehrfach, bevor das Auto auf dem Dach liegen blieb. Die Feuerwehr konnte ihn nur noch tot aus dem Wagen bergen. Die Kripo, die sich eingeschaltet hatte – ein Suizid war ja nicht auszuschließen –, gab schließlich die Leiche frei. Der

Verdacht wurde zwar nicht ganz ausgeräumt, aber Karl hatte 1,5 Promille im Blut und die Straße war regennass gewesen, sodass es durchaus nach einem Unfall aussah. Auch lag kein Abschiedsbrief vor, und Karl hatte niemandem gegenüber Andeutungen gemacht, lebensmüde zu sein. Natürlich hätte er insgeheim den Tod planen und jeden Hinweis auf einen Vorsatz vermeiden können, aber die offizielle Lesart war nun mal ein Unfall. Chris lebte von da an bei den Großeltern, wurde von ihnen großgezogen. Bei seiner Einschulung hatte ihn die Oma an der Hand."

„Mein Gott, was für eine Tragödie", stöhnte Marie, die seit ihrer Scheidung noch sensibler auf solche Schicksale reagierte.

„Mein Ordner geht noch weiter bis hin zu Chris' Studienentscheidung." Peter konnte Maries, wie er fand, sentimentale Art schwer aushalten.

„Chris wurde ein sehr guter Schüler. Seine Klassenlehrerin erinnerte ihn an die Mutter, und der suchte er zu gefallen. Musterknaben jedoch bleiben einsam. Niemand wollte so recht mit ihm befreundet sein, außer einem Mitschüler, Thomas, der auch etwas am Rande stand. So wurde Chris Thomas' dicker Freund, und das stimmte auch körperlich, denn Chris hatte stets Appetit. Die Großeltern wollten ihm das Essen nicht einschränken, wo der arme Bub doch keine Eltern hatte. Am Ende der vierten Klasse schickten ihn die Großeltern zur Waldorfschule, die würde dem sensiblen Jungen guttun. Auch Thomas wechselte dorthin, da sich der Vater der Anthroposophie zugewandt hatte, einer Bewegung, aus der die Schule hervorgegangen war. Die beiden wurden unzertrennlich, verbrachten Nachmittage am Schachbrett und sprachen über Gott und die Welt, während andere kickten und sich für Mädels interessierten. Chris öffnete sich dem christlichen Glauben, wie sein Zeugnis in

Religion belegt. Dort steht: ‚Er ist dem Unterricht nicht nur mit Aufmerksamkeit und Beteiligung gefolgt, sondern hat auch gezeigt, dass er sich mit religiösen Fragen auseinandersetzt und mit ernstem Eifer ihre Beantwortung sucht.‘ Die Waldorfschule gibt, wie ihr vielleicht wisst, anstelle von Noten verbale Bewertungen.“

Der eine oder andere Kopf nickte.

„Am Tag, als er sechzehn wurde, geriet Chris’ Welt ein zweites Mal aus den Fugen. Damals spielte seine Tante Ilse ihm gegenüber mit offenen Karten. Ihr Neffe sollte den wahren Grund für den Verlust der Mutter erfahren. Sie fand, dass der nachdenkliche Jugendliche das nun wissen sollte. Chris war schockiert: Seine Mutter hatte ihn und den Vater wegen einer Liebschaft verlassen! Er war es nicht wert gewesen, dass sie bei ihm blieb, das tat unendlich weh, zog ihm den Boden unter den Füßen weg. Er geriet ins Taumeln. ‚Warum? Warum machen Menschen so etwas?‘, fragte er sich. Sein Wunsch, hinter ihre Taten zu schauen, die Seele zu ergründen, war geboren … Ich bin mit meinem Teil fertig“, schloss Peter seine Ausführungen, „allerdings sehe ich keinen Konnex zu unserem Fall.“

„Zunächst natürlich nicht“, stimmte Kautz zu, „aber irgendwie schon. Wenn wir Maries These des rückfälligen Konvertiten ernst nehmen, spielte Religion eine dominante Rolle in Chris’ Leben. Jetzt ist uns wenigstens der relevante soziale Hintergrund vor Augen. Wir müssen uns an den Fall herantasten. Außer Chris’ Notizen haben wir im Grunde nichts.

„Zur religiösen Thematik kann ich auch noch was beisteuern“, warf Friedebert ein, der sich den zweiten Ordner vorgeknöpft hatte. „Soll ich, Chef?“

Kautz nickte.

Der Übersicht schätzende Kollege nannte erst einmal die Themen seines Ordners: Chris Bodes Studium, seine Frauengeschichten sowie sein Kontakt zum Islam. Dann begann er seinen Bericht:

„Das Abitur mit der Note 1,2 bestanden, schrieb sich Chris in Heidelberg für den Studiengang Psychologie ein. Mitschüler, die BWL, Jura oder Ingenieurwesen studierten, hatten seine Wahl seltsam gefunden, wenn sie auch nicht so weit gingen wie Leute aus der Nachbarschaft, die sich fragten, ob er was an der Waffel hatte und sich mit dem Studium bloß selbst helfen wollte. Vielleicht traf das auf tieferer Ebene sogar zu, fand Chris, wenngleich er darin nichts Schlechtes sah. Im Grunde lenkten die Leute mit solchem Vorurteil nur von sich ab: Dass man selbst auch ein bisschen verrückt sein könnte, verdrängt man lieber!

Mit großem Eifer stürzte er sich in sein Studium, das ihn anfangs jedoch ziemlich auf die Folter spannte. Da waren trockene Statistik-Kurse zu belegen, Methodenlehre, Beobachtungs- und Experimental-Praktika, fachspezifisches Handwerkszeug eben. Andererseits musste er Theorie büffeln, Grundlagen zu Themen wie Lernen, Gedächtnis, Denken, Motivation, Emotion, Entwicklungs-, Persönlichkeits- und Sozialpsychologie mit zig Denkschulen. Erst danach kam im gewählten Anwendungsschwerpunkt *Klinische Psychologie* die Kür: Diagnostik, psychische Störungen, Therapiemethoden mit Fallseminaren und manches andere mehr. Er begriff, dass es an der Uni wissenschaftlich zuging und nicht schmalspurig-unkritisch wie bei der Aneignung einer Heilslehre. Mit der Zeit paarte sich sein Wissensdurst mit Geltungsdrang. Er paukte wie wild, um zu den Besten zu gehören. Chris' Noten, zumeist Einser, belegen den Erfolg. Gleichzeitig verausgabte er sich, besser, verzettelte sich in diversen Aktivitäten neben der Uni, sodass sich, wenn er so weitermachte, sein Studium bedenklich in die Länge ziehen würde. Auch Flirts mit Frauen wurden ihm wichtig. Fand ihn eine Kommilitonin attraktiv, musste er sie haben. Hatte er sie, so verlor sie schnell wieder an Reiz. Erst allmählich entstand der Wunsch nach einer Freundschaft von längerer Dauer. Bei seinen Versuchen merkte er bald, dass eine Frau zu halten, schwieriger war, als sie zu erobern. Er forderte viel von den Freundinnen, sie mussten sich primär nach ihm richten, auch seine sexuellen Bedürfnisse befriedigen, die manchmal fast aggressive Züge annahmen. Andererseits war er furchtbar eifersüchtig auf reale oder auch nur gefühlte Rivalen, kaschierte das aber mit Macho-Gehabe.

Dann, im dritten Semester, wegen akuten Blinddarms in der Uniklinik, suchte ihn ein muslimischer Klinikseelsorger auf, freundlich-jovial, gesprächig und gewitzt, körperlich so rund wie er selbst. Der lud Chris in die Moschee ein und erzählte ihm von muslimischem Leben, dem Familiensinn der Muslime, den er bald kennenlernen sollte, ein wohltuender Kontrast zur eigenen Erfahrung. Das Interesse geweckt, begann Chris, sich mit dem Islam und Mohammeds Leben zu beschäftigen. Dabei entdeckte er Parallelen zur eigenen Vita. Ich geh' jetzt kurz auf Mohammeds frühe Kindheit ein, da Chris in ihr etwas vom eigenen Schicksal zu sehen glaubte."

„Was tut denn das zur Sache?", warf Peter mürrisch ein.

„Jetzt wart's doch einfach mal ab!", wies ihn Kautz zurecht.

„Mohammed war ein Waisenkind wie Chris, ohne Eltern und Geschwister aufgewachsen. Mutter Amina hatte ihn kurz nach der Geburt Beduinen zur Erziehung übergeben. Der Vater Abd Allah war drei Monate nach der Heirat mit Amina gestorben. So lernte Mohammed Fürsorge und Zuneigung der Eltern nicht kennen. Sechs Jahre alt, folgte der nächste Schlag: Auf einer Reise mit der Mutter nach Yathrib, dem späteren Medina, zum Grab seines Vaters erkrankte diese und verstarb. Mohammed kehrte in Begleitung einer Dienerin Aminas nach Mekka zurück und wurde, nun Vollwaise, in die Obhut des Großvaters gegeben. Nach zwei Jahren ein weiterer Einschnitt: Der Großvater verstarb, und er kam zu Onkel Abu Talib in ärmliche Verhältnisse.

Mohammeds frühe Verlusterfahrungen hatten seine Beziehung zur Welt, insbesondere zu den Frauen, geprägt. Zwar soll er beim Tod der Mutter bitterlich geweint haben, dennoch versöhnte er sich mit ihr nicht, sei es, weil sie ihn weggegeben hatte oder weil er Gerüchten zufolge ein uneheliches Kind sein könnte. Das hatte Chris in islamkritischer Literatur gelesen, als er anfing, sich mit dem Islam zu beschäftigen. Kopien aus Büchern mit Chris' Randnotizen geben darüber Aufschluss. Im Koran steht auch, dass Mohammeds Mutter in der Hölle schmore. Nach dem Urteil eines modernen Gelehrten hat Mohammed den Zorn auf die Mutter im Koran religiös verpackt und so Allah zu seinem persönlichen Rächer gemacht."

Friedebert hielt inne. „Es folgt nun viel über Mohammeds Frauen, da lernt man eine dunkle Seite des Propheten kennen, führt aber in unserem Fall nicht weiter. Ich lass das mal weg. Überhaupt bezweifle ich wie Peter, dass uns diese Aktenarbeit groß weiterhilft."

„Fass das mal zusammen, Friedebert, es könnte doch von Wert sein als Hintergrund für Chris' Beziehung zu Frauen."

„Alla, wenn du meinst." Er musste sich konzentrieren, denn damit hatte er nicht gerechnet.

„Also, Chris bekam den Eindruck, dass Mohammed mit den Ehefrauen im Haus und weiteren Frauen – zum Beispiel

Verlobte und Sklavinnen – nicht wie ein Macho umging, vielmehr wie ein zutiefst verunsicherter Mann, dessen Verhalten von Eifersucht und Verlustängsten bestimmt ist. Er konnte zwar sehr liebenswürdig sein, kontrollierte aber seinen Harem auf krasse Weise. Seine Frauen mussten den Vollschleier tragen, ihre Bewegungsfreiheit wurde extrem eingeschränkt, mit Männern durften sie nur reden, wenn eine Wand sie trennte. Sogar über seinen Tod hinaus sollten sie sein Besitz sein und keinen anderen heiraten, für seine jüngste Frau Aischa ein besonders hartes Los. Die er übrigens mit sechs oder neun Jahren geehelicht hat, die Quellen sind diesbezüglich nicht eindeutig."

„Was sagst du da? Der Stifter einer Weltreligion ein Kinderschänder? Nicht zu fassen!" Hans war aufgebracht. „Ich hab's schon immer gewusst: *Religion ist das Opium des Volkes!*"

„Ich kann mir da kein Urteil erlauben, jedenfalls sah Chris das so. Wenn es wirklich so war, ist es abscheulich", fand Friedebert.

Marie, geschichtlich auf Zack, mischte sich ein:

„Doch, doch, ich glaube schon, dass das stimmt. Jedenfalls ist dieses Thema muslimischen Theologen so peinlich, dass ihnen keine Ausrede zu billig ist: Der Prophet hätte Aischa zwar mit sechs geheiratet, aber erst mit neun Sex mit ihr gehabt. Manche Neunjährige seien damals bereits frühreif gewesen. Als ob das an dem Missbrauch etwas ändern würde! Von den Folgen ganz zu schweigen: Im Islam legitimierte diese Ehe Mohammeds jahrhundertelang die Heirat minderjähriger Frauen. Jede Religion hat ihren Schatten. Den mögen viele nicht sehen, ist halt beschämend. Die Protestanten feiern ja gerade ihren Luther. Dabei hat der so gegen die Juden gehetzt, dass ihn sogar *Der Stürmer*, ein Nazi-Blatt, oft zitierte. Karl Jaspers, der Heidelberger Philosoph, hat dazu mal gesagt ..."

„Nun ist aber gut, Marie", schnitt Kautz ihr das Wort ab, „wir sind doch nicht in einem historischen Seminar! Mach bitte weiter, Friedebert!"

„Alla, wo war ich? Ach ja, Chris Bodes Identifikation mit Mohammed ... Chris konnte den im Grunde verstehen, weil sein eigenes Verhältnis zu Frauen in ähnlicher Weise von Misstrauen und Kontrollbedürfnis geprägt war. In beiden Fällen verbarg sich da ein von der Mutter verlassenes Kind.

Im Winter 2015/16 ergriff Chris dann ein Drang, seine Mutter kennenzulernen. Vielleicht lag es daran, dass er seine Prüfungen erfolgreich hinter sich gebracht hatte und nach Abschluss der Diplomarbeit ein neuer Lebensabschnitt beginnen würde. Das hatte er auch ohne Mutter geschafft. Nun wollte er von ihr wissen, warum sie seine Kindheit so beschwert hatte, vielleicht ihr auch zeigen, was aus ihm trotz allem geworden war. Auf jeden Fall musste er ihr die Augen öffnen für den Schmerz, den sie ihm zugefügt hatte. Im Grunde aber hoffte er auf Aussprache und Versöhnung.

Das nötige Geld für die Nachforschungen, nämlich 1.000 Dollar, 500 Vorkasse und 500 nach erbrachter Leistung, verdiente er sich teils mit Kursen – der Kurs *Wie kriege ich eine Frau rum?* war besonders begehrt –, teils liehen ihm salafistische Brüder Geld. So konnte er in Alabama einen Privatdetektiv anheuern, der Nora Bode ausfindig machen sollte. Die Adresse ging eines Abends unverhofft schnell in seinem E-Mail-Postfach ein. Sofort schrieb er der Mutter einen langen Brief, erhielt jedoch keine Antwort. Dann einen zweiten, und als der wieder unbeantwortet blieb, einen dritten. Keine Reaktion. Während er ins Leere lief, spürte er eine tiefe Wut in sich hochkommen. Wieder im Stich gelassen, keine Chance, die Mutter mit dem Los des Verlassenen zu konfrontieren. In dieser Zeit tut sich in den Aufzeichnungen eine Lücke auf. Chris berichtet nur, dass er im Frühling 2016 ein Urlaubssemester einlegte, wie er das verbrachte, steht nirgendwo."

„Das ist in der Tat auffällig", warf Kautz ein, „dem müssen wir auf den Grund gehen."

„Im Wintersemester 2016/17 gehen Chris' Notizen dann weiter, gegen Ende mit überraschender Brisanz. An einem Frühlingsabend 2017 ließen ihn zwei Brüder wissen, dass er ihnen etwas schulde. Sie hätten eine Großveranstaltung der Region im Visier. Genaueres wollten sie noch nicht sagen. Das sollte die Ungläubigen empfindlich treffen und Deutschen wie der Welt zeigen, dass Allah westliches Konsum- und Spaßleben verabscheute. Sie wollten dieses Jahr zuschlagen. Bislang ahnte Chris zwar, dass ein paar Brüder zu Gewalt neigten, nun war klar, dass die es ernst meinten und seine Gläubiger dazugehörten. Ihr Erpressungsversuch, so empfand er das, zerstörte den Rest seiner Sympathie für die salafistischen Brüder. Er war schockiert. Mit Gewalt, so schrieb er, wolle er nichts mehr zu tun haben. Diese *Brüder*", Friedeberts Verachtung war nicht zu überhören, „sind ein Sicherheitsrisiko ersten Ranges. Die sollte man alle abschieben! Bei den deutschen Spinnern unter ihnen geht das leider nicht …"

Als er das Gesicht seines Chefs rot anlaufen sah, senkte er den Blick und beeilte sich zu sagen:

„Tut mir leid, mir ging gerade der Gaul durch! Jedenfalls frage ich mich", fuhr er fort und schaute wieder auf, „was heißt eigentlich, dass er mit Gewalt nichts mehr zu tun haben wolle? War nur die Formulierung verquer oder hatte sich Chris' Einstellung zur Gewalt tatsächlich verändert? Machte sich da etwa sein Studium bemerkbar, das ja auch ethische Fragen behandelt? Wie auch immer, Chris wollte nun, wie es den Anschein hat, aus dem salafistischen Milieu raus.

Zeitgleich bewarb er sich bei einem Verein der Jugendhilfe um Arbeit als Betreuer und wurde prompt eingestellt. Bei der Stelle ging es darum, den ‚Bomben-Jungen' von Ludwigshafen für ein gewaltfreies Leben zu gewinnen. Ihr kennt den Fall ja. Chris fühlte sich dem Job gewachsen, hielt sich sogar für besonders geeignet. Als Muslim versprach er sich besten Zugang zu dem Jungen. Die Betreuung stellte sich dann als extrem schwierig heraus. Der Junge war über das Internet radikalisiert worden und in ein Netzwerk von IS-Sympathisanten eingebunden. Ein 22-Jähriger aus Neuss hatte ihm dort einen IS-Ratgeber zum Bau eines Sprengsatzes überlassen. So bastelte der Bub eine Bombe, ein Glas mit Pulvergemisch aus Feuerwerkskörpern und Wunderkerzen, außen herum an einem Klebeband Nägel befestigt. Sein Versuch, die Bombe am 26. November 2016 auf dem Weihnachtsmarkt in Ludwigshafen zu zünden, misslang aufgrund technischer Mängel – Gott sei Dank! Ein bislang geheim gehaltenes Video zeigt ihn auf dem Weg zum Adventstrubel am Berliner Platz. Dort wollte er sich gleich als Selbstmord-Attentäter in die Luft sprengen, beteuerte der Junge. Den Eigenbau-Sprengsatz holte die Polizei später aus einem Gebüsch am Ludwigshafener Rathaus-Center. Die Hintergründe des geplanten Anschlags sind noch unklar.

Chris' Versuch, den Attentäter umzustimmen – deradikalisieren, sagt man heute geschraubt dazu –, indem er ihm aus den friedlichen Suren des Koran vorlas und mit ihm betete, prallte bei dem ab. Als bekannt wurde, dass Chris in salafistischen Kreisen verkehrt war, wurde er seiner Aufgabe umgehend enthoben. Das wissen wir schon aus der Presse. Chris war zwischen zwei Stühlen durchgefallen: Das Jugendamt schasste ihn, weil er sich für den Salafismus engagiert hatte, und sogenannte Brüder hassten ihn, weil er sich an ihrem geplanten Anschlag nicht beteiligen wollte. Zu alledem wurde er im Netz bedroht. Wer dahintersteckte, wusste er nicht."

„Eine griffige Zusammenfassung deines dicken Ordners und zwei kluge Feststellungen, die uns weiterbringen können", lobte Kautz den Kollegen trotz des Ärgers über die verbale Entgleisung. „Wir wissen jetzt, dass gewaltbereite Salafisten im Dunstkreis der Al-Faruq-Moschee allen Grund gehabt hätten, den unwilligen Mitwisser Chris mit Androhung von Gewalt in Schach zu halten, wenn die nicht todernst gemeint war. Nur haben wir derzeit nichts gegen sie in der Hand. Mashni mussten wir laufen lassen, obwohl der, glaube ich, kein Unschuldslamm ist, und der Imam ist entweder auf einem Auge blind oder aalglatt. Zum Glück hast du uns einen Ansatzpunkt fürs weitere Vorgehen geliefert: die knapp halbjährige Lücke in Chris' Notizen. Warum hat der sonst so schreibfreudige Chris diese Zeit ausgespart? Geschah da etwas, das Chris' Ablehnung von Gewalt begründet hat oder auch nur bestärkt? *Mit Gewalt wolle er nichts mehr zu tun haben*: Dieser Satz riecht geradezu nach einer Spur. Sollten wir etwas in Chris' Wohnung übersehen haben, das diese Zeit erhellt?"

Nach kurzem Zögern, wobei er in die Runde schaute, wandte er sich an Marie: „Geh *du* doch nach dem Team noch mal hin und vergiss die Lupe nicht!"

Der launige Satz drückte, für Insider deutlich, Anerkennung aus. In der Tat hielt er Marie für die Findigste von allen – wenn jemand noch etwas rauskriegte, dann sie!

„Okay, Chef, wenn's hilft, nehm' ich gleich das Mikroskop mit", strahlte sie. Verkapptes Lob war sie gewöhnt. Sein neuer

Stil, Leistung unverblümt zu würdigen, typischer Psycho-Sprech, lag ihr nicht.

„Zudem“, fuhr Kautz fort, „wissen wir nun, dass Islamisten ein Großereignis unserer Region im Visier haben. Vielleicht ist ihr Finger schon am Abzug. Das muss ich gleich dem Verfassungsschutz melden, obwohl es vermutlich nichts mit unserem Fall zu tun hat.“

Während sich die Sitzung auflöste, schweifte der Kommissar mit seinen Gedanken für einen Moment ab. Chris Bodes biografische Notizen hatten ihn auch der Lösung seiner Frage, wieso ein Psychologe Salafist werden konnte, nähergebracht. Das war es ja, was ihn an seinem Beruf so faszinierte: dem Menschen in die Seele zu schauen und Beweggründe für Irrwege und Abstürze zu verstehen, die allzu oft ins Verbrechen führten.

Und schon rief er sich zur Ordnung und tat, was zu tun war. Als Erstes setzte er sich mit dem Verfassungsschutz des Landes in Verbindung. Mitte Mai erst hatte es beim Finale von *Germany's Next Topmodel* in der SAP-Arena eine Bombendrohung gegeben, sodass der Veranstaltungsort sofort von zehntausend Besuchern geräumt werden musste. Zum Glück stellte sich der anonyme Anruf als Fake heraus. Die von den salafistischen Brüdern ausgehende Gefahr schien ihm dagegen sehr real.

Der zuständige Beamte Fred Luther bedankte sich für die zeitnahe Information und räumte ein, dass ihm noch das islamistische Selbstmord-Attentat in der Arena von Manchester in den Knochen säße. Das Inferno am 22. Mai dieses Jahres mit 23 Toten, auch Kindern, und mehreren Hundert Verletzten hätte vermutlich vermieden werden können, wenn der britische Inlandsgeheimdienst MI5 die eingegangenen Warnungen ernst genommen hätte. Mitglieder der Didsbury Moschee, die der Attentäter Abedi besucht hatte, hätten die Sicherheitsbehörden vor dem Mann gewarnt, der Selbstmordattentate *okay* fand, auch ein Angehöriger von Abedi hätte den MI5 alarmiert, dennoch sei nicht gegen den Verdächtigen ermittelt worden. Er wolle solch fatale Fehler nicht wiederholen.

Als Kautz ergänzte, dass er Chris Bodes Mörder im salafistischen Umfeld der Al-Faruq-Moschee in Mannheim vermute, horchte der Verfassungsschützer auf, zögerte einen Moment, um dann den Mannheimer Kripo-Chef in ein Staatsgeheimnis einzuweihen:

„Wie Sie wissen, wird die Al-Faruq von unseren Leuten beobachtet. Dazu haben wir vor circa zwei Jahren einen deutschen Konvertiten als V-Mann in die Szene eingeschleust. Wir nennen ihn BT, ein Kürzel für *Brieftaube*. Ich vermittle Ihnen den Kontakt zu BT, da er über Kenntnisse verfügen könnte, die der Aufklärung Ihres Mordfalls dienlich sind. *Eine Hand wäscht die andere*, sagt man ja, obwohl *enge Kooperation der Sicherheitsbehörden* die Sache besser trifft und zudem nicht anrüchig klingt. BT wird sich baldmöglichst auf Ihrem Handy melden. Ich brauche nicht zu betonen, dass dem Vorgang höchste Geheimhaltung gebührt! Ach ja, ich bräuchte noch Ihre Handy-Nummer."

Kommissar Kautz gab sie ihm.

„Besten Dank für Ihre Hilfe." Seine Stimme vibrierte leicht. Wer ihn genauer kannte, wusste, dass er unter Adrenalin stand. ‚Hoffentlich fliegt die Brieftaube bald herbei, sie könnte die Lösung des Mordfalls beschleunigen', flüsterte sein Ehrgeiz.

Kaum eine Stunde später ertönte Kautz' Smartphone. Eine Männerstimme meldete sich leise, aber prononciert:

„BT am Apparat. Ich habe was für Sie und schlage vor, dass ich es Ihnen schnell übergebe. Wie wäre es noch heute Nachmittag um 14.30 Uhr? Am besten in Bad Dürkheim im Café der Bäckerei *Schall* an der südöstlichen Ecke des Marktplatzes. Da lässt sich Pflicht mit Kür verbinden, die Kuchen dort sind köstlich. Geht das?“

Natürlich griff Kautz zu.

„Ich werde da sein. Sie erkennen mich als Leser der *Süddeutschen*, dahinter steckt immer ein kluger Kopf“, sagte er feixend. Ein Leser der *Frankfurter Allgemeinen* hätte ihn für diese Aussage geköpft!

Nachdem Kautz noch schnell beim Kiosk am Paradeplatz eine *Süddeutsche* besorgt hatte, saß er gegen zwei in seinem Alfa GT und gab Gas. Doch schon vor der Kurt-Schumacher-Brücke geriet er in einen Stau, der Zeit kostete: Blaulicht, ein Unfall – mal wieder! Die Autoschlange löste sich langsam auf, als er nach der Brücke die Hochstraße über Ludwigshafen entlangfuhr, die in die A650 einmündet. Er musste sich sputen. Die sechs Zylinder seines Alfa drehten hoch und röhrten dumpf. Das Bäckerei-Café *Otto Schall* in Bad Dürkheim pünktlich erreicht, holte er sich Cappuccino und Croissant an der Verkaufstheke und nahm im hinteren Teil an einem Fenstertisch Platz. Er zückte seine Zeitung.

Wenig später näherte sich ein junger Mann und sprach ihn wie einen alten Bekannten an: „Morgen, Karlheinz, du hier? Nach so langer Zeit, so ein Zufall! Das kostet dich einen Nussstollen, der von *Schall* hier ist weit und breit der beste, für meinen Geschmack jedenfalls.“

Und schon saß er mit am Tisch.

„Immer noch derselbe lustige Vogel“, parierte Kautz Brieftaubes Gruß und gab so zu verstehen, dass er den

Decknamen des V-Manns kannte. Ein netter Kerl, wie er fand. Leute mit Humor, die noch dazu seinen Lieblingskuchen mochten, waren ihm einfach sympathisch.

Nach kurzem Smalltalk, von Vogel zu Vogel gewissermaßen, kam BT mit gedämpfter Stimme zur Sache.

„Chris Bode, alias Ibrahim, kurz CB, eigentlich ein cooler Typ, war anfangs den Salafisten geradezu hörig. Er zog sich das Credo der Gruppe rein und lieferte sich ihr bis zu absurden Hirnwäsche aus: ‚*Achi*, du darfst selber denken, solange du nicht dem Islam widersprichst!‘, hörte er bei aufkommender Skepsis stets. Chris war zwar smart, doch der Wert der Gruppe hat wohl schwerer gewogen. Sie nennen dich *Achi*, das heißt *Bruder*, sie wissen, wo's langgeht, was du zu tun und zu lassen hast, eine Schwarz-Weiß-Welt. Sie hören dir aber auch zu, essen und beten mit dir. Du fühlst dich endlich aufgehoben, Teil einer Gemeinschaft und hast ein klares Ziel, die Mission der *Kuffar*, wie sie die Ungläubigen schimpfen – das Wort konnte ich mir gut merken, klingt so ähnlich wie *Kaffer*! CB ging's im Grunde genauso wie mir. Er diente anfangs als Handlanger, bis er begann, Videoclips für die Mission herzustellen. Darin wurde er perfekt und für die Gruppe unersetzlich. Die Clips, meist mit aktuellem Bezug, brachten auch einiges an Spenden rein. CB war stets auf *Da'wa* aus, so nennen die Brüder die Bekehrung der *Kuffar*. Er war der Einzige, der studierte, und hatte schon von daher ein gutes Standing. Das Studium ließ ihm auch Zeit, die er für seinen Glauben einsetzte. ‚Ich habe meine Seele an Allah verkauft, und Allah wird mich mit dem Paradies belohnen‘, sagte er oft. Früher hatte er mal den Koran unter die Leute gebracht und war auch bei anderen Events der Brüder mit von der Partie. Total engagiert, der Typ, für meinen Geschmack verbohrt, aber friedlich, hab' ihn nie ausfallend oder aggressiv erlebt.“

Kautz dachte an Chris' Verhältnis zu Frauen und konnte sich einen Anflug von Hochmut nicht verkneifen: ‚Na, das weiß ich aber besser! Wozu einer fähig ist, checkt man erst, wenn man seinen psychosozialen Code kennt – und den haben wir geknackt!'

„Seit einem knappen Jahr ging auf einmal ein Ruck durch Chris", fuhr BT inzwischen mit seinem Bericht fort, „ich glaube, er wurde dem Salafismus gegenüber skeptisch. Dass sich einige Brüder radikalisierten, bestürzte ihn. Das Verhältnis zur Gewalt hatte immer wieder zum Konflikt in der Szene geführt, sie schließlich gespalten. Ein Freund, der ihm nahestand, ging nach Syrien. Das versetzte ihm einen Schlag, wie er mir sagte. Schon zuvor muss ihn Gewalt im Namen Allahs abgestoßen haben. Er erzählte von einem Bruder, der ihn schockiert hatte. Als der Fanatiker hörte, dass bei Krawallen in Bonn 2012 ein salafistischer Attentäter zwei Polizisten mit dem Messer lebensgefährlich verletzt hatte, rief der verzückt ‚*Allahu akbar!*' Chris' Bestürzung prallte an dem Bruder ab: ‚*Kuffar* muss man schaden, wo man kann, basta!'

Als Chris begann, die *Achis* zu meiden, hörte er erst: ‚Hey, Bruder, du weißt doch, ich vermisse dich. Wenn du Hilfe brauchst, ich bin immer da.' Zuletzt las er auf der Pinnwand seines Facebook-Accounts: ‚Du sollst sterben, du Hund! Heuchler und Abtrünnige trifft Allahs Zorn!' Die Drohung kam von einem Hardliner der Szene namens Mustafa Braun, der über den Dschihad spricht, wann immer man ihm begegnet. Er wohnt in der Neckarstadt und erscheint hin und wieder zum Freitagsgebet in der Moschee, ein abgedrehter Typ, fanatisch, scheint mir echt gefährlich."

„Glaubst du, dass Mustafa einen abtrünnigen Bruder töten könnte?" Das war der Knackpunkt für den Kommissar.

„Ich denke, dass der bald in den Dschihad zieht und gewiss nicht zimperlich mit den Feinden Allahs umgehen wird. Auch in Deutschland scheint er noch was vorzuhaben, wir sind da dran. Ob er aber zum Mord an einem Bruder fähig wäre, ist schwer zu sagen."

Kautz beantwortete sich die Frage nun selbst. Alles in allem hielt er Mustafa Braun für eine tickende Zeitbombe, dem war auch der Mord an einem *Achi* zuzutrauen. Wahrscheinlich hatte Marie doch recht. Mustafa dürften sie ab sofort nicht mehr aus den Augen lassen – ohne dass dabei ein Verdacht auf den V-Mann fiel, sonst könnte der auffliegen, schlimmstenfalls sein Leben in Gefahr geraten. Da müssten sie höllisch aufpassen.

„Ich werde mich mal umhören, ob ich noch etwas in Erfahrung bringen kann, Karlheinz", sagte BT leise und dann in normaler Tonlage: „Jetzt muss ich aber los. Mach's gut, Alter!" Er stand auf, stellte sein Tablett an der Durchreiche ab, und weg war er.

Auch der Kommissar musste nun schleunigst zur Dienstbesprechung ins Präsidium. Unterwegs überlegte er, wie er diesem Mustafa auf den Zahn fühlen könnte. Im Moment fiel ihm jedoch nichts Besseres ein, als ihn zu beobachten, die Adresse in der Humboldtstraße hatte er ja jetzt. Schon zwanzig Minuten später war er von Bad Dürkheim zurück im Präsidium – seinem roten Ross hatte er mal wieder die Sporen gegeben.

Das Kripo-Team wartete ungeduldig auf seinen Chef, der Austausch konnte sofort starten. Der junge Jäger brannte schon drauf, die „Results" seiner Recherche loszuwerden. Nach statistischer Auswertung der vermieteten Boote im Umkreis von 30 Kilometern, kam er zu einem Fakt, der ihm „voll strange“ erschien – Hans präferierte Anglizismen. Ein Gary Kissinger, US-Amerikaner aus Mobile, Alabama, hatte vor elf Tagen ein kleines Motorboot für zwei Wochen gemietet, dazu einen Wohnwagen auf dem Campingplatz bei Otterstadt direkt am Rhein.

„Könnte dieser Zufall nicht das Missing Link zum Tod von Chris Bode sein? Seine Mutter Nora hat sich, wie aus Chris' Notizen bekannt, vor Jahren mit einem Gary aus Alabama in die USA abgesetzt. Zudem stammte der Typ aus Alabama. Ist der Tourist Gary Kissinger etwa Noras Lover von damals? Jedenfalls ist Fakt, dass Gary sich am elften Juli, als Chris gekillt und seine Leiche bei der Kuckucksinsel abgelegt wurde, in nächster Nähe aufhielt.“

Der Kommissar war alarmiert: „Mensch, Hans, das könnte eine neue Spur sein. Ist es nur ein Zufall, dass dieser Kissinger zur Tatzeit unweit des Fundorts der Leiche Urlaub macht und dazu noch ein Boot zur Verfügung hat? Oder ist der Ami hier aufgekreuzt, weil er hinter Noras Sohn her war? Sind sich die beiden an jenem Dienstag in Otterstadt begegnet? Hat es dabei böses Blut gegeben? Aber warum sollte Gary Chris getötet haben? Fragen über Fragen und kein Motiv in Sicht!“

‚Halt dich an die Fakten, Kautz‘, bremste ihn die Skepsis, ‚du musst da unbedingt dranbleiben‘, gab sein Spürsinn Gas.

Dann ging Kautz zu seinen Erkenntnissen über. Er berichtete vom Telefonat mit Verfassungsschützer Luther, vom Treff mit BT und den brisanten Informationen über Salafist Mustafa Braun, wie Chris auch ein deutscher Konvertit.

„Wir müssen Mustafa von jetzt an beschatten. Übernimm du das mal, Friedebert. Aber, bitte, sei vorsichtig, der Kerl scheint mir explosiv. Er hat einen für die Brüder typischen Rauschebart, schwarz, und trägt ihren weißen Kaftan sowie die Gebetsmütze. Hier ist ein Foto, BT hat mir's gleich mitgebracht. Hans, du wühlst weiter in dem Nazi-Misthaufen, und du, Peter, heftest dich an die Fersen der zwei Rechtsradikalen. Ich selbst werd' nach Otterstadt düsen und mir diesen Gary vorknöpfen." Kautz war in Fahrt.

Hans vermerkte auf seinem Protokollblatt:

Talk Nr. 4, Fazit: Zwei neue Verdächtige, gewaltbereiter Salafist Mustafa Braun und Gary Kissinger, Tourist aus Alabama – Ex-Lover von Nora Bode?

Auf der Fahrt nach Otterstadt geriet Kautz ins Spekulieren. Dieser US-Amerikaner *musste* der einstige Liebhaber von Chris' Mutter sein, das würde sonst mit dem Teufel zugehen. Den Campingplatz erreicht, suchte er den Verwalter auf, ein jovialer Mann mit fettigem Haar und Bierbauch, den das kurze T-Shirt nur bis zum Nabel bedeckte. Als sich Kautz auswies, stand der Dicke stramm und beeilte sich, alles über den Mieter des Wohnwagens zu berichten, was ihm gerade so einfiel.

„Ein netter Kerl, dieser Gary, oft auf dem Rhein unterwegs, klar, hat ja zu Hause auch ein Boot. Er lebt übrigens im Süden der USA, in Mobile, Alabama. Hatte ich bislang nicht auf dem Schirm, Texas kennt man ja, aber Alabama? Er hat mir 'ne Karte und ein paar Fotos seiner Heimat auf dem Handy gezeigt. Ist gestern vorzeitig abgereist. Hat reichlich Trinkgeld gegeben, wie gesagt, ein guter Typ."

Der Kommissar war frustriert, hätte Kissinger nicht noch einen Tag länger bleiben können? Das würde seine Ermittlungen erschweren, wenn nicht vereiteln. Wie so oft, wenn er frustriert war, bekam er Hunger. Auch hatte er sich zu Mittag ja nur Cappuccino und Croissant gegönnt. Hin und wieder wollte er etwas gegen seinen Bauchansatz tun. Wenn Kollegen ihn eitel nannten, hatten sie nicht unrecht.

Er mochte Männer nicht, die sich gehen ließen. Von solchen gab es schon genug. Mein Gott, wie hatte sich seine Ex in ihrer Depression vernachlässigt. ‚Das ist jetzt aber unfair', hielt er sich mit einem Anflug von Scham vor, ‚schließlich lag das an ihrer psychischen Erkrankung!' Es war auch für ihn eine schlimme Zeit gewesen, die er völlig verdrängt hatte. Die sollte, wollte er nicht wieder anrühren.

Der redselige Verwalter unterstützte seinen Impuls zum Gedankenstopp:

„Übrigens, ich heiß' Christoph, komme aus Cottbus. Mein Nachname ist aber nicht Columbus, obwohl ich ein Schiffsnarr bin und das Wasser mag!" Er lachte über sein Wortspiel, das er wohl schon öfter zum Besten gegeben hatte.

„Dabei fällt mir ein, vor Kurzem kreuzte hier ein flottes Motorboot auf, ein *Quicksilver Activ Sundeck* mit 200 PS, mein Traumboot, kostet glatte fünfzig Riesen. Aber zwei schräge Typen waren da an Bord, und ich mein' nicht ihre Glatzen. Sorry, Glatzköpfe mag ich nicht. Auf den T-Shirts war rechtsradikaler Mist gedruckt, widerlich!"

‚Jetzt wird's brisant', dachte der Kommissar. ‚Das verdächtige Neonazi-Duo hier auf dem Altrhein von Otterstadt, wo der heute Mittag in Verdacht geratene Gary zeitweise wohnte. Gab es da einen Zusammenhang? Und wenn ja, welchen?'

„Wissen Sie noch, wann das war?"

„Moment mal … wann war das gleich? Ach, ja, Dienstagnachmittag war das, genau!"

„Sind Sie sich da ganz sicher?", hakte der Kommissar nach.

„Absolut, da war hoher Besuch angesagt, die Schwiegereltern, vornehme Leute. Ich hatte schon den Grill angeworfen, ein Fässchen Bier angezapft und zwei Flaschen edlen Weißwein kalt gestellt. Es würde ein Gaumenschmaus werden, die sollten staunen. Zuvor hatte ich *Air Dried Beef* besorgt, luftgetrocknetes, mariniertes Rindfleisch, sauteuer, aber echt lecker. Die Dips hab' ich selbst gemacht: Avocado-Zitrone, Mango-Curry und Aioli, mit Joghurt statt Majo angemacht, muss ja auf die Linie achten, hahaha! Mir läuft jetzt noch das Wasser im Mund zusammen. Übrigens wird auch im *Schiefen Sack* hier super gekocht, gutbürgerlich, aber auch ein paar ausgefallene Gerichte – und die Soßen: ein Gedicht! Wenn Sie mich fragen, ein Geheimtipp. Bin da nicht umsonst Stammgast."

Das Loblied auf die Kochkunst des Lokals törnte Kautz regelrecht an. „Danke, da schau ich gleich mal vorbei, Sie können einem aber auch Appetit machen!"

Kautz war froh, dass der Verwalter am Mittag von seiner Frau bekocht wurde. Christoph war zwar nett, aber ihm viel zu gesprächig.

Vor der Wirtschaft – ihr Name für Pfälzer eindeutig zweideutig – hing, wie üblich, die Speisekarte im Glaskasten. Sie enthielt Landestypisches wie Pfälzer Teller, Schiefer Sack, Wurstsalat mit Pommes, *Fleeschknepp* mit Meerrettich, auch *Dreggische Grumbeere* – Blut- und Leberwurst, gebacken mit Bratkartoffeln –, saugut, aber verdammt fett, obwohl, das könnte er mit ein, zwei Schnäpsen zurechtrücken. Auch erlesene Gerichte fehlten nicht, wie gegrilltes Zanderfilet mit Couscous und Kapern in Zitronensoße. Trotzdem, er würde jetzt nicht zuschlagen. Er hatte nicht die Muße dazu und war in puncto Essenszeit eh ein südländischer Typ. Ein andermal abends vielleicht. Zudem wär's in Gesellschaft auch schöner. Genau, er würde Jaqueline Bosch-Hallig hierher einladen, seinen stillen Schwarm. Mehr als Nein sagen könnte sie ja nicht. Er müsste es gleich tun, sonst schöbe er es vor sich her, bis ihn schließlich der Mut verließe. Kurz entschlossen zückte er sein Smartphone, das noch ihre Nummer gespeichert hatte.

„Hallo Frau Bosch-Hallig, prima, dass ich Sie erreiche, hier Karlheinz Kautz, Kripo Mannheim, Sie erinnern sich noch an mich?“

„Na, na, Herr Kautz, wie könnte ich Sie vergessen? Nach dem, was wir alles miteinander erlebt haben!“

Der hofierende Satz wischte seine Befangenheit bei Frauen, auf die er ein Auge geworfen hatte, sofort weg und spornte ihn zu Höchstleistung an:

„Dann fall’ ich doch gleich mal mit der Tür ins Haus, Frau Bosch-Hallig. Wir haben ja nie persönlich die gute Kooperation gewürdigt, die schließlich zur Aufklärung des Falls geführt hat. Bei dem Schmerz über den Verlust Ihres Gatten, der diesem ekligen Zuhälter zum Opfer gefallen ist, wär’ das ja auch daneben gewesen. Nachdem nun so viel Wasser den Rhein runter ist – nehmen Sie mir das banale Bild nicht übel –, möchte ich Sie gern mal zum Essen einladen, natürlich nicht bei mir zu Hause, auf neutralem Boden sozusagen.“

„Oh, das überrascht mich jetzt aber, Herr Kommissar. Aber warum eigentlich nicht! Einen Moment mal … Ich sehe, diese und nächste Woche ist mein Kalender randvoll. Nur heute habe ich noch nichts vor. Wie wär’s mit heute Abend, Herr Kautz, oder wäre das zu schnell geschossen?“

„Nein, nein, Frau Bosch-Hallig, das passt durchaus. Ich hab’ gerade ein gemütliches Lokal bei Otterstadt am Altrhein entdeckt, feine Küche, ruhig gelegen, rustikales Ambiente. Ich könnte Sie abholen, wenn Sie mögen, so gegen 18 Uhr?“

„Okay, aber nicht von zu Hause. Ich warte am Kaiserring bei N 7 vor dem *Teppichhaus Vogt* auf Sie, da hab’ ich sowieso zu tun.“

„Kenn' ich, mein Favorit für Nomaden-Teppiche – ich freu' mich!"

„Also bis heute Abend!"

Der Kommissar schwitzte. Und das kam nicht nur von dem warmen Sommertag.

Hans hatte die Namen der verdächtigen Neonazis schnell gecheckt. Albert Frey und Sven Ziegler, beide wohnhaft in Ludwigshafen-Mundenheim. Die hatten tatsächlich am Todestag von Chris Bode das *Quicksilver*-Boot bei *Seeadler* in Mannheim-Rheinau gemietet. Mit ihren Nazi-T-Shirts waren die beiden natürlich aufgefallen wie bunte Hunde.

Hans hatte nach Rücksprache mit dem Chef sofort den Verfassungsschutz Rheinland Pfalz um Amtshilfe gebeten und dabei einschlägiges Material erhalten. Demnach hatte sich das schrille Duo an Schießübungen einer rechtsextremen Wehrsportgruppe im Pfälzerwald beteiligt. Zudem war es im April 2015 bei Agitation gegen die geplante Flüchtlingsunterkunft in Limburgerhof gesichtet worden. Nach ein paar Wochen Hetze loderten dort aus dem fast fertigen Flüchtlingsheim die Flammen.

Innenminister Roger Lewentz hielt Neonazis für den Anschlag verantwortlich, nachweisen konnte man das bislang aber nicht. Als Ende August 2015 im neu renovierten Heim Flüchtlinge einzogen, kommentierte ein Facebook-Nutzer von Hass verblendet: *Die sollten alle erschossen werden!* Wer den Brand gelegt hatte, konnte nicht ermittelt werden, wie bei den meisten solcher Anschläge. Ein Dossier, das Hans sich mailen ließ, bot reichlich Zahlenmaterial. Zum Beispiel wurden 2015 insgesamt 222 Flüchtlingsheime angegriffen. Bis Ende des Jahres waren lediglich in vier Fällen Täter gefunden und verurteilt worden. Miserable Aufklärungsquote!

Auch bei einem Bürgerforum im Juli 2015 in Ludwigshafen-Edigheim, wo zwei Gebäude für Asylbewerber gebaut werden sollten, war das Neonazi-Duo präsent. Der Stadtrat hatte politisch instinktlos den Bau in der dortigen Kranichstraße beschlossen, ohne vorher mit den Bürgern zu reden, die alle möglichen Ängste entwickelten. Sie witterten Wertverlust ihrer Immobilien und Gefahr für ihre Kinder und Frauen, wohl in umgekehrter Reihenfolge. Zusammen mit anderen Neonazis forderten die beiden Rechtsextremisten die Bürger auf, sich gegen Asylheime in ihrer Nachbarschaft zu wehren, und verteilten Flugblätter, auch in eigener Sache, versteht sich. Als ein junger Anwohner gegen ihre Hetze wetterte und sie als Faschisten brandmarkte, wurde er von denen wüst beschimpft und niedergebrüllt.

Der Verfassungsschutz nahm an, dass die neue Rechtsaußen-Partei, *Der III. Weg*, Neonazis und radikale Ex-NPDler um sich scharte. Der Bundesvorsitzende dieser Truppe, Klaus Armstroff, wohnte gar in Weidenthal im Landkreis Bad Dürkheim. Nach dem Anschlag in Limburgerhof bekannte sich der zwar zum ausschließlich politischen Widerstand gegen Asylunterkünfte, doch er und seine Parteifreunde könnten durchaus auch Deutsche verstehen, die darüber hinaus aktiv seien. Eine windige, mehrdeutige Botschaft, zur Legitimation von Gewalt geeignet, fand Hans. Da schwelte was in der Pfalz.

Der III. Weg ließ auch Szene-Typen aus anderen Teilen Deutschlands antreten, wie den Münchner Neonazi Karl-Heinz Statzberger, der auf Kundgebungen in Ludwigshafen und Limburgerhof mitmarschierte. Der war in einen Sprengstoff-Anschlag auf das jüdische Kulturzentrum in München verwickelt gewesen, wofür er gut vier Jahre saß. Die T-Shirts, welche die beiden Neonazis bei ihrer Bootsfahrt getragen hatten, waren Hemden des *III. Weg*, der sich damit schamlos in die Nähe von Hitlers Terror rückte.

Da hatten sie voll in ein Hornissennest gestochen. Die rechtsextreme Gang erschien Hans als Schwarm, der jederzeit über die zu Feinden mutierten Mitbürger herfallen könnte. Ein kaltblütiger Mord an einem deutschen Muslim war dem echt zuzutrauen, doch das wär' erst mal nachzuweisen. Bislang hatten sie nichts außer der Morddrohung und dem Aufkreuzen des Duos zur Tatzeit nahe des Fundorts der Leiche. Er müsste sich auf ein smartes Vorgehen fokussieren und sich natürlich mit dem Boss abstimmen. Am liebsten würde er die beiden Glatzköpfe ins Präsidium vorladen, ungeschoren sollten die ihm nicht davonkommen. Hans grinste, seine Wortwahl war mal wieder ‚voll cool'.

Friedebert hatte sich gleich nach dem Team in die Neckarstadt aufgemacht. Mit der Beschattung von Mustafa Braun beauftragt, wollte er sich vor Ort erst ein Bild von den Verhältnissen machen, seiner Erfahrung nach half das meist.

Mustafa wohnte in der Humboldtstraße. Ein Durchgang führte von dort in einen größeren quadratischen Hinterhof, in dem auf einer Seite Wäsche zum Trocknen hing, auf der anderen ein paar klapprige Fahrräder sowie Mülltonnen herumstanden. Das Haus selbst am Ende des Hofs war aus der Gründerzeit oder schon älter, so gut kannte er sich in der Architektur nun doch nicht aus. Jedenfalls machte es einen abgelebten, ja, heruntergewirtschafteten Eindruck, ein Wohnort für Menschen, die das Schicksal nicht gerade begünstigt hatte. Wenigstens ruhig hatten die es hier.

Zur Moschee in der Lortzingstraße war es nur ein Katzensprung. Ein paar Blöcke weiter, und schon erreichte er das stattliche Bürgerhaus, in dem sich die Moschee breitgemacht hatte. Der Islam war dem in die Jahre gekommenen, konservativen Kunz ziemlich suspekt. Für ihn gehörte der nicht einfach so zu Deutschland, wie die Regierung glauben machen wollte, und die salafistischen Kreise schon gar nicht. Die lebten zwar auf deutschem Boden, nicht aber auf dem Boden des Grundgesetzes. Ein Gottesstaat schwebte den Salafisten vor, unter dem rückständigen Recht von Koran und Scharia, und das im Europa des 21. Jahrhunderts!

Was den Islam betraf, sah er vor allem seine extreme Form, den Islamismus, und damit den Aspekt der Gefährdung, was ihm als Schutzmann zustand, wie er fand. Er mochte das alte Wort für Polizist. Vor Jahrzehnten hatte er den Beruf ergriffen, um Mitbürger vor Verbrechern zu schützen. Kautz würde er seine Meinung natürlich nicht auf die Nase binden, der hatte die Willkommenskultur vieler Deutscher, allen voran der Bundeskanzlerin, begrüßt. Der Chef stellte sich meist auf die Seite der Schwachen, in diesem Fall der Flüchtlinge. Wenn er ehrlich war, ohne damit verbundene Gefahren unter den Teppich zu kehren. Dass bei der Öffnung der Grenzen im Sommer 2015 auch gewaltbereite Menschen und Kriminelle nach Deutschland gekommen waren, hielt auch der Chef für einen schweren Fehler der Merkel-Regierung. Wenn Kautz aber Diskriminierung witterte, faselte der gleich von Vorverurteilung und so. Manchmal wurde Kautz gar wütend und reagierte verächtlich.

Doch wozu war er, Friedebert Kunz, eigentlich hier? Ach, ja, er wollte über die gewohnte Ortsbegehung hinaus seiner Spürnase folgen. Und die sagte ihm, dass Leute, die ein Bild von Chris Bode vor der Moschee aufgenommen hatten, dort vielleicht jemandem aufgefallen waren.

Bei der dritten Nachfrage in einem Geschäft in Moschee-Nähe wurde er fündig. Der Inhaber wusste zu berichten, dass vor ein paar Wochen zwei Männer mit Glatzen und schwarzen T-Shirts in der Lortzingstraße gesehen worden waren. Muslimische Kunden hatten sich vor den Typen erschrocken, auch, weil auffiel, dass einer die Moschee fotografierte.

„Rechtsextremisten haben hier Narrenfreiheit. Der deutsche Staat ist viel zu lasch, nicht mal die NPD wird verboten! Bei Erdogan wären die alle schon hinter Schloss und Riegel“, echauffierte sich der Türke.

„Aber solche Verhältnisse wollen Sie hier bestimmt nicht“, konterte Kunz, der sich bei fremder Kritik am deutschen Staat – obwohl er beileibe kein Jasager war – stets mit seinem Land identifizierte.

„Natürlich nicht, ist zu krass, was Erdogan in meiner Heimat mit den Menschen macht, aber mehr Härte würde uns allen hier guttun.“

Friedebert bedankte sich für die Auskunft und machte sich auf den Rückweg. Seine Milieu-Visite hatte etwas ergeben, das nicht ins Bild passte, genauer gesagt, zu islamistischem Terror.

„Vielleicht kannst du etwas damit anfangen, Peter“, begrüßte er den Kollegen im Kommissariat. „Die Glatzköpfe waren mit Sicherheit in der Neckarstadt bei der Moschee, fotografierten dort auch, bestimmt nicht aus Jux und Dollerei.“

„Moment mal, was sagst du da, Friedebert?“ Peter dämmerte etwas.

„Ich werd’ verrückt! Könnte es sein, dass die beiden Neonazis hinter der IS-Bekenner-Message stehen, um Mannheimer aufzumischen und Hass gegen Muslime zu schüren? Terror-Beschiss, sozusagen! Dann wär’ die Botschaft ein Fake, wie der Chef schon für möglich hielt, und absolut kein Indiz für gewaltbereite Islamisten. Denen werd’ ich's zeigen!" Peter Maier war zwar kein Islam-Freund, doch Brunnenvergifter hasste er.

Friedebert staunte nicht schlecht, welche Schlüsse der Kollege aus dieser, für ihren Fall scheinbar belanglosen Episode zog.

Karlheinz Kautz, der sich zu Hause flugs gemausert hatte – Hemd und Hose in Schwarz, ein cognacfarbenes Sakko aus Leder, dazu noch schicke italienische Schuhe –, war abends pünktlich am vereinbarten Treffpunkt, wo schon Frau Bosch-Hallig nach ihm Ausschau hielt. Sofort fiel ihm auf, dass sie schlanker geworden war – kein Wunder bei ihrem Schicksal –, doch ihre erregend weibliche Figur behalten hatte. Auch sie in Schwarz, eine leichte Bluse aus weitmaschiger Spitze, Ton in Ton mit ihrem Haar, ein hauchdünner schwarzer BH darunter, Blickfang im wahrsten Sinne des Wortes, der zum Hin- und erst recht zum Reingucken reizte. Kein normaler Mann könnte da widerstehen! Gerade noch konnte sich der Kommissar beherrschen und ihr ins ebenmäßige Gesicht blicken, während sie ihn fast spöttisch musterte. Er fühlte sich ertappt.

„Sie haben sich nicht die Bohne verändert, Herr Kautz, flott und viril wie eh."

Der Kommissar glaubte, rot zu werden, und gab schnell das Kompliment zurück, um von sich abzulenken:

„Vielen Dank, und Sie noch attraktiver!" Eigentlich wollte er „erotischer" sagen, empfand das aber als zu plump.

Nun errötete auch sein Gegenüber und wechselte rasch das Thema.

„Bei der Hitze habe ich mir nur was Leichtes angezogen", begründete sie ihr offenherziges Outfit. „Ich hoffe, die Mücken fressen mich nicht auf."

„Das würde mich nicht wundern", frotzelte Kautz, wo er schon mal beim Balzen war.

„Jetzt ist aber gut, Herr Hauptkommissar", lenkte Jaqueline Bosch-Hallig von sich ab. „Wo steht denn Ihr roter Alfa GT? Sie fahren den doch noch? Ein echter Klassiker."

Statt zu antworten, hakte er sich bei ihr unter – sie leistete keinen Widerstand – und führte sie die paar Meter zu seinem Wagen.

Die Fahrt nach Otterstadt zum *Schiefen Sack*, wo Kautz vorsorglich einen Tisch bestellt hatte, verging wie im Flug. Sie nahmen auf der Terrasse des Lokals Platz und bekamen auch bald die Speisekarte gereicht, verbunden mit der Frage, was sie zu trinken wünschten. Als der Kellner den Schampus für die Dame am Tisch brachte – „ein Rosé von *Menger-Krug*, exquisit, kriegt nicht jeder" –, fiel Kautz der Spruch des Deidesheimer Sektguts ein: *Der unbeschwerte Flirt mit dem Augenblick*. Genauso fühlte er sich gerade. Jaqueline Bosch-Hallig bestellte Hühnchen mit Reis und Blumenkohl in Joghurt-Soße, er nahm den Zander in Zitronensoße. Beiden schmeckte es köstlich. Als sich der Kommissar noch die Lippen leckte, kam der Wirt vorbei und fragte:

„War's recht?"

„Respekt, Herr Wirt, ein auserlesenes, delikates Mahl!" Auch Jaqueline Bosch-Hallig pflichtete Beifall.

„Freut mich, ich geb' das Lob an den Koch weiter. Er ist Syrer, seine Story möchten Sie gar nicht erst wissen. Wär' zu schade um das feine Gericht. Hassan macht gern was Orientalisches", strahlte der Wirt, „wird gut angenommen, hätt' ich nicht gedacht. Die Pfälzer mögen's doch meist deftig. Der junge Mann kam als Flüchtling zu uns. Ich bin froh, dass ich ihn eingestellt hab', ein echter Gewinn. Inzwischen gehört er fast schon zur Familie. Ehrlich gesagt, geht mir das Gemecker über Merkels Flüchtlingspolitik echt auf den Sack! Klar haben wir uns auch Stress damit eingehandelt, aber sollte man die armen Leute in griechischen Massenlagern verrecken lassen, nachdem die Balkanroute zu ist? Und für uns können sie 'ne echte Bereicherung sein, wie man an Hassan sieht. Aber ich will Sie nicht mit meiner Meinung zutexten."

„Nein, nein, das seh' ich zum Teil auch so", stimmte ihm der Kommissar bei. „Jedenfalls haben Sie geholfen, einen jungen Flüchtling zu integrieren, wie man heute technisch-funktional zu sagen pflegt, und dabei auch noch profitiert. Eine Win-win-Situation, finde ich stark."

Die Anerkennung des Gasts tat dem Wirt sichtlich gut. Vielleicht war der Flüchtlingsfreund ja mit seiner Ansicht öfter mal angeeckt. *Gutmensch,* sagten manche dann – und fanden das gar nicht gut!

Als sich der Wirt in die Küche begeben hatte, preschte der Kommissar vor. ‚Jetzt oder nie!', sagte er sich.

„Werte Frau Bosch-Hallig, ich würde gerne mit Ihnen auf das Du anstoßen, natürlich nur, wenn Sie auch mögen."

„Ihrer Charme-Attacke sollte ich eigentlich Widerstand leisten, Herr Hauptkommissar …"

‚Nimmt sie mich jetzt auf den Arm?', fragte sich der schmachtende Kautz. Sein Nackenhaar stellte sich.

„… aber das möchte ich nicht. Also prost, auf uns, lieber Karlheinz!"

Erleichtert, ja hocherfreut, hob der Kommissar sein Glas und stieß mit ihr an. Das Klirren klang ihm wie das Geläut heller Glocken. Es knisterte zwischen ihnen, ein betörender Moment. Das Gespräch wurde immer leichter, der Himmel hing voller Geigen, bereit, der taufrischen Romanze ein Ständchen zu spielen, als den Kommissar plötzlich ein

Schauer überlief. Sein Profi-Hirn feuerte aus allen Rohren. Was hatte Jaqueline da gerade gegessen? Hühnchen mit Reis an Joghurt-Soße – das Henkersmahl von Chris Bode! Schlagartig stand er unter Strom.

„Entschuldige mich bitte für einen Moment, Jaqueline", äußerte er blass.

„Ist dir nicht gut, Karlheinz?"

„Nein, nein, alles bestens, ich muss nur kurz zur Toilette."

Drinnen fragte er im Vorbeigehen den Wirt:

„Gab's eigentlich Anfang letzter Woche auch was Marokkanisches?"

Der schaute kurz auf seine Karte für Tagesgerichte, die unter dem Tresen lag: „Am Montag war *Hammel mit Couscous und scharfen Dips* im Angebot, am Dienstag *Hühnchen mit Reis und Blumenkohl*."

Herrgott noch mal, er hatte es geahnt! Chris Bodes Mageninhalt erschien ihm als starkes Indiz, dass der junge Mann am Dienstag hier gewesen war. Erregt kam Kautz zu Jaqueline zurück, die ihm gleich ansah, dass etwas nicht stimmte.

„Ist was mit dir, Karlheinz?"

Er musste Farbe bekennen: „Entschuldige bitte vielmals, ich sollte zahlen und unbedingt noch zu Christoph, dem Verwalter des Campingplatzes. Ich hab' für meinen Fall gerade eine hochbrisante Entdeckung gemacht. Es tut mir sehr leid!"

Jaqueline war keinesfalls sauer, sondern reagierte sogar besorgt: „Karlheinz, ich möchte dich jetzt nicht alleine lassen, *mitgegangen, mitgefangen* – oder heißt das *gehangen*? Egal, wir haben uns doch schon einmal bestens ergänzt."

Kautz, eben noch Privatmann, nun aber wieder ganz Kommissar, zögerte. Er schien hin- und hergerissen.

„Beim besten Willen, Jaqueline, das geht nicht, ich muss dir's abschlagen. Bitte warte hier auf mich, bis ich zurück bin."

Er winkte die Bedienung herbei, zahlte und eilte zu Christophs Wohnung.

Widerwillig unterbrach der Verwalter den laufenden TV-Thriller und schloss, ohne eine richterliche Anordnung sehen zu wollen, den Wohnwagen auf, in dem Gary Kissinger fast zwei Wochen lang gelebt hatte.

„Ist aber noch nicht gereinigt, die Putzfrau ist krank."

Damit ließ er den Kommissar seine Arbeit tun und wartete draußen, vor sich hin maulend, dass der Streifen gerade so spannend sei und er nachher bestimmt nicht mehr mitkommen würde. Dabei merkte er nicht, dass er gerade in einem echten Krimi eine reale Rolle spielte.

Der Kommissar zog sein Handy aus der Tasche, schaltete den Strahler an und leuchtete das Innere des Campers ab. Es wirkte alles blitzsauber. Entweder war Gary ein extrem zwanghafter Typ oder er wollte auf keinen Fall eine Spur hinterlassen. Hatte sein Instinkt ins Schwarze getroffen? Er setzte nochmals auf seinen Amtsbonus und ließ sich von Christoph den Wohnwagen-Schlüssel aushändigen. Im Laufe des morgigen Tags – er hoffte, schon früh – würde die Spurensicherung hier auftauchen und alles im und um den Wohnwagen auf den Kopf stellen.

Auf der Fahrt zurück nach Mannheim, wieder mit Jaqueline an seiner Seite, machte dem Gesetzeshüter sein fragwürdiges Vorgehen zu schaffen. Eigentlich hätte er dafür einen Durchsuchungsbeschluss gebraucht, aber noch war der Wohnwagen so, wie Gary ihn verlassen hatte. Er konnte einfach nicht zulassen, dass da Spuren bewusst oder zufällig beseitigt würden. Vor dem inneren Richter plädierte er auf *Gefahr im Verzug*, obwohl natürlich keine Gefahr für Leib und Leben in legalem Sinn vorlag, wohl aber für den Erfolg seiner Ermittlung. Den offiziellen Beschluss müsste er sich morgen früh von Staatsanwalt Messer besorgen. So wie er seinen Vorgesetzten kannte, würde sich der erst zieren, dann aber doch nachgeben. Schließlich hatte Messer ihn beim letzten Fall seinen „besten Vogel in der Voliere" genannt und zur Belobigung beim Polizeipräsidenten vorgeschlagen, die er dann auch tatsächlich bekommen hatte.

Jaquelines Frage riss ihn aus seinen Gedanken:

„Bist du okay?"

„Ja, ja, entschuldige. Mein Fall hat mich gerade voll im Griff. Ich ahne, dass wir vor dem Durchbruch stehen, leider auch vor dem Wochenende. Mein Privatleben gerät wieder mal ins Hintertreffen. Ich werde morgen bei meiner Schwester Helga erwartet, die am Sonntag ihren 50. Geburtstag feiert. Wir haben uns schon lange nicht mehr gesehen. Nach Lage der Dinge muss ich zuvor aber noch den Staatsanwalt sprechen. Mal sehen, wie ich beides unter einen Hut kriege. Am besten, ich bring' dich jetzt nach Hause, Jaqueline. Spätestens Sonntagabend melde ich mich wieder, ich versprech's. Jetzt, fürchte ich, bin ich ungenießbar."

„Mach dir keinen Kopf. Ich bin jedenfalls gespannt, wieder was von dir zu hören, freue mich natürlich auch darauf!"

Kautz fuhr Jaqueline nach Feudenheim und begleitete sie bis zur Haustür, wie es sich für einen Kavalier alter Schule geziemt. Sie umarmte ihn, nahm seinen Kopf in die Hände und küsste ihn. Berührt und beglückt fuhr er, Herz und Hirn im Zwist, zu seiner Wohnung zurück. Dort setzte er sich in seinen Relax-Sessel, dessen Lehne er diesmal jedoch aufrecht beließ, und feilte sogleich an einem Plan, wie er den Staatsanwalt von der Durchsuchung des Wohnwagens überzeugen könnte. Nichts sollte schiefgehen. Sein Vorgehen zurechtgelegt, rief er Messer auf dessen Dienst-Handy an, was ihm für Dringliches, als Hotline quasi, gestattet war.

„Der Angerufene ist vorübergehend nicht erreichbar, bitte versuchen Sie es später noch einmal“, empfahl das Smartphone höflich.

„So ein Mist, so ein verdammter Mist!“, schimpfte er vor sich hin. Zum Glück rief der Staatsanwalt zeitnah zurück und fragte grantig nach dem Grund der Störung. Messer war gerade im Nationaltheater und schwelgte in der Musik von Verdis *Don Carlos*, als es in seiner Hosentasche vibrierte. Zufällig saß der Opernfan im Parkett fast am Rand, sodass es nicht sonderlich störte, als er sich aus dem Saal stahl. Von Kautz ins Bild gesetzt, bestellte der seinen Ermittler gleich morgen um acht ins Büro, um die neue Lage zu erörtern. Für ihn, genauer für ihren Fall, würde er selbstredend eine Samstagsfrühschicht einlegen.

Kautz atmete auf. Für den Moment hatte er alles getan, was in seiner Macht stand. Zur Entspannung öffnete er noch eine Flasche Riesling *Grainhügel* vom Winzerverein Deidesheim aus bester Lage, den er im Kühlschrank für alle Fälle kalt gestellt hatte, setzte sich wieder in den Sessel und kippte die Lehne halb nach hinten. Wie immer ließ er den Tag Revue passieren. Erst beim dritten oder vierten Schluck des trockenen Tropfens, mineralisch und mit fruchtiger Säure, wurde ihm bewusst, dass er die Frau, die ihm den Kopf verdreht hatte, fast erobert hätte. Jaqueline schien es ihm auch nicht übelgenommen zu haben, dass ihn sein Fall quasi verhaftet hatte. Erkannte sie, dass er nicht anders konnte? Dass er mit Verve und Verstand gegen Verbrecher ins Feld ziehen musste? Zu welchem Pathos er fähig war, dachte er selbstironisch!

Noch einmal spielte er das bevorstehende Treffen mit Messer durch, resümierte den bisherigen Stand der Ermittlungen minutiös, bis er sich kurz vor Mitternacht endlich aufraffte. Er quälte sich aus dem Sessel, machte sich fertig und fiel ins Bett. Noch einmal lief sein Date mit Jaqueline wie ein Film vor seinen Augen ab und stoppte abrupt vor der Szene, als er der Arbeit wegen den Schwanz eingezogen hatte. ‚Heut' Abend hab' ich aber was verpasst', dachte er noch, bevor ihn der Schlaf übermannte.

Samstag, 15. Juli 2017

Er war in einen Taucheranzug geschlüpft und hatte den schweren kupfernen Helm übergestülpt. Drei runde Fenster, die seitlichen vergittert, gaben den Blick frei. Wenn die alte Ausrüstung nicht so schwer gewesen wäre, hätte er sich wie ein Astronaut gefühlt. An einer Leine ließ er sich vom Boot ins Wasser gleiten und sank wie ein schwerer Sack auf den Grund des Meeres. Dort suchte er etwas, wie Profis, die einst in solcher Montur vor griechischen Inseln nach Schwämmen tauchten. Ein körperlich belastender und sogar lebensgefährlicher Job. Er jedoch suchte keinen Schwamm. Was genau, wusste er nicht – vielleicht Amphoren, Goldmünzen oder gar den Stein der Weisen? Jedenfalls war es wertvoll für ihn.

Plötzlich sah er *es* vor sich, zum Greifen nah. Er packte zu, doch es entglitt ihm und verschwand in einer Wolke aus aufgewirbeltem Sand, der es und ihn in einen Schleier hüllte. Als sich die Wolke verzogen hatte, lag ihm der Kopf einer antiken Statue zu Füßen. Er hob ihn auf und erstarrte: Chris Bode stierte ihn mit hohlen Augen an. Er rang nach Luft, die immer dünner wurde und ihn zum Auftauchen zwang. Heftig an der Leine gezogen, hörte er, wie es oben im Boot klingelte. Schnell wurde er hochgehievt, gerettet!

Er öffnete die Augen. Die großen Glocken seines Retro-Weckers läuteten unentwegt, die Nase war verstopft, er röchelte, hatte bestimmt furchtbar geschnarcht und nach Luft geschnappt. Vermutlich waren späte Pollen unterwegs, die seiner Allergie nicht bekamen. Irgendwann müsste er etwas gegen die Schlafapnoe unternehmen. Jetzt jedoch war keine Zeit dafür. Die Traumszene stand ihm noch lebhaft vor Augen. Was die ihm wohl sagen wollte? Die museale Montur, die er trug, kam ihm bekannt vor. Wo hatte er die schon mal gesehen? Ach ja, auf der griechischen Insel Symi bei Rhodos, die er vor Jahren mit seiner Ex besucht hatte, als alles noch im Lot war. Sein Blick fiel auf den Wecker, sieben Uhr, für Traumdeutung zu spät, Staatsanwalt Messer hatte ihm für heute um acht einen Eiltermin gewährt. Er musste sich sputen.

Schon um Viertel vor acht klopfte er ans Tor der Staatsgewalt und wartete, bis ein freundliches „Herein" ertönte. Der Kommissar trat ein und sah, wie sich Messer gerade aus dem Lotus-Sitz von einer Matte neben dem Schreibtisch erhob und auf seinem Chefsessel in Positur setzte.

„Ich sehe Sie überrascht, Herr Kautz. Dass Sie so früh sein könnten, war bei Ihrem Hang zur Verspätung nicht zu erwarten. Neuerdings mache ich etwas Yoga vor der Arbeit, das beruhigt und verhilft mir zu höchster Konzentration. Aber Privates beiseite – erklären Sie mir doch bitte, warum Sie mich gestern aus der Welt des Don Carlos gerissen haben!"

„Ich brauche dringend einen Durchsuchungsbeschluss für den Wohnwagen, den ein gewisser Gary Kissinger aus Alabama für 14 Tage gemietet hat. Er steht am Altrhein bei Otterstadt", brachte der Kommissar sein Anliegen auf den Punkt, bevor er sein Gesuch begründete.

„Ihr früher Rapport überzeugt mich gar nicht, werter Herr Kautz. Zuallererst, was für ein Motiv hätte dieser Gary gehabt, den Sohn seiner Liebsten zu töten? Ein solches ist mir nicht erfindlich! Dann sind Ihre Indizien doch recht spekulativ. Und die Verknüpfung von Chris Bodes Mageninhalt mit der Speisekarte des, wie heißt das Lokal noch mal, ach ja, *Schiefer Sack* – schräger Name für eine Wirtschaft, ich muss schon sagen! – ist doch höchst fragwürdig. Bestimmt gibt es einige Lokale im Umkreis, die das gleiche Gericht anbieten. Nein und nochmals nein!"

Messer erhob sich vom Chefsessel. Für ihn war die Sache erledigt. Ob der Groll über seine gestörte Opernidylle am vergangenen Abend in das Nein hineinspielte, blieb im Dunkeln.

„Sie haben doch überprüft, ob sich jemand vom Personal dieses *schiefen Lokals* an die beiden oder auch nur einen der beiden Besucher erinnert, das Opfer meine ich natürlich?"

Der Kommissar schüttelte nur den Kopf.

„Noch nicht! Was für ein Lapsus, Kautz, was für ein Schnitzer! Ein *Lapsus Memoriae*, sonst hätten Sie sich an die Standards solider Ermittlungsarbeit erinnert. Und die Krönung: Sie verschafften sich unbefugten Zutritt zu diesem Wohnwagen! Ich muss schon sagen, ziemlicher Pfusch, meinen Sie nicht auch?

Kautz senkte den Blick.

„Also, diesmal kann ich Ihrem Ansinnen wirklich nicht entsprechen, *doleo, sed non possum* – zu Deutsch: Tut mir leid, mir sind die Hände gebunden!"

Der Staatsanwalt hatte sich wieder beruhigt. Ob das vom Yoga herrührte oder dem Anblick des zerknirschten Kommissars, der ihm leid zu tun schien, war nicht zu sagen, letztlich auch egal. Messer hatte ihm eine Zigarre verpasst, und er musste zugeben, dass die verdient war. Er hätte sonst wo reinbeißen können, dass er es versäumt hatte, das Personal zu befragen. Unverzeihlich war das! Zu allem Übel hatte er auch noch das Klischee *Liebe macht blind* bestätigt, wo er doch sonst von solchen Sprüchen rein gar nichts hielt.

„Ich komme wieder und überzeuge Sie, darauf können Sie Gift nehmen!", sagte der Abgekanzelte beim Abgang, um seinen Stolz nicht zu Grabe tragen zu müssen.

Er musste schleunigst das Versäumte nachholen, noch bevor er zum Geburtstag seiner Schwester fuhr – oder auch nicht. Das hing davon ab, was bei der Befragung des Lokalpersonals herauskommen würde. Der *Schiefe Sack* machte samstags schon am Mittag auf, das hatte er beim letzten Besuch vermerkt. So war er kurz vor zwölf vor Ort und betrat das Lokal.

„Schön, dass Sie so schnell wieder reinschauen, Herr Kommissar, ich hab' Sie gestern natürlich erkannt. Ihr Bild war ja vor einiger Zeit im *Mannheimer Morgen*. Was darf's denn heute sein? Den Wurstsalat mit Bratkartoffeln kann ich wärmstens empfehlen. Er ist mit Senfsoße angemacht, und dass die Kartoffeln goldgelb-knusprig sind, garantiere ich!"

„Klingt echt verführerisch, besten Dank. Leider bin ich nur beruflich hier und dazu noch in Zeitnot. Ich müsste Sie kurz sprechen?"

„Natürlich, im Moment ist sowieso noch wenig los. Folgen Sie mir, bitte, in mein Kabuff!"

Damit meinte er den kleinen Raum neben der Küche mit PC für Geschäftliches und zwei Sesseln zum Ausspannen in Arbeitspausen. Der Kommissar setzte sich, stellte die alles entscheidende Frage und erfuhr, dass Bruno, der Wirt, am vergangenen Dienstag seinen freien Tag gehabt und ihn eine Minijobberin vertreten hatte.

„Die Connie ist übrigens auch heute da. Moment, ich hol' sie mal kurz."

Die junge Frau, eigentlich Biologie-Studentin, stöhnte, als sie ihre Erinnerung an zwei Gäste vom vergangenen Dienstag gefragt sah.

„Do war de Deiwel los, isch bin bloß am Renne gewese. Zu änner Geburtsdags-Feier mit dreißisch Leit aach noch die iblische Gäschd. In dem Druwwel hab isch mir kää Sau merke kenne … außer ännem Dabbschädel aus Baade – eschd unsymbadisch, de Alde! ‚Die Meerrettich-Soße ist viel zu scharf!', hot der gebebbert, wo des doch de Pepp bei dene Fleeschknepp is."

Als sie merkte, dass sie ‚Pälzisch babbelte', und das dem Chef der Mannheimer Kripo gegenüber, legte sie blitzschnell den Schalter um und setzte ihren Bericht in astreinem Hochdeutsch fort:

„An so einem Tag musst du dich ganz auf die Bestellungen konzentrieren, dein Speicher ist so randvoll, dass du ihn gleich wieder leerst, wenn etwas erledigt ist. Nachts um halb zwölf war ich platt, das können Sie mir glauben, Herr Kommissar!"

„Danke für die Auskunft. Ich will Sie jetzt nicht weiter von der Arbeit abhalten", beendete er die Befragung. Kein Hinweis, dass Gary und Chris da waren, oder Chris allein – zum Mäusemelken!

„Schon gecheckt, dass Ihnen das nicht weiterhilft", frustriert zog Connie ab.

Er sagte noch dem Wirt Ade, der lieber auf Bruno als auf „Herr Wirt" hörte, und versprach, ein andermal privat vorbeizukommen.

„Mit dem Vollweib von gestern?", grinste Bruno dreist, „Donnerwetter, Herr Kommissar!"

Der gezogene Hut des distanzlos gewordenen Wirts ließ den Kripo-Chef kalt. Doch dass sein Verdacht gegen Kissinger unbestätigt blieb, war eine herbe Enttäuschung. Andererseits war der aber auch nicht widerlegt. Connies fehlende Erinnerung ließ keinen zwingenden Schluss zu, weder in die eine noch die andere Richtung. Wenigstens konnte er sich jetzt ohne allzu schlechtes Gewissen auf den Weg zu seiner Schwester machen, es stand ja vorerst nichts Dringliches an. Am Montag würde er sich mit dem Team über das weitere Vorgehen beraten.

Montag, 17. Juli 2017

Nach erholsamem, wenn auch kurzem Wochenende im Westerwald, das ihm nebst vorzüglicher Bewirtung lange Spaziergänge an frischer Luft mit den Geschwistern und übliche Rückblicke in die Familiengeschichte beschert hatte, stieg er erneut in den Kripo-Ring zur nächsten Runde, die er diesmal gewinnen wollte. Zuerst mussten die bisherigen Ermittlungen im Team abgeglichen werden. Die Kollegen und Marie erwarteten ihn schon im Kommissariat, allen voran Hans, total scharf darauf, das Ergebnis seiner Recherche über die Neonazis zu kommunizieren.

„Ich halte das Duo für voll gefährlich, dazu in der rechtsextremen Szene der Pfalz bestens vernetzt. Die Typen sind auf schrille Agitation gegen Leute mit Migrations-Background aus, insbesondere Flüchtlinge. Ihre Action hat bereits zu Angst vor Fremden und Abwehr bei den Pfälzern geführt, ein sozialer Brandbeschleuniger für den Anschlag auf das Flüchtlingsheim in Limburgerhof. Womöglich haben die sogar selbst Hand angelegt, zutrauen würde ich denen das."

„Die Rechtsextremen haben eine perfekte Arbeitsteilung", meinte Marie. „Die schmutzige Arbeit erledigen solche Kerle wie die Glatzköpfe, die politische Vertretung, allen voran dieser Arm… – wie hieß der noch mal? – egal, dieser Armleuchter aus Weidenthal, Parteichef des *III. Weg*, verspritzt ihr Gift auf rechtlich schwer angreifbare Weise. Ihr kennt doch die *Ausreise-Gutschein-Aktion*. Der saubere Verein hat – ich glaub', es war im Frühjahr 2016 – eine dreiste Postkarte an Politiker, Journalisten, ja, sogar Flüchtlingshelfer in ganz Deutschland verschickt, mit der leicht erkennbaren Absicht, die Empfänger einzuschüchtern. ‚Wer Deutschland nicht liebt, soll es verlassen Richtung Afrika mit Schiff, Flugzeug oder zu Fuß', stand da drauf, ‚Gutschein für die Ausreise aller *Überfremdungsbefürworter*', das Wortungetüm blieb mir im Kopf. Ich hätte es zum Unwort des Jahres 2016 gekürt, obwohl das wirklich gewählte, *Volksverräter*, auch mit rechtsradikalem Mist gedüngt ist! Übrigens ging ein Nordlicht, ein Grüner aus Olpe, der den Gutschein vor dem Amtsgericht Neustadt einklagen wollte, dabei baden. Der hatte 2.200 Euro für die angekreuzte Schiffsreise gefordert, den Prozess aber verloren. Dem Urteil nach sind Gewinnzusagen nur verbindlich, wenn sie eine Firma macht, beim *III. Weg* aber handle es sich um eine Partei. Der streitbare Grüne kündigte erst Berufung vor dem Landgericht Frankenthal an, zog dann aber zurück, weil das Gericht verlauten ließ, die Klage wegen Aussichtslosigkeit noch vor einer Verhandlung abzuschmettern. Aber lassen wir das. Jedenfalls bezeichnete der Verfassungsschutz den *III. Weg* sogar als ideologische Schwesterpartei der einstigen NSDAP."

„Ich finde", resümierte der Kripo-Chef nüchtern, „dass wir zurzeit nichts anderes tun können, als das Duo im Auge zu behalten. Hans, du bittest auf jeden Fall das Personal der Bootsvermietung *Seeadler*, sich zu melden, sollten die Neonazis dort noch einmal aufkreuzen."

Dann legte er seine Karten auf den Tisch:

„Ich für meinen Teil halte jetzt auch Gary Kissinger, Wohnwagen-Mieter auf dem Otterstadter Campingplatz, für verdächtig, besonders, seit ich am vergangenen Freitag mit meiner Bekannten Jaqueline dort eingekehrt bin."

Seine Augen strahlten. Marie verstand sofort, dass zwischen den beiden etwas lief.

„Und dabei fand ich heraus, dass Chris Bodes letztes Mahl auf der Karte des Lokals stand. Gary, der mutmaßliche Liebhaber von Chris' Mutter, war auf dem Campingplatz nicht weit vom Fundort der Leiche entfernt, hatte ein Motorboot zur Verfügung und den Wohnwagen peinlich sauber hinterlassen, wie ich gestern Abend noch feststellen konnte. Staatsanwalt Messer hat mir leider den Durchsuchungsbeschluss verweigert, sodass wir, zumindest vorläufig, ausgebremst sind. Den Schlüssel des Wohnwagens habe ich vorsichtshalber an mich genommen und den Verwalter vertröstet, dass der legale Weg zur Durchsuchung langwieriger als erwartet sei. Die Bemerkung ‚Sie wissen ja, deutscher Amtsschimmel' hat ihn überzeugt. Trotz der Indizien sind wir aber auf neue Fakten angewiesen, sonst können wir diese Spur vergessen und ich kassiere die nächste Zigarre für selbstherrliches Vorgehen", schloss der Kommissar seinen Bericht.

„Das Motorboot, das Gary Kissinger für 14 Tage gebucht hatte, ist inzwischen weitervermietet worden, schon zweimal, wie ich eruiert habe", ergänzte Hans. „Da sind null relevante Spuren mehr drauf, selbst wenn der Staatsanwalt sofort grünes Licht geben würde."

„Da hast du leider recht, Hans. Nimm dir jetzt mal die Überprüfung der Speisekarten im Umkreis von rund 25 Kilometern vor."

Im Nu hatte Hans recherchiert, welche anderen Lokale an besagtem Dienstagabend ein Hühnchen-Gericht auf der Karte hatten, und war auf 15 gekommen, davon aber nur acht mit der speziellen Joghurt-Curry-Koriander-Soße. Drei davon blieben schließlich übrig, die auch Nachtisch mit Mandeln, Pistazien und Honig im Angebot hatten. Die Hypothese vom Chef schien sich zu bestätigen.

Zusätzliche Erkenntnisse aus Chris' Wohnung gab es vorerst nicht, da sich Marie krank gemeldet hatte, nachdem Kautz gegangen war. Von einer Migräneattacke überfallen, hämmerte es in ihrem Kopf. Sie fühlte sich elend und war nahe dran, sich zu übergeben. Alle zwei, drei Monate hatte sie solche Beschwerden, aber so heftig wie jetzt war es noch nie gewesen. Zumeist gelang es ihr, mit Muskelentspannung den Anfall abzuschwächen und bei der Arbeit durchzuhalten. Heute aber ging rein gar nichts mehr. Oft waren die Attacken wie aus heiterem Himmel gekommen, diesmal jedoch lag der Auslöser auf der Hand: Unglücklich und wütend war sie, weil sich ihr mehr als geschätzter Chef, von seiner Partnerin jüngst getrennt, also wieder frei, nun dieser Jaqueline an den Hals geworfen hatte, statt sich ihr zuzuwenden. Wenn sie ehrlich mit sich war, kränkte sie das schwer. Dazu kam es völlig unerwartet, gerade jetzt, wo ihr seine Zuneigung gewiss schien. Warum hätte er sie sonst zu einem Glas Wein eingeladen, ihr das Du angeboten und seinen privaten Kummer anvertraut. Ja, das war es, was ihre Attacke getriggert hatte, dieser jähe Absturz der Gefühle. Ihr persönliches Fazit und medizinisches Wissen stimmten da überein. Der Auftrag des Chefs, die Wohnung von Chris Bode ein zweites Mal zu durchsuchen, musste leider warten. Zugleich konnte sie sich eine gewisse Genugtuung nicht verkneifen: Der sollte ruhig sehen, was er an ihr hatte!

Karlheinz Kautz hatte von alledem nicht den blassesten Schimmer. Er fand es einfach nur jammerschade, in dieser schwierigen Phase der Ermittlungen auf Maries klaren Kopf und Intuition verzichten zu müssen. Selbstmitleid jedoch gab er keinen Raum. Er musste schleunigst seinem neuen Verdacht nachgehen. Es war höchste Zeit, sich bei den

Kollegen in Mobile nach Kissinger zu erkundigen, sie gegebenenfalls um Amtshilfe zu ersuchen. Natürlich wusste er, dass Kriminalbeamte dort *Detectives* sind und militärische Ränge wie *Lieutenant* oder *Captain* haben. Am besten würde er sich gleich an den *Chief* von Mobile wenden. Jetzt am Abend würde es dort Mittag sein. Und wenn er Glück hatte, könnte er den aus irgendeiner Besprechung loseisen.

Und er hatte Glück! Nach einigen Vermittlungen meldete sich eine sonore Stimme: „Chief George Mueller, what can I do for you?"

„This is Karlheinz Kautz speaking, chief-detective from Mannheim, Germany, do you speak German, by the way? – übrigens, sprechen Sie Deutsch?"

„You are lucky, I do. Mein Urgroßeltern kommen aus Deutschland, actually from Landau. My God, such a … Zufall!"

Und schon war das Eis gebrochen. Der Kommissar berichtete, dass ein gewisser Gary Kissinger aus Mobile im Verdacht stand, einen jungen Deutschen getötet zu haben, und staunte nicht schlecht, dass Gary dem Chief wohlbekannt war. Im vergangenen Sommer sei dessen Frau ermordet worden und der Ehemann selbst in Verdacht geraten, weil herausgekommen sei, dass seine Frau ein Verhältnis mit einem Unbekannten hatte. Mord aus Eifersucht hatte die Anklage gelautet. Kissinger sei aus Mangel an Beweisen freigesprochen worden, die Jury hätte das mit einer Stimme Mehrheit entschieden. Der Freispruch aber war Gary zu dürftig, mehr Geschworene hätten von seiner Unschuld überzeugt sein müssen. Der Prozessausgang hatte die Bevölkerung von Mobile aufgemischt. Nicht wenige hielten den Entscheid der Geschworenen für ein Fehlurteil. Auch ein Großteil der Presse war auf ihrer Seite.

„My God“, der Chief war entgeistert: „Kissinger unter Mordverdacht, schon wieder!“

„Der Verdacht steht noch auf wackligen Beinen“, rückte sein deutscher Kollege die Sache zurecht und berichtete ihm über den Stand der Ermittlungen.

„Okay, Karlheinz, ich lasse dir ein Report machen über das Fall, wenn es soll schnell gehen, geht ab mit E-Mail an dich, heute noch, possibly, aber top secret, understand! Ich muss jetzt zu ein wichtiges Meeting. We stay in contact, okay?“

„Thank you very much, Sie haben mir echt weitergeholfen, Chief.“

„Call me George, that's much better. Hear from you, Karlheinz – nenne mich besser George, ich hör' wieder von dir.“

Am Nachmittag ging bei der Kripo ein Anruf aus dem *Seeadler* ein, die beiden Ultrarechten von neulich in ihren schwarzen T-Shirts hätten wieder ein Motorboot gemietet, diesmal ein etwas größeres, und seien damit schon unterwegs. Der Inhaber der Bootsvermietung, Bert Binder, war selbst am Telefon. Er fand den Aufdruck „national und sozialistisch“ dreist und regte sich tierisch auf, dass solche „Dreckärsch“ in Deutschland frei agieren dürften.

„Da müssen schärfere Gesetze her. Der deutsche Rechtsstaat dreht sich selbst einen Strick, wenn er diese Volksverhetzer machen lässt. Und was kommt politisch dabei raus? Jetzt werden die AfD und die NPD auch noch von einer extremistischen Partei rechts überholt, diesem *III. Weg*! Die macht schon mit ihrem Namen auf Drittes Reich, echt ätzend! Ihr *Führer* sitzt nur ein paar Kilometer von hier überm Rhein drüben. Wer weiß, was noch alles abbrennen muss, bis da durchgegriffen wird!" Der Anrufer hatte sich in Rage geredet.

Peter, dem das Gespräch vermittelt wurde, hörte sich den Sermon an – so falsch lag der seiner Meinung nach auch gar nicht – und bedankte sich für den Hinweis. Das sei vorbildliche Kooperation zwischen Bürgern und Polizei. Dem Anrufer wurde so der Wind aus den Segeln genommen und zugleich symbolisch ein Orden verpasst. Peter hatte das auf einer Tagung über *Deeskalierungsstrategien* gelernt, die ihm der Kommissar unlängst verordnet hatte, weil der seinen Hitzkopf kannte.

Den Hörer kaum aufgelegt, nahm Peter schon Kontakt zur Wasserschutzpolizei auf, die nach dem Motorboot mit den Neonazis Ausschau halten sollte. Das Duo sei gefährlich und stehe überdies im Verdacht, jüngst ein Kapitalverbrechen begangen zu haben. Der Schiffsführer des Streifenboots *Mannem*, Kurt Krüger, wollte sich umgehend in Richtung Rheinau auf den Weg machen und dem Boot, sobald gesichtet, unauffällig folgen. Er würde Kommissar Maier auf dem Laufenden halten. Der lobte die reibungslose Zusammenarbeit – auch hier ein gelehriger Schüler seines Chefs – und war gespannt, ob die *Raubfische* den Polizeikollegen ins Netz gingen. Einstweilen konnte er sich mal einen Döner holen. Er vermisste Marie, die auf ihre fröhlich-fürsorgliche Art das Herz des Kommissariats war, nicht nur für ihn. Selten, dass sie krank wurde und dem Dienst fernblieb. Er konnte sich an das letzte Mal gar nicht mehr entsinnen. Na ja, irgendwann erwischt es einen halt. Peter wusste nicht, wie recht er damit hatte, wenn auch in ganz anderem Sinn.

Inzwischen hatte die Wasserstreife *Mannem* das Boot der Neonazis entdeckt. Es bog gerade aus dem Mundenheimer

Altrheinhafen in den Rhein ein und fuhr fast gemächlich den Fluss hinauf Richtung Speyer. Die *Mannem* folgte dem Boot und musste schon bald überholen, um nicht aufzufallen. Auf gleiche Höhe gekommen, forderte Schiffsführer Krüger wider Maiers Vorgabe das Boot per Megafon auf, beizudrehen und einen Polizisten an Bord zu lassen. Krüger hatte das eigenmächtig entschieden, weil er im Boot eine Kiste gesichtet hatte, die ihm verdächtig vorkam. Das Duo schien die Anweisung zu befolgen, drosselte das Tempo etwas, um dann plötzlich Vollgas zu geben, sodass das Boot vorne fast abhob und davonpreschte. Die *Mannem* folgte erst schwerfällig, kam dann aber auch auf Touren und machte Boden gut. Die Neonazis wurden nervös, überholten einen Schlepper links, fuhren um den herum und steuerbord, also auf der rechten Schlepperseite, wieder zurück, rheinabwärts. Die *Mannem* erkannte das Manöver, drehte gleichfalls und blieb dem Boot auf den Fersen. Schwer unter Druck dachten die Flüchtigen wohl, in einem Seitenarm des Rheins zwischen Brühl und Ketsch dem Polizeischiff zu entkommen. Ihr Pech war schlechte Ortskenntnis, denn sie hatten einen Nebenarm gewählt, der nach zwei, drei Kilometern durch den Ketscher Rheinwald jäh endete. Fast wären die Neonazis gestrandet, wenn sie das Boot nicht schnellstens aufgestoppt hätten. Der Motor heulte und brachte das Boot gerade noch rechtzeitig zum Stehen.

Die beiden Männer sprangen heraus, wateten zum Ufer und wollten auf einem schmalen Waldweg das Weite suchen. Aus der Ferne war indes das Dröhnen eines nahenden Hubschraubers zu hören, der sich als Polizei-Helikopter entpuppte, von Schiffsführer Krüger sofort zur Unterstützung angefordert, als das Boot der Neonazis die Flucht ergriffen hatte. Krügers Besatzung, zwei Wasserpolizisten, nahm die

Verfolgung zu Land auf, während der Helikopter knatternde Begleitmusik aus der Höhe spielte. Die Flüchtigen rannten durch den Wald, bis sie wenig später wieder an den Hauptfluss kamen, wo der Weg am befestigten Ufer zu Ende war. Weiter spurten, aber wohin? In die Fluten stürzen oder sich stellen? Die beiden entschieden sich für Letzteres und wurden so erst einmal festgenommen. Nach ihrem Fluchtmotiv befragt, versuchten sie sich ihres Türmens zu brüsten, wollten darin nur ein Spiel mit den Bullen sehen, sie auszutricksen, wäre der Gag gewesen.

Auf dem Rückweg zur *Mannem* hörten sie schnell auf, große Töne zu spucken, als die Polizisten sie ignorierten und deutlich machten, sich von ihnen nicht zum Narren halten zu lassen. Am Polizeiboot empfing sie der Schiffsführer, der inzwischen die schwere Holzkiste im Boot der Flüchtigen oberflächlich inspiziert hatte und sich diesmal mit Maier über das weitere Vorgehen abstimmte. Der war stinksauer gewesen und hatte Krüger angemacht, mit seinem hirnlosen Einsatz weitere Erkenntnisse vereitelt zu haben. Sein Jähzorn war diesmal echt mit ihm durchgegangen. Schiffsführer Krüger nahm nun das Boot samt Kiste ins Schlepptau, die beiden Flüchtigen an Bord, und tuckerte zurück in die Quadrate-Stadt, wo im Mannheimer Hafen schon Kautz und Kunz warteten. Den hitzigen Peter hatte der Kommissar außen vor gelassen. Die Beamten nahmen die Verdächtigen in Handschellen auf dem Rücksitz des Dienst-Kombis zum Kommissariat mit, die Kiste im Kofferraum.

Dort wurde im Beisein des Neonazi-Duos zunächst die Kiste geknackt, da die beiden darauf beharrten, keinen Schlüssel zu haben. Die Kommissare staunten nicht schlecht. Ein wahrer Hort der Gewalt kam darin zum Vorschein: Molotowcocktails, ein paar Stilette, Schlagstöcke und -ringe, eine Pistole und zwei MPs, ältere US-Armee-Waffen sowie ein paar Packungen Munition. Natürlich hätten sie nichts von dem Inhalt gewusst, behaupteten die Neonazis steif und fest. Sie sollten die Kiste bloß an einen unbekannten Empfänger im Hafen von Speyer für gutes Geld ausliefern. Solche Geschäfte würden im Internet angeboten. Und ein Paketdienst sei ja wohl nicht strafbar! Sie wurden erst mal getrennt festgesetzt.

„Was für ein Fang,“, freute sich Kautz, „da sind ja gleich drei Straftatbestände erfüllt: unerlaubter Waffenbesitz, zudem Waffendiebstahl und Brandanschläge, die aber noch zu beweisen wären.“

Angesichts des überfälligen Dienstendes verteilte er bloß noch anstehende Aufgaben. Peter sollte die Herkunft der MPs klären und Hans weiter im Rechtsextremisten-Sumpf der Pfalz herumstochern. Mit den Worten „Für heute reicht's, Männer“ – Marie war ja krank –, läutete er den Feierabend ein.

Zu Hause ließ ihn das Neonazi-Duo nicht los. Tagsüber Waffen in einem Boot auf dem Rhein zu transportieren, ungeschützt, fast ostentativ: Sprach das nicht für Verachtung der Staatsgewalt oder ein Gefühl von Sicherheit, sowieso nicht erwischt zu werden? Das war ja bei der geringen Aufklärungsrate rechtsextremistischer Taten leider gar nicht so falsch. Oder war mit den Kerlen einfach die Abenteuerlust durchgegangen? Wahrscheinlich ein wirres Gemisch von allem. *Vun allem ebbes*, wie Pfälzer ein Leibgericht nennen: Saumagen, Leberknödel und Bratwurst mit Sauerkraut und Brot. Sein Hunger hatte ihm wohl die lukullische Assoziation beschert. Heute Abend aber sollte er besser mal kürzertreten. Erst gestern bei seiner Schwester hatte er gut und reichlich gespeist. An der Seite einer so attraktiven Frau wie Jaqueline müsste er mit seinem Vorsatz abzunehmen jetzt endlich mal Ernst machen!

Während des Gedankenwirrwarrs aus Dienstlichem und Privatem checkte er noch schnell seine E-Mails. Von seinem privaten Tablet aus hatte er Zugriff auf seine dienstlichen Nachrichten. Wie zugesagt, war die E-Mail von Chief Mueller aus Mobile eingetroffen. ‚Schneller, als die Polizei erlaubt', grinste er. Der erste Eindruck jedoch täuschte: Nora Kissinger war nicht mit Nora Bode identisch – also doch keine Verbindung zu seinem Fall? Die genaue Prüfung des Sachverhalts aber müsste bis morgen warten. Geschafft und müde zog er den passenden Pfeil eines Burnout-Seminars aus dem Köcher, das er gebraucht hatte, als er einmal vor Erschöpfung auszufallen drohte. Bei dem Präventionskurs hatte ihm der Trainer eingebläut, dass die Sorge für den Schutz der Bürger nicht seine Selbstfürsorge in Haft nehmen dürfe. Dem Rat wollte er jetzt folgen und am Rhein spazieren gehen, um auf andere Gedanken zu kommen.

Eine sanfte Brise dort zeigte umgehend Wirkung. Jaqueline kam ihm in den Sinn. Ein romantisches Tête-à-Tête war das mit ihr gewesen, wenn auch leider vom Job ausgebremst. Es ließ sich halt nicht leugnen, er war Kommissar mit Leib und Seele … Er müsste sich mal mit seiner Freundin Lea treffen – wenn sein Gedanke schon mit *müsste* begann, würde der zu nichts führen, das wusste er nur zu gut! – und ihr reinen Wein einschenken. Es hatte ihn wirklich erwischt.

Dass alles so gekommen war, hatte natürlich eine Vorgeschichte. Er merkte, dass er in Versuchung geriet, sich gedanklich reinzuwaschen, aber Lea war wirklich zu oft weg gewesen, während er alleine zurechtkommen musste. Bei ihrer Rückkehr lebte er meist auf, doch wenn er ehrlich war, rückte sie mit der Zeit immer weiter weg. Er hatte mit seiner

Entfremdung hinter dem Berg gehalten – das war ein Fehler! Als er Jaqueline kennengelernt hatte, war es bereits zu spät, das wusste er jetzt. Das war ein Jahr her, aber die Glut von damals war geblieben und hatte aufs Neue ein Feuer entfacht. Er hoffte, Lea mit seinen Gefühlen nicht zu sehr zu kränken, obwohl er ahnte, dass das nicht ging. Sie müsste das aushalten, auch er, diesmal in besserer Lage.

Das Ende seiner Liebschaft mit der Operndiva vom Nationaltheater fiel ihm ein, in die er sich Hals über Kopf verliebt hatte. Als ihn die Dame nach kurzer Zeit wie eine heiße Kartoffel fallenließ, litt er eine Zeit lang heftig, bis ihm der Cartoon einer Geburtstagskarte der Schwester aufhalf: Ein kleines Boot auf hoher See, eine Frau mit strengem Blick auf den Mann vor ihr im Wasser, der versucht, sich krampfhaft am Bug festzuhalten. Ihr fieser Rat: *Man muss auch mal loslassen können!* Die Ironie der Karte hatte ihn gerettet. Er ließ das Boot der Diva los, tauchte kurz ab und schwamm dann einfach weg.

Dienstag, 18. Juli 2017

Am Morgen wieder im Kommissariat, war niemand da, der ihm Kaffee anbot. Keiner fragte nach seinem Befinden, jeder saß bei der Arbeit, blickte nur kurz auf, „Hallo Chef!“, um sich gleich wieder ins Tagesgeschäft zu vertiefen. Ja, Marie fehlte wirklich. Ob er sie mal anrufen sollte? Nein, das könnte sie als Kontrollversuch fehldeuten. Obwohl, sie kannten sich doch schon so lange. Kannte er sie wirklich? ‚Es bleibt bei Nein, Schluss der Debatte!‘, entschied sein Respekt vor Maries Krankenstand.

Jetzt musste er sich schleunigst George Mueller's E-Mail vorknöpfen, die er gestern Abend erschöpft nur zur Kenntnis genommen hatte. Gary Kissinger's Frau Nora hieß also vor der Heirat mit Gary mit Nachnamen *Leicht* – so ein Mist! Wenn Nora Bode aber nach dem Tod des Ehemanns wieder ihren Mädchennamen angenommen hatte, könnte der ja *Leicht* gewesen sein. Ein Check auf dem Standesamt Mannheim bestätigte seine Idee: Nora Bode war eine geborene *Leicht*. Also doch: Gary Kissinger war der einstige Lover von Nora! Des Kommissars Laune schoss nach oben. Er hatte einen Punkt gutgemacht, den er bald – mit noch weiteren mehr – Staatsanwalt Messer unter die Nase reiben würde.

Als er weiterlas, glaubte er seinen Augen nicht zu trauen: Nora Kissinger, vormals Bode, geborene Leicht, wurde am 26. Juni 2016 in einer verlassenen Bootshütte am Mobile River nahe der gleichnamigen Stadt mit durchschnittener Kehle aufgefunden – wie ihr Sohn Chris, nur ein Jahr früher! Hatte dieser Gary auch seine Frau auf dem Gewissen, wie er jetzt im Verdacht stand, ihren Sohn Chris getötet zu haben? Noras Leiche hatte ein Senior aus Mobile entdeckt, der den langen Steg vor der Hütte von Zeit zu Zeit zum Fliegenfischen nutzte. Die Tatwaffe wurde nicht gefunden, obwohl Taucher das Ufer gründlich abgesucht hatten. Als rauskam, dass Nora in dem Schuppen Sex hatte, geriet ihr Mann Gary ins Visier der Justiz. Mord aus Eifersucht? Noras heimlicher Hengst aber konnte nicht identifiziert werden, da die gefundene DNA keinem registrierten Kriminellen zuzuordnen war. Außer Gary hätte auch die Frau des flüchtigen Lovers von Nora ein Motiv gehabt, das gleiche wie Gary. Wie zu erwarten war, musste die Suche nach ihr gleichfalls eingestellt werden.

Kissinger aber kam vor Gericht, weil er kein Alibi hatte. Er wäre am Abend des 25. Juni 2016, dem Zeitpunkt des Mords an Nora, einfach vor dem Fernseher gehockt und hätte das Endspiel der südamerikanischen Fußballmeisterschaft Argentinien gegen Chile geguckt, das sich den ganzen Abend hinzog und erst nach Elfmeterschießen mit 4:2 für Chile entschieden worden war. Den Geschworenen lagen keine Beweise vor, lediglich Indizien waren zu beurteilen. Der solide wirkende Arzt konnte seine Haut dabei wohl gut zu Markte tragen, jedenfalls ging der Prozess aus Mangel an Beweisen zu seinen Gunsten aus, ein Freispruch, den Gary jedoch als zweitklassig empfand.

Sollte sich der Verdacht bestätigen, dass Gary Kissinger Chris Bode getötet hatte, würde der Mord an Nora Kissinger in neuem Licht erscheinen. Ihr Fall müsste dann erneut aufgerollt werden, und er, Karlheinz Kautz aus Mannheim, könnte dem hilfreichen Kollegen Mueller auch mal unter die Arme greifen.

Das Läuten des Telefons riss ihn aus seiner Selbstgefälligkeit. Der Otterstadter Campingplatz-Verwalter war dran und klang recht ungehalten.

„Herr Kommissar, fünf Tage ist es nun schon her, und mein Wohnwagen ist immer noch gesperrt. Vor mir steht ein Kunde, der ihn für eine Woche haben will. Also, was ist los?“

„Ich gebe zu, der Formalkram für den Beschluss zieht sich, ich kann leider noch nichts sagen.“

„Aber ich, und zwar Ihrem Vorgesetzten, mir reicht's, ich will Schadenersatz!“

„Also gut, in Gottes Namen, ich nehm's auf meine Kappe, vermieten Sie halt. Ich lass' gleich den Schlüssel vorbeibringen.“ Kautz wollte dem Staatsanwalt nicht wieder ins Messer laufen. Die Runde hatte er verloren.

„Danke, es pressiert nicht, ich hab' noch 'nen zweiten.“

Die Schlappe abgehakt, las er Mueller's Mail zu Ende. Das Wesentliche bereits gesagt, zog er ein brisantes Fazit: Bei Gary Kissinger hatte er es vielleicht, nein, seinem Spürsinn nach sogar höchstwahrscheinlich mit einem Doppelmörder zu tun! Zwei Dinge müsste er noch überprüfen, bevor er bei Messer noch einmal antreten würde: die Art des Schnitts, der Noras Leben beendet hatte, dazu brauchte er den Bericht der Gerichtsmedizin, und, fast hätte er es vergessen, die Schuhgröße Kissinger's – hatten sie doch bei Chris' Leiche Abdrücke der Größe 44 gefunden.

Die E-Mail an Mueller mit der Bitte um Aufklärung ging umgehend raus. Auf die Antwort aber müsste er wegen der Zeitverschiebung noch mindestens fünf Stunden warten. Die Spannung stieg, bis er am Nachmittag endlich Klarheit hatte: Der Schnitt durch Noras Kehle wurde schräg von unten nach oben ausgeführt. „Hab ich's nicht geahnt!“, triumphierte er. Die Schuhgröße von Gary war *Size 11.5*, die deutsche Schuhnummer also 44: Volltreffer!

Jetzt musste Messer handeln! Kautz griff zum Telefon. Der Staatsanwalt war nicht im Büro, er würde erst am späten Nachmittag aus diversen Verhandlungen zurück sein, gegen halb fünf könne er es ja mal versuchen, empfahl Frau Weber, Messers Sekretärin. Es blieb ihm nichts anderes übrig, als zu warten, obwohl er auf glühenden Kohlen saß. Um 16.20 Uhr rief Frau Weber selbst zurück.

„Zehn Minuten kann Herr Messer für Sie erübrigen, mehr Zeit habe ich nicht rausschinden können. Sie sollen sich aber *stante pede* auf den Weg machen."

Dass der Chef-Ermittler immer sein Latein raushängen musste, der aufgeblasene Gockel! Das hieß natürlich, sofort. Er bedankte sich bei Frau Weber, ein Pendant zu seiner Marie – solche Stellen hatten ja meist kommunikative Frauen inne, Multitasking- und Organisationsgenies – und eilte zum Schloss hinüber, wo das Gericht und der Herr Staatsanwalt residierten.

„Fassen Sie sich kurz, werter Kautz", empfing ihn Messer statt einer Begrüßung. Der Staatsanwalt stand mal wieder unter Termindruck. „Ich muss … ach was, wir kennen uns nun schon so lange. Um offen zu sein, ich habe in der Mittagspause ein Rendezvous mit einer äußerst charmanten Frau, Anwältin des Angeklagten in einem Fall von Vergewaltigung und schwerer Körperverletzung." Seine vornehme Blässe hatte ein zartes Rot angenommen. „Zum Glück ist der Prozess schon vorbei, sonst könnte man mir ja Kungelei mit der Verteidigung vorhalten – nicht auszudenken! Also, was gibt es, dass Sie so Knall auf Fall hier auftauchen müssen?"

„Meines Erachtens sind im Fall Bode neue Indizien aufgetaucht, die eine Untersuchung des Wohnwagens am Altrhein bei Otterstadt rechtfertigen und den Verdacht gegen Gary Kissinger erhärten. Aber entscheiden Sie selbst. Wenn ein Mörder frei herumlaufen soll, nur zu!"

Und dann berichtete er vom Mord an Nora Bode nach gleicher Art wie bei Chris, vom Freispruch Kissinger's aus Mangel an Beweisen, von dem verdächtig sauber hinterlassenen Wohnwagen, leiiiiiider – das Wort dehnte er bissig –, auch der erfolgten Neuvermietung, von der nun recherchierten hohen Wahrscheinlichkeit, dass Chris Bode am Abend seines Todes zuvor im *Schiefen Sack* gegessen hatte, und schließlich von Gary's Schuhgröße 44, die den Fußabdrücken am Fundort der Leiche entsprachen.

Staatsanwalt Messer war zunehmend unruhiger, geradezu hippelig geworden, er schien peinlich berührt.

„In der Tat, werter Kautz, das wäre zu viel des Zufalls, scharfsinnige Ermittlung, mein Lob an Ihr Team, zuallererst natürlich an Sie, obwohl ich Ihre neue Psycho-Masche, mich moralisch unter Druck zu setzen, gleich durchschaut habe. Nicht gerade die feine Art! Den Untersuchungsbeschluss bekommen Sie natürlich sofort. Vielleicht ist ja im Wohnwagen, Ihrer Ironie zum Trotz, doch noch etwas auffindbar, schicken Sie schleunigst die Spusi dorthin! Und wissen Sie, was …?" Der Staatsanwalt machte eine künstliche Pause, um die folgenden Worte gebührend in Szene zu setzen. „Für diesen Killinger, Pardon, Kissinger, beantrage ich morgen früh als Erstes ein Auslieferungsgesuch bei der Staatsanwaltschaft in Mobile. Nach jetziger Sachlage liegt hinreichender Tatverdacht vor."

Der Kommissar sagte nur: „Danke, Herr Messer, ich will Ihre Zeit nicht länger in Anspruch nehmen."

Im Gehen drehte er sich noch einmal um und riet seinem Vorgesetzten: „Vergessen Sie Ihr Date nicht, Herr Staatsanwalt!"

Messer sprang erschrocken auf, stürzte aus dem Büro, fast rannte er dabei den Kommissar um, der ihm süffisant auf die Sprünge geholfen hatte.

Und schon hatte Kautz Klaus Fischer am Handy. Der Kriminaltechniker zog gerade die Bürotür hinter sich zu, um in der Mittagspause im nahen türkischen Viertel, als *Little Istanbul* bekannt, für den Familien-Grillabend Lamm- und Rindfleisch zu besorgen. Kein Wunder, dass Klaus die Order, sofort die Spusi-Koffer zu packen und ihn nach Otterstadt zu begleiten, mürrisch aufnahm.

„Tut mir leid, aber es pressiert. Komm zum Parkstreifen runter zu meinem Alfa, es geht gleich los."

Den frustrierten Klaus neben sich, raste er mit Blaulicht Richtung Campingplatz. Wenn überhaupt noch Spuren in Gary's Wohnwagen da waren, mussten die schnellstens gesichert werden. Zudem stand noch die Vernehmung der beiden vorläufig festgenommenen Neonazis an. Und die musste um 17 Uhr abgeschlossen sein, damit die zwei noch dem Haftrichter vorgeführt werden konnten.

In Otterstadt hielt Kautz dem verdutzten Verwalter den Beschluss vor die Nase. Die neuen Mieter des Wohnwagens waren nicht da, sodass der Kommissar mit dem beschlagnahmten Ersatzschlüssel die Tür öffnen musste. Das Innere des Wagens war blitzsauber und penibel aufgeräumt, nur zwei Paar Schuhe standen unter dem Bett, ein Fernglas hing am Kleiderhaken, und der kleine Tisch war schon zum Frühstück für den nächsten Morgen gedeckt. Die Camper mussten Mustermieter sein. Fischer machte sich sogleich ans

Werk, doch außer ein paar Fingerabdrücken war nichts zu holen, und die stammten bestimmt von den Neuen.

Zum Katzenjammer des Kommissars kam noch die Rückkehr des älteren Paars hinzu, das sich lauthals über den „Einbruch“ beschwerte, rechtliche Folgen androhte und sich erst beruhigte, als der gewiefte Kautz ihnen schwor, dass die Durchsuchung ihres Mietobjekts maßgeblich zur Lösung eines äußerst verzwickten Mordfalls nötig sei. Mehr dürfe er dazu aber nicht sagen. Dabei legte er den Zeigefinger auf seine Lippen und machte verschwörerisch „Psssst!“

Beiläufig erfuhr er, dass die quengelige Seniorin ein Putzteufel war. Obwohl ihr der Wohnwagen bei Übergabe erstaunlich sauber vorkam – „Der Verwalter muss eine gute Zugehfrau haben“ –, hätte sie noch einmal alles gereinigt, Sitzmöbel, Bett, Nasszelle und den Boden, auch das Geschirr, Töpfe, Besteck, einfach alles, manches der Hygiene halber sogar mit *Sagrotan*. Erst dann fühlte sie sich wohl, und der Urlaub konnte beginnen. Ihr Mann verdrehte bei der Enthüllung ihres offensichtlichen Putzzwangs, von ihr selbst unbemerkt, vielsagend die Augen, traute sich aber nicht, etwas einzuwenden, offensichtlich hatte sie die Hosen an!

Das passte wie die Faust aufs Auge – dieser Zauderer von Staatsanwalt, er könnte ihm an den Hals gehen! Die Fingerabdrücke der Mieter, auf die Schnelle abgenommen, waren mit den vorhandenen im Wohnwagen identisch, wie befürchtet. Der ganze Stress für die Katz! Dazu noch zig Gaffer, die sich vor der Absperrung tummelten, und das Klicken ihrer Smartphone-Kameras! Seine Stimmung war mies, die Schlacht verloren, die Kripo auf dem Rückzug, ein Spuk, für die aufgeregt babbelnden Camper aber ein absolutes Highlight.

Im Präsidium zurück, plante Kautz das Verhör der beiden Rechtsextremisten. Wie er die Sachlage sah, würde man dem Duo Waffendiebstahl und Brandanschläge nicht nachweisen können, unerlaubten Waffenbesitz schon. Die mutmaßlichen Delikte würden sicher für die U-Haft reichen, für den Fall Chris Bode jedoch waren sie ohne Belang. Und dennoch schien ihm die Festnahme des Neonazi-Duos geboten. Zweifellos ging von dem eine akute Gefahr für Fremde aus.

Der Anschlag auf die Flüchtlingsunterkunft im niedersächsischen Salzhemmendorf fiel ihm ein. Im August 2015 hatten dort zwei jüngere rechtsextreme Deutsche einen Molotowcocktail durch ein verschlossenes Fenster in die Wohnung einer Familie aus Simbabwe geworfen. Nur der Wunsch des elfjährigen Jungen, in dieser Nacht bei seiner Mutter und den beiden jüngeren Schwestern zu schlafen, verhinderte eine Tragödie. Das Kinderzimmer des Jungen war in Kürze ausgebrannt. „Wenn der Neger brennt, dann feiere ich richtig", hatte der ältere der beiden Männer, ein 31-Jähriger, geprahlt. Außer der Familie wohnten noch weitere vierzig Flüchtlinge in dem Haus. Nicht auszudenken, was da alles hätte passieren können!

Der Anschlag vor knapp zwei Jahren hatte ihn richtig mitgenommen. Die Mutter der drei Kinder war aus Simbabwe geflohen, weil ihr Mann dort ermordet worden war. Als Journalist hatte sich der mutige Schwarze für freie Wahlen in dem diktatorisch regierten Land eingesetzt. Und dann wäre im sicheren Deutschland der Sohn des Paars fast Fanatikern zum Opfer gefallen. Immer wieder wachte die Frau nachts um zwei Uhr auf, dem Zeitpunkt des Anschlags, und schreckte hoch. Kautz schüttelte sich. Er empfand Abscheu vor solch skrupellosem Gesocks. Zugleich monierte sein Gewissen das anstößige Wort, das allzu oft für Flüchtlinge im Gebrauch war. Das rechtsradikal-xenophobe Weltbild der drei Angeklagten, darunter eine Frau, selbst Mutter zweier Kinder, sei Auslöser der Tat gewesen, hatte der Vorsitzende Richter Rosenbusch befunden und harte Urteile gefällt.

Solche Typen, die den Tod Wehrloser zumindest billigend in Kauf genommen und vielleicht auch Chris Bode auf dem Gewissen hatten, standen nun zur Vernehmung an. Er würde das Duo, einen nach dem anderen, in die Zange nehmen, obwohl er sich nicht viel davon versprach, schon gar kein Geständnis. Peter wäre als Partner im Verhör bestens geeignet, er müsste sich nur noch mit ihm absprechen. Als er den Raum des Kollegen betrat, ohne vorher anzuklopfen – das vergaß er nur selten –, war Peter gerade dabei, Friedebert mit dem Ergebnis seiner jüngsten Recherche zu beeindrucken:

„Ich hab' was rausgekriegt, Friedebert. Die MPs in der Waffenkiste sind vor einem knappen Jahr beim Einbruch in ein US-Waffendepot gestohlen worden. Die Täter wurden nicht gefasst. Und nun halt dich fest: Die Brandsätze in der Kiste sind absolut gleicher Machart wie die beim Anschlag auf das Asylantenheim in Limburgerhof! Der Strick um den Hals der Neonazis zieht sich zusammen!"

„Klasse, Peter, saubere Arbeit, jetzt haben wir die Helden am Arsch!"

„Davon sind wir noch weit entfernt", bremste sie ihr Chef. Wir könnten aber rausfinden, ob die E-Mail, Chris sei im Auftrag des IS ermordet worden, ein Fake ist. Wie schätzt du die Verbohrtheit der beiden ein, Peter?"

„Ich denke, dass Sven Ziegler eher zu knacken ist. Auf der Rückfahrt mit dem Streifenboot nach Mannheim habe ich den Kerl weniger frech und unverschämt erlebt als diesen Albert Frey."

„Gut, Peter, dann knöpfen wir uns zunächst Ziegler vor."

Im Vernehmungsraum setzte sich der Kommissar mit Muskel-Maier vor dem Neonazi in Positur, nur der Tisch aus deutscher Eiche dazwischen. Kautz hatte Mühe, aufkommenden Spott zu verbergen.

„Mannheim, Donnerstag, den 20. Juli 2017, Vernehmung von Sven Ziegler aus Ludwigshafen-Mundenheim durch Hauptkommissar Karlheinz Kautz, mit am Tisch Kommissar Peter Maier.

Herr Ziegler, Sie und Herr Frey werden verdächtigt, am 30. Juni 2016 in das US-Waffen-Depot der Coleman-Barracks eingebrochen zu sein und zwei MPs gestohlen zu haben. Die Waffen in Ihrem Besitz stammen zweifelsfrei aus dem Depot. Hinzu kommt, dass Sie verdächtigt werden, versucht zu haben, das Asylantenheim in Limburgerhof in der Nacht zum 7. Mai 2015 in Brand zu setzen mit Molotowcocktails, die der Bauart nach identisch sind mit denen in der bei Ihnen gefundenen Waffenkiste. Nicht zuletzt stehen Sie im Verdacht, den Muslim Chris Bode erst mit dem Tode bedroht und ihn dann am Abend des 11. Juli auf dem Otterstadter Campingplatz getötet zu haben. Es gibt Zeugen, die Sie und Ihren Spezi zur Tatzeit dort gesehen haben. Danach versuchten Sie, Ihr Verbrechen dem IS mithilfe einer Fake-Message unterzuschieben, um Ängste im Volk vor dem Islam zu schüren, ein Teil Ihrer Strategie *Ausländer raus aus Deutschland!* Das dafür verwendete Foto von Chris Bode haben Sie vor der Al-Faruq-Moschee aufgenommen. Auch dafür gibt es Zeugen. Wenn wir in Kürze Ihren PC beschlagnahmen, werden sich Bild wie Morddrohung schnell finden lassen. Was haben Sie dazu zu sagen?“

„Ohne Anwalt sag' ich gar nichts“, reagierte Ziegler trotzig. Doch bei der Vielzahl und dem Gewicht der ihm und Frey zugeschriebenen Straftaten schien die anfängliche Überheblichkeit zu bröckeln.

„Wir sollten besser die Wohnung dieser beiden Saubermänner durchsuchen lassen, Chef, statt dieses Versteckspiel mitzumachen“, mischte sich Peter ungehalten ein. „Gefahr ist da allemal im Verzug.“ Er stand auf und sagte noch beim Hinausgehen: „Mir stinkt’s, ich mach’ mich schon mal auf den Weg!“

Unter Druck geraten, ließ sich Ziegler nun doch zu einer Aussage hinreißen:

„Die Behauptung, wir hätten Waffen geklaut, dazu noch von den Amis, unseren Beschützern“, Ziegler grinste hämisch, „ist voll aus der Luft gegriffen, Kommissar, echt krass! Wir haben die MPs und den übrigen Kram in der Kiste auf dem Schwarzmarkt besorgt. Da kannst du uns keinen Strick draus drehen. Aber wenn die Merkel das Tor öffnet für Mohammedaner, die deutsche Frauen angrabschen und vergewaltigen, unser Volk entarten und auf deutscher Erde Allahs Reich errichten wollen, dann müsst ihr euch verdammt noch mal nicht wundern, wenn Deutschland erwacht und wir auch mal ’ne falsche Meldung raushauen, die im Grunde scheißwahr ist. Schaut euch doch die Terror-Anschläge der letzten Zeit an – ich sage nur Anis Amri! Da müsst ihr nicht aus allen Wolken fallen, dass Asylantenheime abgefackelt werden. Schade übrigens, dass es in Limburgerhof nicht geklappt hat, uns wär’ das nicht passiert! Aber der Mord, Kautz, den du uns unterjubeln willst, das ist echt bescheuert! So, und nun sag' ich nichts mehr ohne meinen Anwalt!“

Der Kommissar blickte finster drein, und Maier hatte sein Pokerface aufgesetzt. Jedenfalls war ihre Strategie punktuell aufgegangen. Die IS-Message war gefakt und kein Beleg für eine islamistische Tat. Ein Indiz weniger für Maries

These. Ziegler hatte die Wahrheit gesagt, weil die bei einer Durchsuchung eh rauskommen würde, und dabei noch eindrücklich seine Gesinnung bekundet. Die Vernehmung Albert Freys konnten sich die Kommissare sparen. Für den Großkotz hatte Kautz nur noch einen Satz übrig:

„Ich werde Sie beide jetzt dem Haftrichter vorführen lassen, das Ticket zur U-Haft haben Sie schon in der Tasche!"

Sven Ziegler fluchte vor sich hin, als ihn zwei Beamte abführten.

„Den Ziegler hast du ja ganz schön provoziert", feixte der Kommissar.

„Das ging, weil du ihm zuvor kräftig eingeheizt hast", spielte ihm der Sportler den Ball zurück.

„Weißt du was, Peter? Wir durchsuchen die Wohnung der beiden umgehend. Da ist was zu holen, sonst hätte Ziegler nicht gestanden. Der Staatsanwalt wird uns diesmal keinen Stein in den Weg legen, da bin ich mir sicher!"

Er griff zum Hörer und ließ sich mit Staatsanwalt Messer verbinden. Nachdem er die Verdachtsmomente geschildert hatte, war dessen Widerstand gebröckelt. Zu viel stand auf dem Spiel.

„Aber so einfach, wie Sie es bei mir haben, ist das Prozedere nicht", konnte sich der Staatsanwalt eine Belehrung nicht verkneifen. „Ludwigshafen-Mundenheim fällt in die Kompetenz der Staatsanwaltschaft Frankenthal, bekanntlich ein anderes Bundesland. Zufällig kenne ich den dort zuständigen Staatsanwalt. Ab und an spielen wir zusammen Golf in Dackenheim. Der 27-Loch-Platz dort ist übrigens herrlich gelegen, die Ausläufer der Haardt im Westen und Weinberge ringsum. Zudem hat der Golfplatz ein ganz passables Restaurant."

„Den *Golfgarten* kenn' ich, ein schön gelegenes Lokal mit Flair und Schmackes, da bin ich ganz bei Ihnen", schmalzte der Kommissar.

„Sind Sie etwa auch Golfer, werter Kautz?"

„Nein, Golfen ist nicht mein Ding! Ich bin dort ab und an auf der südländischen Terrasse des Restaurants zum Essen."

„Was unseren Fall angeht", der Staatsanwalt schien enttäuscht und kam aufs Geschäftliche zurück, „versuche ich, den Kollegen in Frankenthal so bald wie möglich zu erreichen. So wie ich Kurti kenne, wird der bei unserer Beweislage den Durchsuchungsbefehl nicht verweigern. Sobald ich sein Plazet habe, bekommen Sie Bescheid. Jetzt muss ich aber ins Gericht. Ich wünsche dem Golfmuffel einen guten Schlag – mit kriminalistischer Hand, notabene." Der Staatsanwalt legte auf.

„Messer hat angebissen, ich wusste es!", frohlockte Kautz. „Wir müssen nur noch auf grünes Licht des zuständigen Staatsanwalts in Rheinland-Pfalz warten", ließ er den Kollegen wissen. „Ich hoffe, es dauert nicht allzu lange."

Mittwoch, 19. Juli 2017

Am nächsten Morgen gegen zehn informierte Frau Weber das Kommissariat, der Beschluss sei gerade per Fax eingetroffen und liege bei ihr bereit. Peter ließ alles stehen und liegen, holte das Dokument und stieg zu seinem Chef in den Alfa, der mit laufendem Motor vor dem Gericht auf ihn wartete und auf heißen Reifen nach Mundenheim fuhr. Wenig später hatten sie ihr Ziel am Luitpoldhafen erreicht. Es war ein zweistöckiger Neubau, im Parterre die Wohnung von Sven Ziegler und Albert Frey. Peter betätigte die Klingel, doch nichts tat sich. Er wartete noch kurz ab und öffnete dann fachmännisch Haus- und Wohnungstür. Niemand im Umfeld schien sie zu bemerken.

Vom Flur aus ging's in eine große Wohnküche, das Bad mit WC und zwei separate Räume, jeder der beiden hatte, wie es aussah, ein eigenes Zimmer. Die Wohnung war in Schuss und frei von Mief. Kautz griff sich gleich den PC, der in dem einen, üppig dekorierten Raum auf dem Schreibtisch stand. Die Wände waren mit Orden aus dem Zweiten Weltkrieg behängt, und über dem Bett prangte ein Poster des Nürnberger Reichsparteitagsgeländes, die Überschrift in altdeutschen Lettern *Für Volk und Vaterland*, in der rechten Ecke diagonal *Heil Hitler!* Die schnelle Durchsuchung üblicher Verstecke in den Räumen erbrachte nichts von Belang.

Es blieb noch der Keller. Die Tür dort stand offen und führte in einen Gang, von dem drei Räume abgingen, der eine offen, Gemeinschaftsraum mit Waschmaschine und Trockner, die anderen beiden verschlossen. Die Tür zum Keller von *Frey + Ziegler* war fix geöffnet, ein simples Einsteckschloss eben. Drinnen befand sich an der rechten Seite ein großes Metallregal mit Werkzeugen, vom Schraubenzieher bis zur Kreissäge. „Alles, was ein Heimwerker so braucht", meinte Peter, der Handwerkliches zu Hause selbst erledigte. An der gegenüberliegenden Wand hingen zwei ältere Mountainbikes. Den Raum unter dem vergitterten Fenster der Stirnwand nahm eine massige Kiste aus Stahlblech ein, die mit drei soliden Kombinations-Vorhängeschlössern gesichert war.

Peters suchender Blick fand im Werkzeugarsenal der Neonazis einen exzellenten Bolzenschneider. Wo der schon überall im Einsatz gewesen war? Diesmal jedoch ging der Schuss nach hinten los. Im Nu waren die Schlösser geknackt. Ein Waffenlager kam zum Vorschein, mehrere MPs vom gleichen Typ wie die beiden, die sie im Boot des Duos entdeckt hatten, dazu Munition, Brandsätze, sogar eine Panzerfaust. Wenn das kein Fund war! Das erhärtete natürlich den Verdacht, dass die Neonazis am Einbruch ins Depot der Coleman-Barracks beteiligt waren – für ihren Fall leider irrelevant. Dokumente auf dem PC aber könnten für die Aufklärung des Mords an Bode von Bedeutung sein.

Den Kommissaren gelang es, die Kiste mit großer Kraftaufwendung gerade mal eine Handbreit vom Boden zu heben. Sie wog sicher an die 150 Kilo. Dabei kam sie kurz in Schieflage, da Peters Chef bei der Kraftprobe nicht mithalten konnte. So forderte Kautz noch drei Beamte an, die den Waffentresor mit dem Dienst-Kombi abholen sollten, Spusi-Klaus war schon unterwegs zu ihnen. Dann bat er Peter, vor Ort zu bleiben, bis alles erledigt sei. Er selbst machte sich mit dem Computer auf den Weg ins Kommissariat, um ihn von den IT-Spezialisten durchsuchen zu lassen. Am späten

Nachmittag müssten die halt ’ne Sonderschicht einlegen, ihr Arbeitserfolg könnte einen Durchbruch bei der Ermittlung bringen. Dem Staatsanwalt schickte er eine E-Mail über den Verlauf ihrer Aktion, zur Beruhigung, dass Messer bei dem Frankenthaler Freund nicht die Pferde scheu gemacht hatte.

Marie Liebig war seit Mittwochvormittag wieder im Einsatz. Ihre Migräneattacke am Montag hatte sie schwer erwischt und war erst am folgenden Tag abgeklungen. Obwohl ihr der Arzt nahegelegt hatte, den Mittwoch noch zur Erholung zu nutzen, hatte sie das Kommissariat verständigt, dass sie am Mittwoch wieder auf der Matte stünde – Hans war am Apparat. In der Frühe würde sie als Erstes Chris Bodes Wohnung durchsuchen. Ihren Auftrag vom Chef hatte keiner im Team inzwischen erledigt, da war sich Hans sicher.

Marie saß der Erfolgsdruck im Nacken. Wenn die Wohnung des Ermordeten noch Beweismittel barg und sie sich nicht beeilte, könnte das von erheblichem Nachteil für die Ermittlungen des Chefs und damit fürs gesamte Team sein. Das aber musste auch gegen ärztlichen Rat verhindert werden. Sie würde heute Bodes Bude aufs Genaueste inspizieren, nach Regeln und Geist kriminalistischer Kunst, und die beherrschte sie aus dem Effeff. Sie nahm die Straßenbahn nach Rheinau, die zwar nicht so fix und bequem war wie ihr Korea-Pimpf, ein weinroter *Hyundai i10*, die sie aber ans Ziel brachte, ohne den morgendlichen Stresstest des Mannheimer Verkehrs bestehen zu müssen. In der Bahn hatte sie zudem Zeit, sich auf ihr Vorgehen einzustimmen. Sie würde besonnen sein und sich nicht von Aktionismus leiten lassen, wie dringend die Sache auch war.

Die Wohnung erreicht, durchtrennte sie die beiden Siegel an der Tür mit dem Daumennagel. Verflixt, schon war der

Nagellack beschädigt. Es half nichts, diesen Makel müsste sie heute ertragen. Die Tür war verschlossen, der Vermieter hatte wohl den Schaden beheben lassen. Nachdem sie das Schloss mit ihrem „Profi-Besteck" geöffnet hatte, setzte sie sich an den runden Tisch im Wohnraum, um die passende Strategie zu entwickeln. Ihr Spürsinn stellte zunächst gängige Logik auf den Kopf: Wo würde man am ehesten nachschauen? In Schreibtischen, Bücherregalen, Betten, Matratzen, Nachttischen, hinter Bildern, unter Türschwellen und Laminatböden, in Siphons, dem WC-Spülkasten, hinter Heizkörpern, die übliche Tour eben. Da brauchte sie erst gar nicht zu suchen. Spusi-Klaus war in seiner Arbeit geradezu ein Pedant. Wo aber dann?

Ihr schweifender Blick fiel bald auf die Kochnische mit Miniküche und blieb dort haften. Vielleicht hatte Klaus dort nicht genau genug gesucht. Manche Männer standen auch heute noch mit der Küche auf Kriegsfuß. Minutiös untersuchte sie nun das Terrain. Doch auch jetzt total tote Hose, niente, nothing, nista – das kroatische *nista* für „nichts" sagte ihre Freundin aus Split oft, wenn sie frustriert war. Im Kühlschrank befanden sich ein halb volles Glas feste Pflaumenmarmelade, eine Packung Bergbauernmilch, ein vor sich hin schimmelnder Quark, ein halbes Pfund irische Butter, originalverpackt, und ein mit Klarsichtfolie umhüllter, angeschnittener Münster Käse, dessen gemeiner Gestank den Schluss der Suche nahelegte. Schnell öffnete sie noch das Tiefkühlfach, das nur eine angebrochene Packung Vanilleeis vom Discounter enthielt, um danach angewidert die Kühlschranktür zuzuwerfen. So ein Käse musste doch in einer Tupper-Dose verstaut werden, und selbst die war manchmal nicht völlig geruchsdicht! Sie schien mit ihrem Latein am Ende. Plötzlich, einer Eingebung folgend, öffnete sie erneut den stinkenden Kühlschrank und stellte den Inhalt vor sich auf den Tisch. Dann nahm sie den Bratspieß aus dem Besteckkasten zur Hand und stach engmaschig in Quark, Butter, Marmelade, Käse, zuletzt in das Vanilleeis. Schon wollte sie ihr „spießiges“ Vorgehen beenden, als sie plötzlich auf Widerstand stieß. Ein Löffel förderte schnell das harte Etwas zutage.

„Heureka“, rief sie stolz, „ich hab's gefunden!“

Im Speiseeis, oben von Eiskristallen bedeckt, war eine kleine Plastikbox versteckt, die einen USB-Stick enthielt. Clever, das musste man dem Toten lassen. Und Kautz das Gespür, dass sie fündig würde! Umgehend verließ sie die Wohnung, zog die Tür hinter sich zu – ein neues Siegel hatte sie nicht dabei – und fuhr mit der Eins ins Kommissariat zurück, gespannt, welches Geheimnis sie in Kürze lüften würde.

Von der Neonazi-Wohnung zurück, übergab der Kripo-Chef sofort den beschlagnahmten PC den IT-Spezialisten und mahnte sie zur Eile. Die versierten Kollegen hatten die PIN in kurzer Zeit geknackt und stellten dem Kommissar über hundert Dateien zur Verfügung. Ein paar davon waren der Hammer! Fotos der Coleman-Barracks von allen Seiten, insbesondere von einem Gebäude – wen wunderte es noch, dem Waffendepot –, Fotos der Flüchtlingsunterkunft in Limburgerhof während der Renovierung und nach dem Brandanschlag sowie verschiedene Fotos von Chris Bode, unter anderem das Bild vor der Al-Faruq-Moschee mit dem IS-Bekennerschreiben. Unter diversen Textdokumenten waren auch drei Botschaften an Chris Bode gespeichert, die dem Wortlaut entsprachen, den sie von Chris' Ex-Freundin Claudia kannten.

Die Fotos erhärteten den Verdacht des Waffendiebstahls sowie des Brandanschlags. Darüber hinaus bewiesen sie im Zusammenhang mit den Texten, dass die Neonazis den Konvertiten Chris Bode mit dem Tod bedroht hatten. Wenn die Verbalattacken aber ernst gemeint waren, könnten sie durchaus zu realer Gewalt geführt haben. Mit ihrer IS-Message hätten die Rechtsradikalen dann die Tat Islamisten untergejubelt, um von sich abzulenken und dazu noch die Stimmung im Land gegen Muslime aufzuheizen. Ein perfider Plan!

Ging man davon aus, dass Chris vor seiner Ermordung im *Schiefen Sack* zu Abend gegessen hatte – und das war inzwischen sehr wahrscheinlich –, musste der Tatort in der Nähe gewesen sein. Dass die Neonazis dort waren, hatte Camping-Christoph bezeugt. Zudem hatte der verliebte Student die Bootsfahrt des Duos in Richtung Otterstadt und wieder zurück um den Todeszeitpunkt herum beobachtet – eine eigentlich schlüssige Indizienkette. Standen sie schon kurz vor der Lösung des Falls?

Da war aber noch ein Bild, das Kautz nicht losließ: ein am Boden liegender Muslim in weißem Kaftan, aufgenommen am 18. Januar 2015. Zweifellos das Opfer eines Überfalls, vom Fotografen wohl aus perversem Machtgefühl heraus geschossen, vielleicht so, wie man früher im Wilden Westen Kerben in den Revolvergriff geschnitzt hatte. Auf einmal erinnerte er sich. Ein Koranlehrer wurde damals in Mannheim von drei Männern angegriffen. Am Boden liegend, wehrte sich der mit seinem Gehstock gegen die Schläger, die im Begriff waren, ihn zu malträtieren. Seine Gegenwehr und die Anwesenheit eines Zeugen schlugen das Trio, islamfeindliche Parolen grölend, in die Flucht. Der Fall beschäftigte die Kripo Heidelberg und den Staatsschutz wegen eines fremdenfeindlichen Hintergrunds, musste aber eingestellt werden. Der Zeuge hatte sich trotz eines Aufrufs der Polizei nicht gemeldet, und die Täter hatten keine Spuren hinterlassen.

Sofort holte er sich die Akte des Falls auf seinen PC. Volltreffer: Der Überfall fand am 18. Januar 2015 gegen 23 Uhr statt. Die Fotodaten präzisierten nun den Zeitpunkt auf 22.51 Uhr. Die Schläger hatten also doch ihren Fingerabdruck hinterlassen, auf dem Drücker der Kamera quasi! Der Geschädigte hieß Bektas Cezik, Koranlehrer in der Mannheimer Fatih-Moschee, Mitglied der SPD und Ansprechpartner der Stadt in Migrationsfragen, ein besonnener und engagierter Muslim. 2004 war er schon einmal nach Drohbriefen Ziel eines Angriffs gewesen, der Angstzustände und Depressionen bei ihm ausgelöst hatte. Cezik hatte aus der Attacke 2015 auf seiner Facebook-Seite ein bedrückendes Fazit gezogen: „Der Hass hat auch mich erreicht [...] deswegen bitte ich jeden, der islamisch aussieht, vorsichtig zu sein und abends nur mit Begleitung unterwegs zu sein. Schwere Zeiten für Muslime." Das wies auf eine Blanko-Seite in der Akte über Muslime in Deutschland. Islamfeindliche Straftaten wurden von den Behörden nicht gezielt ausgewertet, so dass es auch keinen amtlichen Überblick darüber gab. In den bekannt gewordenen Fällen von Hetze im Netz, Drohbriefen, tätlichen Angriffen wie auch Schmierereien und Sachbeschädigungen an Häusern und Moscheen waren die Täter fast immer Rechtsextreme gewesen.

Das entdeckte Foto würde er später der Kripo Heidelberg mailen. Was aber bedeutete es für den Fall Bode? Höchstwahrscheinlich hatte einer der beiden Neonazis fotografiert und gehörte also zu den Schlägern, die es auf Bektas Cezik abgesehen hatten, wenn die das auch abstreiten würden. Bei genauerer Betrachtung machte ihm die Tat den Eindruck, dass dieses Trio, das Cezik auf offener Straße überfallen hatte, sein Opfer zwar schädigen, zumindest einschüchtern, aber nicht töten wollte. Das hatte eine andere „Qualität“ als der brutale Mord an Chris Bode. Sprach diese Überlegung aber nicht gegen den Verdacht, die beiden Neonazis hätten Bode auf dem Gewissen? Oder hatten die sich in der Zwischenzeit, immerhin zweieinhalb Jahre, radikalisiert und schreckten jetzt auch vor blutrünstiger Gewalt nicht zurück? Nach wie vor blieb die Tat im Dunkeln, wenn er jetzt auch den beiden Neonazis andere Straftaten nachweisen konnte.

Als Marie am späten Vormittag nach der Durchsuchung von Chris Bodes Wohnung im Kommissariat eintraf, empfing sie der Kripo-Chef hocherfreut:

„Alle hier haben dich vermisst, Marie.“ Fast wäre er ihr um den Hals gefallen. „Besonders ich!“

Der herzliche Empfang entschädigte ein klein wenig für die Enttäuschung, die hinter ihr lag. Der Chef mochte sie wirklich, aber eben nicht so, wie sie es sich ersehnt hatte. Plötzlich – sie konnte sich der Bilder nicht erwehren – sah sie Kautz auf sich, wie er die Schwingen ausbreitete und … Von einer Szene aus Fellinis Casanova-Film überfallen, spürte sie, wie ihr Leib ganz heiß wurde. Der Frauenheld hatte bei seinen Amouren stets eine mechanische Spieluhr in Gestalt eines goldenen Hahns aufgestellt, der auf dem Höhepunkt krächzte und heftig mit den Flügeln schlug. Und schon hatte sie sich wieder im Griff, die Ironie des Akts, zwanghaft und seelenlos, ließ sie missfällig grinsen. Frust ade! Irgendwann würde sie den verdaut haben.

„Geht’s wieder?“, fragte Kautz fürsorglich. Die erregte Röte in Maries Gesicht hatte er als Zeichen der noch nicht auskurierten Migräne gedeutet.

„Diesmal hat's mich scheußlich erwischt, Chef. Viel im Bett, Vorhänge zu, Tabletten, das ganze Programm. Bin echt froh, dass ich da durch bin."

„Das versteh' ich", sagte er, ohne zu merken, dass er gar nichts verstand. In Gedanken war er noch bei den neuen Hinweisen auf die Neonazi-Delikte und die erhöhte Wahrscheinlichkeit, dass diese Neonazis auch Chris Bode ermordet hatten.

„Übrigens, Chef, ich hab' heute Vormittag bei der Feinarbeit in Chris' Zimmer – du hast ja gesagt, ich soll die Lupe ansetzen – das Corpus Delicti gefunden; es ist ein USB-Stick, clever in der Vanilleeis-Box im Kühlschrank versteckt."

„Was hast du? Wusst' ich's doch, dass du was findest – Chapeau, Marie! Und was ist drauf?"

„Weiß ich noch nicht, bin ja gerade erst eingetroffen. Ich mach' mich jetzt dran."

„Sag sofort Bescheid, wenn du so weit bist."

Marie hatte schon ihren PC hochgefahren und den USB-Stick in seiner Seite versenkt. Sie klickte das Dokument an. Da es passwortgeschützt war, musste sie erst auf die Erfolgsmeldung der IT-Spezialisten warten.

Dann begann sie zu lesen.

Als ich mein Diplom mit Note eins in der Tasche hatte, war ich natürlich total stolz auf mich, spürte aber schon bald große Leere in mir. Auch ohne Eltern hatte ich etwas aus mir gemacht, doch jetzt, wo ich es ihnen hätte zeigen können, war ich mutterseelenallein. Erst wurde ich wehmütig, dann immer trauriger. Ich fürchtete schon, in eine Depression zu fallen, als allmählich eine Wut in mir wuchs und wie ein Krebsgeschwür um sich griff, bis in meine Kindheit zurück. Die Mutter hatte mich als fünfjährigen Jungen im Stich gelassen und war mit ihrem Lover, Gary hieß der Typ, einfach weg, von heute auf morgen in die USA abgehauen. Ihr Tagebuch fiel mir ein, das voll vom Glücksrausch mit diesem Gary war. Sie hatte kein Recht dazu gehabt, dem mein Leben zu opfern.

Als ich in trüber Stunde den Brüdern davon erzählte, waren die empört und schimpften sie eine Hure. Ihr Zorn fiel bei mir auf fruchtbaren Boden, ich spürte den Drang, der Mutter die Ichsucht in den Hals zu stopfen, wie einer Gans das Futter, bevor sie geschlachtet wird. Vor allem Vater war ihrem Egotrip erlegen. Sein Tod war kein Unfall, sondern Selbstmord, da bin ich mir sicher. Er musste völlig verzweifelt gewesen sein, dass seine Frau ihn verlassen hatte. Am Ende blieb ich über als Waisenkind.

Jetzt wollte ich die Frau finden, die mich geboren hatte und ein paar Jahre auch meine Mutter gewesen war. Wie sich zeigte, war das gar nicht so schwer. Die Brüder gaben mir Geld, einen Privatdetektiv anzuheuern, der bald herausfand, dass sie wieder verheiratet war, Nora Kissinger hieß und in einem Vorort von Mobile, Alabama, mit ihrem Mann Gary ein schönes Haus bewohnte. Gemeinsame Kinder hatten sie keine.

Im Internet buchte ich ganz in der Nähe ein Ferienhaus, den Flieger dazu – und ab ging's Anfang Juni 2016. Für die Leute, denen ich dort begegnete, war ich ein Urlauber, der sich die Reise zum erfolgreichen Studienabschluss selbst geschenkt hatte. Ich tat, was Touris eben so tun, mietete ein Auto und fuhr im Süden Alabamas herum, durchaus mit Sinn für Landschaft und Kultur, besonders die alten herrschaftlichen Gebäude beeindruckten mich. Abends war ich meist zurück und beobachtete das Haus der Mutter. Einmal ging sie an den Fluss hinunter zu einer alten Hütte. Ich folgte ihr und fand heraus, dass sie dort nicht alleine war. Nora sprach mit einem Mann, der nicht Gary Kissinger sein konnte. Der hatte ja das Haus nicht verlassen.

Eines Abends, es war der 26. Juni, der Tag des Endspiels der südamerikanischen Fußballmeisterschaft und kaum jemand unterwegs, trafen sich die beiden wieder in der Hütte. Diesmal schlich ich ganz nah heran. Durch den Spalt eines Fensterladens sah ich, dass die Mutter mit einem jüngeren Mann vögelte und es hörbar genoss. Ihr Stöhnen und Schreien machte mich wild. Ich wartete, bis es ruhig wurde. Dann trat ich kurz entschlossen die Tür ein und baute mich vor den in flagranti Ertappten auf. Sie lagen nackt auf einem alten Bett und starrten mich entsetzt an. Der Lover entpuppte sich als beschissener Feigling. Er sprang auf, schnappte sich Hemd und Hose und suchte wie ein angeschossenes Wild das Weite. Mir war das nur recht, ich hätte ihn sowieso zum Teufel gejagt.

Jetzt war ich mit Nora, meiner Kurzzeit-Mutter allein. Sie hatte sich völlig verschreckt in das Leintuch gehüllt und klang erbärmlich: „*Please, don't hurt me! Who are you …? What do you want here?*"

Ich kam gleich zur Sache und stellte sie voll Verachtung zur Rede: „So also sieht man sich wieder! Mal wieder läufig wie damals bei Gary, mit dem du dich in die USA verpisst hast? Meinen Vater und mich hast du, ohne mit der Wimper zu zucken, für eine Affäre fallengelassen … und dann: aus den Augen aus dem Sinn!"

Nora wurde kreideweiß: „*My God,* bist du etwa Chris, mein Sohn …? Ich hätte dich nicht erkannt!"

„Kein Wunder, nach 24 Jahren, meinst du nicht?!"

„Doch, doch, jetzt kann ich mich an dein Gesicht erinnern, die hohe Stirn, die markante Nase, blonde Haare … und einen Vollbart hast du bekommen … steht dir nicht schlecht."

„Hör auf mit dem Gesülze! Ich will, dass du mir Rede und Antwort stehst! Jetzt! Sag mir die Wahrheit: Wie konntest du nur einfach so abhauen?"

„Chris, ich war unsterblich verliebt. Die Situation in jener Nacht war *crazy*. Ich fühlte mich so begehrt und geliebt wie nie zuvor in *my life*. Ich glaubte, mich auf der Stelle entscheiden zu müssen, es zerriss mir fast das Herz, und dann – ich kann es nicht anders beschreiben – zog mich die Strömung aufs offene Meer hinaus."

„Ja, ja, ich hab' dein Tagebuch gelesen. Und jetzt bist du natürlich auch total verknallt, ich fass es nicht!"

„Was fällt dir ein, mich so zu … zu *degrade* – erniedrigen! *That's a long story* – Du verstehst das nicht!"

„Wie damals, das hab' ich ja auch nicht verstanden."

„Du fragst mich, willst aber die Antwort nicht hören. Du hast mich schon verurteilt. Ich habe einen furchtbaren Fehler gemacht, *I am very sorry,* Chris, tut mir wirklich leid. Als mir klar wurde, was ich getan hatte, fehlte mir der Mut zur Umkehr. Dann schrieb mir meine Freundin, dass Karl bei einem Autounfall ums Leben gekommen war. Das hat mir den Rest gegeben."

„Das war kein Unfall! Dad, dein Mann, hat sich aus Kummer umgebracht!“

„Bist du sicher? Ich hatte das befürchtet, Chris, *terrible story*, echt schrecklich!“

„Damals hätte ich dich dringend gebraucht.“

„Ich war wie gelähmt. Schuldgefühle erdrückten mich … und dann warst du auf einmal weg, Chris, wie vom Boden verschluckt. *I think, my soul“* – sie schien schlucken zu müssen – „hat dich aus meinem Gedächtnis verbannt, damit ich nicht durchdrehte.“

„Und meine Briefe! Warum hast du nicht geantwortet?“, wollte ich von ihr wissen.

„Ich hatte schreckliche Angst, dass du mir nicht verzeihen wirst, ich konnte einfach nicht. Und außerdem“, begehrte Nora auf, „jeder hat schließlich ein Recht auf *happiness!*“

„Ach ja, und wo war mein Recht auf Glück?“

„Ich kann nicht mehr zurück, ich wünschte, es wäre möglich. Ich habe die Chance einer Familie verspielt. *Please forgive!* Vielleicht kann ich ja noch einmal von vorne anfangen.“

„Und wer ist diesmal der Glückliche?“

„Sei nicht zynisch, Chris! Das geht dich nichts an, aber du würdest es sicher selbst herausfinden. *First of all,* er ist ein ganz zärtlicher Mann, der mir gibt, was ich brauche, wenn ich auch das Versteckspiel hasse. Richard macht gerade Karriere, hat sich für den Gouverneursposten von Alabama beworben. Er ist unglücklich verheiratet, wie ich auch, inzwischen. *That's another story.* Unsere Beziehung darf auf keinen Fall *publicity* kriegen – eine Affäre, das wäre sein politisches Aus! Du musst das für dich behalten, bitte!“

„Woher auf einmal Mitgefühl? Damals, als du uns im Stich gelassen hast, gab‘s das nicht!“

Das Leintuch war Nora auf den Schoß gerutscht, sie saß halb nackt vor mir auf dem alten Bett, eine verdammt sinnliche Frau.

Plötzlich beschämt, blaffte sie: „Schau mich nicht so an, ich bin schließlich deine Mutter!“

„Ach, jetzt auf einmal!“

Nora stand abrupt auf und drehte sich um. Sie muss in meinen Augen ein Feuer gesehen haben. Ob sie es verstand, bezweifle ich. Hastig waren Rock und Bluse übergezogen, zu ihrer Lust hatte es nicht mehr gebraucht. Beiläufig rutschte ihr noch heraus:

„Dein Vater war ein lausiger Langweiler – bei ihm wäre ich versauert – und im Bett eine taube Nuss!“

Da flippte ich voll aus und packte sie von hinten beim Schopf. Mein Stilett, das ich zum Schutz stets im Sack hatte, war plötzlich in meiner Hand und schnitt Nora den Hals durch.

Es war ein hasserfüllter und zugleich blutrünstiger Reflex. Sie fiel vornüber aufs Bett, Blut schoss aus ihrer Schlagader. Mein Kopf aber blieb erschreckend cool, lief geradezu auf Hochtouren. Er duldete nicht die geringste Schwäche und dirigierte mich: Das Messer packst du in die Tüte da, die Trittstelle an der Tür und auf dem Boden reibst du mit dem Handtuch ab und steckst es dann ein – angefasst hast du ja sonst nichts –, und jetzt hau ab, aber vorsichtig, dass dich niemand sieht.

Ohne jemandem zu begegnen, schaffte ich es zum Auto zurück, das ich in einiger Entfernung geparkt hatte, und von da in mein Ferienhaus. Kaum angekommen, übernahm der kalte Komplize in meinem Kopf erneut das Kommando:

Du reinigst sofort das Stilett, verbrennst Tüte sowie Handtuch im Kamin – und vor allem: Bleib auf dem Teppich!

Du hast keine Spuren hinterlassen, bist ein stinknormaler Tourist, auch vom Namen her unverdächtig. Bis zum Ende des Mietvertrags bleibst du schön hier, machst deine Touren wie zuvor, und dann erst geht's nach Hause.

Die folgende Nacht war eine Tortur. Als endlich die Sonne aufging, wollte ich nur noch weg. Ich nahm das Mietauto und fuhr einfach los nach Norden, bis ich in Montgomery, der Hauptstadt Alabamas, landete. In die Stadt der Bürgerrechtsbewegung wollte ich schon immer.

Traumwandlerisch fand ich die Dexter Avenue Baptist Church, die Kirche, in der Martin Luther King Pastor gewesen war. Dort sprach mich ein Schwarzer an und zeigte mir die Haltestelle in der Nähe, wo Rosa Parks in einen Bus gestiegen, sich gesetzt und geweigert hatte, einem weißen Passagier Platz zu machen.

Der junge Schwarze verwickelte mich in ein Gespräch. Als er mir meine Religion entlockt hatte, sagte er, dass der Rassismus hier noch lange nicht vorbei sei. Auch meine Brüder seien im Visier. Roy Moore, Ex-Richter des obersten Gerichts von Alabama, würde am liebsten Muslimen verbieten, für ein Wahlamt zu kandidieren. Moore sei ein gefährlicher Mann, der die Terroranschläge vom 11. September 2001 für eine Strafe Gottes halten würde. Am liebsten würde der den Rechtsstaat abschaffen und durch das biblische Gesetz ersetzen. Kaum zu glauben – dasselbe Schema bei Christen wie das meiner ex-salafistischen Brüder! Ich gab dem Guide ein paar Dollars, froh, dass er mich eine Zeitlang aus meinen schwarzen Gedanken gerissen hatte, und fuhr bald wieder nach Mobile zurück.

Bis zu meiner Abreise geschah nichts Brenzliges, kein Kontakt mit Cops, kein Verhör, nichts. Noras Lover hatte keine Aussage gemacht, sicher aus Schiss vor einem Skandal mit Karriereknick. So viel zum Thema Liebe! Ich flog zurück, wie geplant.

Die Tat hat mich nicht von meinem Trauma befreit, mir nur ein weiteres, viel schlimmeres beschert. Ich fühle mich in meine Geschichte verstrickt, die mich zum Mörder gemacht hat. Nein, das ist zu simpel, von der ich mich zum Mörder machen ließ. Der Teufel hat mich geritten, doch ich hab' ihm den Steigbügel gehalten. Soweit mir bewusst ist, war die Tat nicht geplant. Sie geschah impulsiv, aus der Situation heraus. Hass hatte mich in den Klauen und nahm mir die Selbstkontrolle. Ich hätte mich viel früher zur Wehr setzen müssen, aber Einsicht und Reue kommen zu spät.

Mein Leben ist unsäglich missglückt. Selbst wenn Gary mir vergeben würde, was nach islamischem Recht ein Grund für Gnade ist, würde ich die wichtigsten Jahre meines Lebens im Knast vergeuden, 15 wenigstens …

Vielleicht schaffe ich es, Gary um Verzeihung zu bitten, obwohl ich das bezweifle. Jedenfalls bin ich bereit, die Verantwortung für meine Tat zu übernehmen. Ich habe vor, dieses Geständnis der Kripo vorzulegen, oder auf anderem Weg Sühne zu suchen.

Ich, Chris Bode, geboren am 14.3.1987 in Mannheim, bürge für die Wahrheit dieser Worte. Die Details habe ich noch am selben Abend aus dem Gedächtnis notiert.

Chris Bode, Mobile, den 30.6.2016

Marie war wie erschlagen. Sie hatte das Geständnis eines Muttermörders gelesen und den auch noch verstehen können, sogar mit ihm gefühlt. Ätzend, fand ihr Gewissen, sie schämte sich dafür. Doch für Selbstvorwürfe war jetzt keine Zeit, sie musste sofort den Chef in Kenntnis setzen. Mit Sicherheit warf das Geständnis neues Licht auf den Mord an Chris Bode.

Sie holte den Kommissar zu sich und las ihm das Dokument vor. Er unterbrach sie nicht. Als sie fertig damit war und aufblickte, hatte er die Stirn in Falten gelegt und schwieg ein, zwei Minuten. Dann zog er ein Resümee:

„Das also ist in dem halben Jahr passiert, das in Chris' Notizen fehlt. Auch dass Chris nichts mehr mit Gewalt zu tun haben wollte, leuchtet nun ein. Was für eine Tragödie! Diesmal lag ich völlig daneben. Nach den letzten Ermittlungen, über die ich das Team heute früh unterrichtete – du warst nicht dabei, hast ja derweil Chris' Wohnung durchsucht –, steht das Neonazi-Duo unter dringendem Tatverdacht. Die Indizien, die Gary Kissinger belastet haben, vor allem die Ausführung der Tat, in beiden Fällen ein durchschnittener Hals, sind nur ein Zufallsprodukt. Der Amerikaner ist jedenfalls kein Doppelmörder. Er hat seine Frau nicht getötet und scheint auch Chris Bode nicht auf dem Gewissen zu haben. Sehr gute Arbeit, Marie! Ich muss jetzt rasch zum Staatsanwalt rüber, um ihn auf den neusten Stand zu bringen. Avisierst du mich bitte?“

„Klar, Karlheinz, aber warte noch einen Moment, ich schau, ob der auch da ist.“

Er war es, und der Kommissar begab sich wieder mal auf einen steinigen Weg. Diesmal wartete er das „Herein“ des Staatsanwalts gar nicht ab – ob sein Vorgesetzter nun Yoga machte oder nicht –, sondern stand schon im Zimmer, als es ertönte. Der Überraschte kam erst gar nicht zu Wort.

„Herr Messer, blasen Sie bitte das Auslieferungsgesuch an die Staatsanwaltschaft in Mobile ab. Nach neuesten Erkenntnissen stehen die zwei Neonazis unter dringendem Tatverdacht. Zudem liegt uns ein Geständnis von Chris Bode vor, seine eigene Mutter im Affekt getötet zu haben. Der Kontext des Geständnisses lässt keinen Zweifel zu. Es ist echt."

„Na, dann schießen Sie mal los, überfallen haben Sie mich ja schon!"

Als der Kommissar mit seinem Vortrag fertig war, reagierte Messer nicht, seine Augen aber waren hellwach. Ihre Bewegungen verrieten, dass in ihm ein komplexer Film ablief. Die stummen Sekunden steigerten die Spannung des Kommissars fast schmerzlich. Endlich war der Staatsanwalt so weit und wartete mit einer besonnenen Abwägung der Fakten und Annahmen auf:

„In der Tat ändert der aktuelle Ermittlungsstand – die neuen Hinweise auf das Neonazi-Duo und das Geständnis – die bisherige Rekonstruktion von Chris Bodes Tod. Zumindest haben die Indizien, die Gary Kissinger tatverdächtig machten, an Gewicht verloren. Der wichtigste Hinweis, der schräg von oben geführte Schnitt durch den Hals beider Ermordeter, der auf ein und denselben Täter verwies, ist mit dem Geständnis nun erledigt. Was bleibt also noch von der These einer Beziehungstat? Erstens Gary Kissinger's Bezug zu Chris Bode über seine Frau Nora, die ja Chris' Mutter ist; zweitens sein Aufenthalt zur Tatzeit nur ein paar Kilometer vom Fundort der Leiche entfernt und ein gemietetes Boot, geeignet für den Abtransport des Toten – aber auch für touristische Zwecke; drittens die pure Möglichkeit, dass Chris am Abend des Mords im *Schiefen Sack* Hühnchen mit Blumenkohl aß – Beweise dafür aber fehlen –, und zuletzt Kissinger's Schuhgröße 44, die zu den Abdrücken am Fundort passt, aber nicht gerade selten ist. Das ist in der Tat zu dürftig für seine Festnahme in den USA und Überstellung nach Deutschland, zumal auch die Indizienkette für das Delikt derzeit in Richtung der beiden Neonazis zu weisen scheint. Ich werde also den diktierten Antrag auf Eis legen, vorläufig jedenfalls. Zum Glück ist der noch nicht raus, Frau Weber musste heute morgen akut zum Zahnarzt. Das wäre eine Blamage geworden, nicht auszudenken, und welch Fressen für die Presse!"

Auch der Kommissar war erleichtert. Bloßgestellt wäre natürlich vor allem er gewesen.

Nach einer nicht gerade kurzen Pause fuhr Messer fort: „Dennoch sollten wir den Verdacht, dass Kissinger Chris Bodes Mörder ist, noch nicht gänzlich ad acta legen. Vielmehr hätten wir nun ein astreines Motiv für den Mord, wenn Gary nämlich glaubte oder gar herausfand, dass Chris seine Frau auf dem Gewissen hat – wie gesagt: *hätten* wir. Es fehlt uns da aber ein wichtiges Bindeglied: Wie hätte Kissinger zu einer solchen Vermutung oder Erkenntnis kommen können? War er es, der in Chris' Wohnung einbrach, um nach Beweisen für dessen Täterschaft zu suchen? Das würde ins Bild passen. Aber der Einbruch fand ja nach der Tat statt. Nochmals *würde, würde … hätte, hätte.* Sie verfolgen jetzt natürlich die rechtsradikale Spur zu Ende, mit Vollgas, versteht sich. Auch eine islamistische Täterschaft ist meines Erachtens noch nicht vom Tisch. Aber trotz alledem, werter Karlheinz Kautz, lassen Sie, bitte, den Kissinger-Verdacht noch nicht fallen."

Der Kommissar war wie vom Donner gerührt: Der Messer hatte ihn *gebeten* und sogar zusätzlich mit Vornamen angesprochen. Das war noch nie vorgekommen und klang aus dessen Mund geradezu zärtlich. Sein notorischer Kritiker hielt es weiterhin für möglich, dass Gary trotz unzureichender Indizien und des in dringenden Tatverdacht geratenen Neonazi-Duos dennoch Chris' Mörder war. Bis vor Kurzem war das ja auch die Quintessenz seiner eigenen Überlegungen gewesen.

„Chapeau, Herr Staatsanwalt, ein scharfsinniges, wohl abgewogenes Fazit, ich bin beeindruckt!"

Er fand, es klang gut, dass sein Lob nicht mit dem banalen „Hut ab" begonnen hatte. Wie der ehrerbietige Akt auf Lateinisch hieß, wusste er nicht. Wahrscheinlich trugen die Römer keine Hüte, sodass es diesen Ausruf gar nicht gab. Fast schon an der Tür, wandte er sich nochmals um und fragte:

„Übrigens, wie war Ihr Rendezvous gestern, wenn ich fragen darf?"

„Fragen dürfen Sie immer, Verehrtester, ich antworte Ihnen auch gerne. Sie haben mich ja gestern quasi gerettet. Ich hätte glatt mein Date vor lauter Denkarbeit vergessen. Der Vorrede genug, es war sehr unterhaltsam, eine glänzende, gebildete Gesprächspartnerin."

Als der Kommissar enttäuscht schien, fügte er fix hinzu: „Und eine bezaubernde, hinreißende Frau, ich bin hin und weg, mein Lieber."

„Freut mich für Sie, für Sie freut es mich", sagte Kautz feixend. „Übrigens eine rhetorische Figur, der Sie sich selbst gerne bedienen, eine kreuzweise Wortstellung, wie heißt die noch mal? Orgasmus? Nein, nein, jetzt fällt's mir wieder ein: *Chiasmus!* Kein Mensch versteht solche geschraubten Begriffe!"

„Aber jetzt raus mit Ihnen, bevor ich Ihnen die nächste Zigarre verpasse!", grinste Messer und schien gar nicht verstimmt. Klar kannte er die Kritik an seiner Präferenz für

Latein-Vokabeln, auch Sekretärin Weber rollte mit den Augen, wenn er es wieder mal übertrieb. ‚Obwohl', sinnierte Messer weiter, ‚*Latinismen* klänge echt schicker!'

Kautz war erleichtert, dass Messer die späte Entdeckung des USB-Sticks nicht aufgegriffen hatte. In der Tat hatte er es verpeilt, während Maries Migräneanfall Bodes Wohnung von Peter oder Kunz nochmals durchsuchen zu lassen. Auch er hätte das tun können. Ohne Chris' Geständnis aber hatte er seine Schlüsse voreilig gezogen.

Der Nachmittag neigte sich dem Ende entgegen. Das warme Licht der Sonne ließ das Mannheimer Schloss in zartem Rot erglühen, die vergoldeten Zaunspitzen glänzten, und die Säulen am Eingang des Tors warfen lange Schatten. Doch dieser Zauber vermochte es nur kurz, Kautz in seinen Bann zu ziehen, seine linke Hirnhälfte war wieder einmal zu aktiv. Wie könnte er die Indizienkette gegen die Neonazis absichern? Eine gewiefte Verhör-Taktik war gefragt. Auch brauchte er eine Idee, wie er den Verdacht gegen Gary, den Messer noch nicht fallen lassen wollte, verifizieren oder aber falsifizieren könnte. Zu wenige Indizien vor Ort und der Verdächtige in USA! Seine Schläue ließ sich nicht lange bitten. Er würde den Ami nach Mannheim ködern, er wusste auch schon, wie. Am besten rief er ihn gleich mal an. Die Daten hatte er ja von Camping-Christoph bekommen. Bei sieben Stunden Zeitverschiebung musste in Alabama jetzt bald Mittag sein.

Nachdem er Gary's Nummer gewählt hatte, bekam er ihn auch gleich an die Strippe. „*Hello, Gary Kissinger here.*“

„*I'm sorry to disturb you, Mister Kissinger. This is Chief-Inspector Kautz from Mannheim speaking.* Verstehen Sie Deutsch?“

„*Of course*, natürlich, Herr Kautz.“

„Leider haben wir uns verpasst, als Sie auf Urlaub in Otterstadt waren. Ich komme gleich zur Sache. Chris Bode, der Sohn Ihrer verstorbenen Frau Nora, ist am 11. Juli südlich von Mannheim ermordet worden. Wir ermitteln in diesem Fall, der leider ins Stocken geraten ist. Vom Kontakt mit Ihnen vor Ort verspreche ich mir, die Lösung des schwierigen Falls voranzubringen. Als Gegenleistung für Ihr Erscheinen biete ich Ihnen Ermittlungserkenntnisse an, die Ihre Unschuld am Tod Noras zweifelsfrei belegen.“

„Ihr *Call* ist eine große Überraschung für mich, *good God!* Das ist zu viel auf einmal! Sie haben wirklich Beweise für meine Unschuld?“

„Das ist kein Bluff. Wir *wissen*, dass Sie nicht der Mörder Ihrer Frau sind.“

„Und was ist das Risiko dabei, wenn ich den Deal annehme, außer die Dollars für das Ticket, *of course*?“

„Wenn Sie mit dem Mord an Chris Bode nichts zu tun haben, gehen Sie auch kein Risiko ein. Ihre Reisekosten trägt übrigens der deutsche Staat.“

‚Jedenfalls riskiere *ich* Messers nächsten Rüffel, wenn der meine Zusage nicht mitträgt …‘, ging Kautz im Stillen leicht in die Knie.

„Okay“, sagte Gary nach längerer Pause, „ich akzeptiere. Morgen Nachmittag bin ich bei Ihnen auf dem Kommissariat, das schaffe ich.“

„Sehr gut! Ich erwarte Sie also morgen in Mannheim. Etwas wundert mich allerdings: Sie scheinen gar nicht überrascht zu sein, dass Chris getötet wurde!“

„Doch, doch, Herr Kommissar, schrecklich, noch ein Mord! Aber mein eigener Fall war mir näher, *of course!*“

„Natürlich, Mister Kissinger, natürlich. Also bis dann.“

„*See you*“, erwiderte der über den Tisch, genauer: über den Großen Teich Gezogene.

Kautz war hochzufrieden, der Trick war gelungen, nur sein Gewissen zwickte ihn. Sollte sich Kissinger doch als Chris Bodes Mörder erweisen, würden sich seine Skrupel in Wohlgefallen auflösen. Wenn nicht, säße er ganz schön in der Patsche: Staatsgelder zum Fenster rausgeworfen und dazu eine moralische Pleite! Trotzdem, er hatte es wagen müssen.

Für heute war er geschafft. Die Ermittlungen schienen zwar echte Fortschritte zu machen, aber es fehlte ihm etwas, worauf er sich freuen konnte. Obwohl erst Mittwoch war, sehnte er das Wochenende herbei. Vielleicht waren da ein paar Stunden mit Jaqueline drin. Und schon hielt er sein Smartphone in der Hand.

„Hallo, Jaqueline, ich fall' mal wieder mit der Tür ins Haus …“

„Schön, dass du dich meldest, Karlheinz! Apropos Fall, bist du bei dem weitergekommen?“

„Schon, aber eigentlich wollte ich lieber privat bleiben und dich am Wochenende mal über den Rhein entführen. Was hältst du davon?“

„Sehr gern! Wie wär's am Sonntag?“

„Passt, wenn mir der Job nicht in die Quere kommt. Ich hol' dich gegen elf Uhr ab. Wir fahren nach Edenkoben zur Villa Ludwigshöhe und laufen auf die Rietburg hoch, dem schönsten Balkon der Pfalz.“

„Klingt toll, erwarte jedoch nicht, dass ich eine stramme Wanderin bin. Ich tanze lieber, aber darauf können wir ein andermal zurückkommen. Festes Schuhwerk habe ich jedenfalls.“

„Dann fahren wir halt mit der Sesselbahn runter, da schonen wir die Knie und schweben über dem Wald zur Sommerresidenz des bayerischen Königs Ludwig I. hinab."

„Super, also bis Sonntag!"

„Bis dann, ich freu' mich!"

Kautz verließ das Präsidium und machte sich zu Fuß auf den Heimweg, um noch etwas frische Luft zu schnappen und sich abzulenken. Am Paradeplatz schaute er in die Schaufenster der *Quadrate-Buchhandlung*, ohne sich auf die Neuerscheinungen dort konzentrieren zu können. Dann bummelte er die Planken entlang auf den Wasserturm zu. Vor dem *Dolce Amaro* unter den Arkaden hielt er kurz an. Er mochte die Anlage, für ihn das Herz Mannheims, wo den Tag lang das Leben pulsierte, Wasserfontänen inmitten des blumigen Parks, türkisgrüne, kunstvolle Leuchter, die mit dem Häuserhalbrund aus rotem Sandstein ein perfektes Jugendstil-Ensemble abgaben. An der Christuskirche mit dem golden leuchtenden Erzengel vorbei, erreichte er schließlich seine Wohnung im zweiten Stock eines stattlichen Sandsteinhauses aus der Gründerzeit.

Erst jetzt merkte er, dass er außer einem Croissant am Morgen den ganzen Tag noch nichts gegessen hatte. Ein Hungergefühl überfiel ihn. Obwohl er seiner Figur zuliebe so spät nichts mehr zu sich nehmen sollte, schnitt er sich zwei Scheiben Holzofen-Roggenbrot ab, ein paar hauchdünne Scheiben von einem zwölf Monate gereiften Peccorino – zum trocken-würzigen Schafskäse brauchte er auch etwas Butter – und trank dazu ein Glas Rotwein. *Passione* hieß der Tropfen, mit Aromen von Johannisbeere und Zartbitterschokolade, die neueste Kreation des Königsbacher Winzervereins, nach traditionellem Verfahren zweimal auf den Schalen vergoren.

„Doppelt vergoren …“, murmelte er vor sich hin, während er das noch halb volle Glas auf das Tischchen neben sich stellte und sich im Sessel zurücklehnte.

Trotz körperlicher Entspannung kam sein Kopf nicht zur Ruhe. Maries Anfangsverdacht, Chris Bode sei islamistischer Gewalt zum Opfer gefallen, schien sich nicht zu bestätigen. Was die Stimmung im Land betraf, erleichterte ihn dieser Schluss. Das hätte bloß wieder Öl ins Feuer von Islam-Skeptikern gegossen. An diesem Punkt waren Gegner des Multikulturalismus feindselig, manche gar aggressiv geworden. Die Amokfahrt in Heidelberg vor zwei Jahren, die einen Toten und zwei Verletzte zur Folge hatte, stand ihm noch vor Augen. Die Heidelberger Kollegen hatten sofort Hass-Tweets gegen Muslime und Flüchtlinge registriert. Dabei stellte sich der Täter als 35-jähriger Deutscher heraus. Muslime gehörten trotz Merkels Bekenntnis noch lange nicht zur deutschen Gesellschaft, da war noch gehörige Anstrengung nötig.

Der Islam hatte viele Gesichter, auch hassentstellte, die Mehrzahl der Gläubigen aber waren friedliche Muslime, davon war er überzeugt. Oder wollte er es nur glauben, weil er für Randgruppen etwas übrig hatte? Jedenfalls waren diese Salafisten eine Minderheit, obwohl der Verfassungsschutz im vergangenen Jahr immerhin an die 10.000 Anhänger gezählt hatte und die Zahlen im Jahr 2017 eine steigende Tendenz aufwiesen. Einige von denen wählten irgendwann den Weg der Gewalt. Dieses Risiko durfte auf keinen Fall unterschätzt werden, denn darüber schienen sich die Fachleute einig: *Nicht jeder Salafist ist ein potenzieller Attentäter, aber jeder islamistische Attentäter ein Salafist!* Oder fast jeder? Er wusste es nicht mehr so genau.

Endlich wurden seine Gedanken langsamer. Er spürte, wie die Schwere seiner Beine nach oben stieg und schließlich vom Kopf Besitz ergriff. Gerade ein Polizist brauchte seinen Schlaf … Salafist … Terrorist … so ein Mist … ist … issssst …

Donnerstag, 20. Juli 2017

Am Donnerstagmorgen begrüßte der Kripo-Chef sein Team in bester Laune. Marie deutete seine Stimmung beruflich und lag daneben.

„Gestern war schon ein Glückstag für unsere Ermittlungen, oder?"

„Ach, Marie, es geht mir einfach gut. Obwohl, das wird sich gleich wieder ändern, wenn ich mir die Verdächtigen vorknöpfe … Zuerst die *Herren* Neonazis, und das meine ich wörtlich, die fühlen sich ja als Exemplare einer Herrenrasse. Am Nachmittag ist dann Kissinger dran, wenn es mit dem Flug geklappt hat. Hat der sich etwa schon gemeldet?"

„Ja, Chef, per SMS aus dem Flieger. Er landet um elf in Frankfurt und denkt, zwischen 13 und 14 Uhr in Mannheim zu sein."

„Das klappt ja wie am Schnürchen. Ich hatte so meine Zweifel. Kissinger braucht doch an die zehn Stunden, wenn er von Alabama über Chicago nach Frankfurt fliegt."

Nun war es an der Zeit, das auf 10.30 Uhr angesetzte Verhör im Licht neuester Erkenntnisse mit Peter durchzusprechen, der Ziegler schon beim letzten Duell aus der Reserve gelockt hatte. Die Neonazis galten jetzt ja als hochgradig verdächtig, da stand was auf dem Spiel. Der Termin war schon bei ihrer Festnahme am Montag vereinbart worden, der Anwalt aus Sachsen konnte aus triftigem Grund nicht früher. Die sorgfältig entwickelte Taktik kam jedoch erst gar nicht zum Einsatz. Das Duo machte vom Recht Gebrauch, die Aussage zu verweigern. So ging der Akt aus wie das Hornberger Schießen: viel Lärm um nichts! Kautz und Maier waren frustriert. Ihre Hauptverdächtigen hatten sich unverschämt grinsend dem Verhör entzogen und sabotierten die Aufklärung des Falls.

„Scheiße!“, fluchte Maier.

„Die Kerle müssen die Hosen gehörig voll haben“, fauchte der Kripo-Chef. Er brodelte vor Wut. Dass die das Recht auf Aussageverweigerung in Anspruch nahmen, das ihnen laut Strafprozessordnung zustand, hatte ihn nicht so sehr auf die Palme gebracht wie deren arrogant-triumphale Art.

Die unverhofft freie Zeit bis zum Verhör Kissinger's am Nachmittag nutzte er zur Manöverkritik, denn erneute Fehler konnte er sich nicht mehr leisten. Zunächst musste er ausschließen, dass es neben den Neonazis, Gary Kissinger und auch Mustafa Braun nicht noch weitere Verdächtige gab, die sie übersehen hatten. Seine Gedanken flogen hin und her, bis sie auf eine brenzlige Frage stießen: Hatten sie die Listen der Bootsvermieter zum Tatzeitpunkt sorgfältig genug gecheckt? Als er Hans danach fragte, der an der Recherche dran war, fluchte der zerknirscht: „*Shit, my fault* – meine Schuld, Scheiße, Scheiße!“ Er hatte mit dem doppelten Fund, den Neonazis und Kissinger, die Überprüfung einiger übrig gebliebener Bootsmieter auf den Namenslisten vorschnell eingestellt. Zu allem Unglück musste er die Listen nochmals anfordern, da er sie bereits gelöscht hatte.

Den *Seeadler* rief der Kommissar gleich selbst an und bat Chef Binder um unverzügliche Antwort: „Wenn's keine Umstände macht, es pressiert!“ Der brummte nur: „Was tut man nicht alles für seinen Freund und Helfer …“ Er versprach, der Bitte nachzukommen. Schon zwanzig Minuten später ging die Liste per Mail ein, mit allen Kunden des fraglichen Tags, Namen plus Adresse. Kautz überflog die Namen.

Keiner kam ihm bekannt vor. Er gab die Liste zum Check an Hans weiter. In Kürze erhielt er von seinem Datenjäger das Feedback, dass bei den Bootsmietern niemand vorbestraft war, auch die Mieter beim *Seeadler* nicht. Kautz war froh, dass sie diesbezüglich nichts übersehen hatten.

Erst jetzt entdeckte er jedoch eine Randnotiz des *Seeadler*-Chefs zur Vermietung am 11. Juli in krakeliger Schrift, die ihn nach Entzifferung aufhorchen ließ: *Boot von Glatzen nicht wie ausgemacht abends zurückgebracht, erst nächsten Morgen.* Das passte doch, verdammt noch mal, zum Verdacht, dass sie Chris Bodes Killer waren: Gegen 20 Uhr der Mord, Beseitigung der Leiche, Reinigung des Boots – da reichte es nicht mehr zur Übergabe am selben Abend. Ein weiteres Indiz!

Um 13.30 Uhr saß Kautz Kissinger, dem Zwei-Meter-Mann, in der Gesprächsecke seines Büros gegenüber, auf den neuen *Ikea*-Schwingsesseln aus weichem Leder.

Wenigstens die hatte er der stets klammen Behörde abgetrotzt, ein Designerteil à la *Rolf Benz* brauchte er nicht, doch etwas Volksluxus durfte schon sein. Der korngelbe, runde Gabbeh leuchtete in der Mittagssonne, ein persischer Nomaden-Teppich, kein Inder-Imitat, bei *Teppichhaus Vogt* vom Chef des alteingesessenen Mannheimer Hauses günstig erstanden. Das Flair seiner Sitzecke strotzte vor Gemütlichkeit, obwohl es da schon manchem Verdächtigen mit der Zeit recht ungemütlich geworden war.

Gary Kissinger hatte ein Bein über das andere geschlagen, sodass der scharfsichtige Kautz – trotz seines Alters noch ohne Brille – eine Schuhsohle vor sich sah, auf der in großen Ziffern „11,5“ stand, wie einst im Bundestagswahlkampf „18 %“ auf Guido Westerwelles Sohle. Die Fantasie schien mit dem Ermittler durchzugehen …

Zunächst bedankte sich Kautz dafür, dass der Gast eine so weite Reise in Kauf genommen hatte, um seiner Einladung zu folgen.

„*Well*, eine normale Einladung ist das wohl nicht", erwiderte der in passablem Deutsch, natürlich mit typisch amerikanischem Akzent und rollendem R.

„Sie haben doch einen Hintergedanken, *I'm sure*."

„Ein kluger Kopf wie Sie kann zwischen den Zeilen lesen", lächelte der Kommissar geheimnisvoll. „Ich habe Ihnen entlastendes Material zugesagt in Bezug auf den Prozess in den USA vor einem Dreivierteljahr. Sie waren wegen Mordes an Ihrer Frau angeklagt, haben den Prozess gewonnen und sind dennoch hierhergekommen!"

„Das Urteil machte mich zum Sieger und Verlierer *at the same time*, zugleich, meine ich. Der Richter war nicht überzeugt, dass ich eine weiße Weste habe. Die Geschworenen jedoch hielten mich für unschuldig, leider nur mit einer Stimme Mehrheit, für mich ein *inferior absolution*. Sie verstehen, was ich meine?"

„Freispruch zweiter Klasse, sagt man hier", nickte Kautz.

„Den habe ich bis heute nicht gegessen."

„Verdaut", Kautz schmunzelte amüsiert.

„Beweise für mein Unschuld wären für mich *wonderful*! Aber da ist noch etwas: Ich habe niemand, mit dem ich dies Teil meiner Biografie reflektieren könnte. Nora ist seit einem Jahr tot, und ihr Sohn hat mir bei meinem Urlaub in Deutschland schwere Vorwürfe gemacht."

„Sie haben Chris Bode hier getroffen?" Der Kripo-Chef war wie vom Donner gerührt! Mit solcher Offenheit hatte er überhaupt nicht gerechnet. Er war vielmehr dafür gewappnet gewesen, das aus Gary herauszukitzeln zu müssen. Fast geriet er ins Schleudern.

„Moment mal, ich habe vergessen, das Mikro einzuschalten: Es ist Donnerstag, der 20. Juli 2017, 13.42 Uhr, Gespräch von Kommissar Kautz mit Herrn Gary Kissinger aus Mobile, Alabama, über den Mordfall Chris Bode."

Ein Fake-Titel, gestand er sich ein, das Gespräch war eindeutig zum Verhör geworden.

„Erzählen Sie mir ‚bitte, wie es zu Ihrer Begegnung mit Chris kam und wie sie abgelaufen ist."

„Klar, wenn Sie das interessiert." Kissinger räusperte sich und holte aus:

„Während der Trauer um Nora kam ich an den Punkt, wo mich die ferne Vergangenheit begann zu quälen. Ich fühlte mich Noras Sohn Chris gegenüber schuldig, weil ich ihm damals die Mutter weggenommen hatte. Eigentlich war das Noras Wille, aber wenn ich ihr nicht meine *passion* – Liebe und Leidenschaft *at the same time* – gezeigt hätte, wäre sie in Mannheim geblieben. An Noras Mann dachte ich nicht so sehr, der war ja erwachsen, und das Leben ist kein Wunschkonzert, wie man hier sagt. Chris hatte ich zuvor leider nie kennengelernt. Nora wollte das nicht. Auf seine Briefe, die er ihr geschrieben hat, reagierte sie nicht. Vielleicht musste sie was drunten halten, was sonst ihr Herz gebrochen hätte.

Ein Jahr nach ihrem Tod bekam ich das *desire*, Noras Sohn kennenzulernen. Das hat mich selbst überrascht. Schnell fand ich sein Wohnsitz im Netz heraus, es gibt ja nur ein Chris Bode in Mannheim. Familie und Freunden sagte ich, ich würde für ein paar Wochen nach Europa reisen, brauchte Abstand von mein Zuhause, das mich immer an Nora erinnern würde. Dann habe ich online in Mannheims Umgebung nach einem Platz am Wasser gesucht und ein Caravan auf dem Camping bei Otterstadt gebucht, dazu ein kleines Motorboot. Ich liebe das Wasser und konnte so auch einmal Vater Rhein kennenlernen, wie der Fluss in der deutschen Romantik hieß. Ein paar Tage später saß ich schon im Jet nach Frankfurt. Bei der Ankunft im Airport nahm ich mir ein Mietauto und fuhr damit nach Otterstadt. Dort sah ich mich erst einmal um. Dabei entdeckte ich eine Wirtschaft ganz nah, *Schiefer Sack* heißt sie. Ich war hungrig und aß dort ein Gericht mit diesem Namen: Bratwurst mit Leberknödel und Sauerkraut. Schmeckte nicht schlecht. *Sorry, I'm going into detail too much, I suppose …*"

„*No, no, that's okay*, fahren Sie nur fort."

„Den Brief an Chris hatte ich mitgebracht, musste nur noch eine Briefmarke darauf kleben. Ich wollte ihn treffen und bat um schnelle Antwort, auch wenn es ein *No* sein sollte. Das müsste ich akzeptieren. Schon bald, ich glaube es war zwei oder drei Tage später, war die Antwort da: Chris würde mich am nächsten Tag um vier besuchen. Ich freute mich, war richtig neugierig, damit hatte ich so schnell nicht gerechnet. Als ich ihn in Otterstadt am Busbahnhof traf, konnte ich die Spannung spüren. Chris sagte nur *Hi*, ohne mir die Hand zu geben. Schweigend fuhren wir zum Camping. Ich lud ihn zu einer Bootsfahrt ein, das könnte uns beide relaxen. Dabei erzählte ich von mir, meinem Haus am Mobile River, Freunden, Hobbys – ich fotografiere mit Begeisterung, habe auch schon ein Buch über den Süden der USA herausgebracht. Das Thema Nora schiffte ich um, wollte nicht mit der Tür ins Haus fallen, so sagt man doch hier?"

Der Kommissar nickte.

„Irgendwann Chris taute auf und begann zu reden von seinem Job, der viel *sensitivity* forderte, er versuchte ein *radical boy* für ein Leben ohne Gewalt zu gewinnen. Ich erwähnte die in USA nervöse Stimmung gegen Ausländer. Präsident

Trump will die Einreise aus einigen Ländern im Nahen Osten und Afrika stoppen. Ich lehne das ab. Und schon waren wir in einem *political talk*. Chris nannte Trump ‚Trampel', ich verstand nicht, bis er mir erklärte, dass das abwertend ist und ein grober Klotz meint. Ich verstand wieder nicht. ‚Ein Elefant im Porzellanladen eben', sagte Chris. Zum ersten Mal lachten wir beide.

Als wir Hunger kriegten, fuhren wir zurück. Ich habe Chris zum Dinner in den *Schiefen Sack* eingeladen. Schweigend aßen wir das, was der Wirt empfohlen hatte, Hähnchen mit Blumenkohl in Joghurt-Soße, hervorragend, der Koch verdient ein Stern. Das Gespräch aber war verstummt, auch das Dessert brachte es nicht wieder in Schwung. So gingen wir zum Wohnwagen zurück, wo ich noch Espresso für uns machte. Plötzlich ging Chris los, er schaute mir in die Augen und stellte mich zur Rede:

‚Warum hast du mir die Mutter weggenommen?'

‚Hab' ich nicht, sie ging freiwillig mit!'

‚Und du hast natürlich nichts damit zu tun! So ein Schwachsinn! Du hast meine Kindheit zerstört, vielleicht mein ganzes Scheiß-Leben. Mein Vater beging Selbstmord aus Verzweiflung.' Chris war plötzlich außer sich.

‚Das tut mir sehr leid, das wollte ich nicht!'

‚Aber du hast es provoziert', fauchte Chris zurück. ‚So was kann passieren, das weiß man doch! Du hast meine Kindheit versaut. Ich musste bei den Großeltern aufwachsen, die Eltern waren ja tot, bis ich von Tante Ilse erfuhr, dass Mama mit dir abgehauen ist.'

Ich habe das wieder bedauert und wollte ihn sanft machen. Ich solle ihn in Ruhe lassen, es sei zu spät, er brauche mich nicht, komme allein zurecht, sagte er noch, bevor er verschwand. Darauf habe ich ihn nicht mehr gesehen."

Gary Kissinger, der tief in sich versunken war, sah nun mit flackerndem Blick auf.

Der Kommissar musterte ihn und stellte eine simple Frage: „Wann fand Ihre Begegnung mit Chris statt?"

„Am Dienstag vor einer Woche." Kissinger's Antwort kam prompt und erlaubte keinen Zweifel.

Der Kommissar erhob sich, ging schleppend zum Telefon, als ob sich eine Last auf seine Schultern gelegt hatte, und forderte zwei Beamte an. Dann wandte er sich wieder dem Amerikaner zu, schaute ihn prüfend an und sprach mit fester Stimme:

„Mister Kissinger, Sie sind vorläufig festgenommen. Aufgrund diverser Indizien und besonders Ihrer Aussage stehen Sie unter Verdacht, am Dienstag, dem 11. Juli 2017 zwischen 20 und 21 Uhr Chris Bode getötet zu haben!"

Der Verdächtigte blieb verdächtig gefasst: „Ich glaube, ich brauche jetzt einen Anwalt", sagte er schlicht und ließ sich von den eintretenden Polizisten widerstandslos abführen.

Kautz war verwirrt. Mit seiner Story belastete sich Kissinger doch schwer. Wenn Gary wirklich den Mord begangen hatte, warum war der dann seiner Einladung gefolgt, hatte sich geradezu ans Messer geliefert? Er konnte ja gar nicht anders, als ihn festzunehmen. Im Nu war Kissinger wieder oben auf seiner Liste der Verdächtigen, dicht bei den Neonazis. Jedenfalls stand fest, dass Gary's Gespräch mit Chris im Wohnwagen eine kritische Wende genommen hatte. Gary sah sich harten Vorwürfen, wahrscheinlich auch Hass ausgesetzt. War der Amerikaner dabei ausgerastet und hatte den Sohn seiner Frau im Affekt getötet? War Gary's Schuldgefühl mit der Zeit so bedrängend geworden, dass es zum Zwang wurde, sich der Polizei auszuliefern? Doch wenn das so war, warum hatte Kissinger dann nicht gleich den Mord gestanden, sondern sein Treffen mit Chris gewaltlos ausgehen lassen? Fragen über Fragen.

Noch vor dem Gespräch mit Gary war er sich fast sicher gewesen, dass die Neonazis Chris Bode umgebracht hatten. Am Ende seiner Indizienkette war das Duo zur fraglichen Zeit auf dem Otterstadter Altrhein auf einem Boot gesehen worden. Sie hätten Chris Bode dort auflauern und töten können. Jetzt aber war Kissinger für ihn hochverdächtig und vorläufig festzunehmen. Zu den Indizien war ein astreines Motiv für den Mord an Chris aufgetaucht.

Staatsanwalt Messer, den er *stante pede* aufsuchte – erst sein Spott über den Bildungsprotz mit großem Latinum entspannte ihn –, schien genauso perplex wie er. Dann überraschte ihn Messer mit einem dicken Lob, sowohl für die raffinierte Einladung Kissinger's nach Mannheim – einen Freispruch erster Klasse in Aussicht zu stellen, empfand der als lässliche List – wie auch für sein entschiedenes Handeln. Die ungelösten Fragen würde die weitere Vernehmung oder auch erst der folgende Prozess beantworten. Dass sich Kissinger als Hauptverdächtiger erweisen würde, habe er geahnt. Der Staatsanwalt wirkte auf Kautz bescheidener und damit menschlicher. Früher hätte der in die Welt posaunt: „Ich hab's ja gleich gesagt!"

Das nachfolgende offizielle Verhör Kissinger's mit Marie an der Seite brachte über sein Vier-Augen-Gespräch hinaus lediglich einen neuen Aspekt. Gary behauptete steif und fest, dass Chris nach dem Streit gegangen war.

„Sonst müsste ich ein *Blackout* gehabt haben, und daran könnte ich mich nicht erinnern, weil ein Blackout so etwas wie ein schwarzes Loch ist!"

Kautz war sauer. Amnesie käme dem Ami ja wie gerufen, wenn der die Tat begangen hatte. Seinem Ethos nach war *Verantwortungsflucht* dafür die beste Übersetzung, nicht Gedächtnisverlust! Eine Amnesie hatten schon ganz andere Kaliber für sich reklamiert. Der in seinen Augen gravierendste Fall war Rudolf Hess, Hitlers Stellvertreter, gewesen. Bei den Nürnberger Prozessen hatte der doch glatt behauptet, er könne sich an die Gräueltaten im Dritten Reich nicht mehr erinnern. Und das Tollste: Die sogenannten US-Experten glaubten ihm sogar. Aufgrund einer Hysterie hätte der Top-Nazi eine schwere Erinnerungsstörung. Später gestand Hess ein, die Amnesie nur vorgetäuscht zu haben. Also ein Simulant – wie Kissinger jetzt auch? Sicher aber war er sich nicht. Wenn Gary jedoch wirklich der Mörder war und die Amnesie nur spielte, könnte er den Wolf im Schafspelz mit Raffinesse vielleicht dazu bringen, ein Geständnis abzulegen. Eine Verurteilung aufgrund von Indizien wäre fragwürdig, und wenn es doch dazu käme, mit dem Risiko eines Justizirrtums behaftet.

Er war hin- und hergerissen. Da fiel ihm der Psychiater Dr. Björn Lichter vom Zentralinstitut für Seelische Gesundheit ein, der ihm schon beim letzten Fall geholfen hatte, einen Verdacht kritisch zu überprüfen. Spontan rief er im Zentralinstitut an und hatte Glück: Der Arzt war da und ließ sich ihm vermitteln.

„Dr. Lichter, ZI Mannheim."

„Kautz, Kripo Mannheim, schön dass ich Sie gleich erwische!"

„Oh, ich bin mir keiner Schuld bewusst, Herr Kommissar", reagierte der gewitzt. „Was wird mir denn vorgeworfen?"

„Dass Sie mich beim letzten, übrigens sehr netten Treffen, das den Fall Bosch lösen half, daran hinderten, meine Zeche zu zahlen! Wie wär's mit einer Revanche? Diesmal lade ich *Sie* zum Arbeitsessen ein?"

„Sehr gerne. Ich wusste es, dass Sie Ihr Versprechen einlösen. Bin gerade nicht so eingespannt. Eine neue Kollegin nimmt mir einiges an Arbeit ab. Was halten Sie von übermorgen Abend?"

„Ginge es nicht schon morgen? Ich hab' da ein drängendes Problem …"

„Moment … Sie haben Glück, geht auch! Also morgen Abend um 19.30 Uhr – und wo?"

„Ich schlage das Restaurant des Golfclubs in Dackenheim vor, den *Golfgarten*. Man sitzt dort zwischen Oleander, Palmen, Feigen und Rosen erhaben auf einem Hügel, von den Greens und Weinbergen umgeben. Und die Küche ist sehr gut, zwar kein Sterne-Lokal, dafür preiswert."

„Klingt vielversprechend, also dann bis morgen Abend!"

Während der Kommissar noch über das Amnesie-Problem nachsann, kam ihm eine brillante Idee, die auf Krimis und psychologischem Halbwissen fußte, wie er sich eingestand. Sein Verdienst war lediglich die Übertragung auf den vorliegenden Fall, doch auch das fand er durchaus kreativ.

Er würde vom Fundort der Leiche starten und von da aus den Weg bis zum Tatort – dem Wohnwagen vermutlich– zurückverfolgen, mit dem Verdächtigen und ganz real, nicht in Gedanken, *Reizkonfrontation in vivo*, wie Profis einen solchen Ansatz bei der Behandlung von Angst nennen. Dabei begibt sich der Therapeut mit dem Patienten in die gefürchtete Situation und ermöglicht so die Erfahrung, dass diese unbeschadet zu überstehen ist. Tritt stärkere Angst auf, kann das anhand der Messung von Puls und Blutdruck festgestellt und gegengesteuert, notfalls auch die Übung eingestellt werden.

Was er im Sinn hatte, war solchem Vorgehen ähnlich, wenn auch mit anderer Zielrichtung. In beiden Fällen wird methodisch hohe Erregung provoziert, bei seinem Versuch, um den mutmaßlichen Täter psychisch unter Druck zu setzen. Im schlechtesten Fall könnte das Experiment halt nicht funktionieren. Zudem war Kissinger auch kein Patient, sondern ein gestandener Mann, davon musste er ausgehen. Wenn Gary den Gedächtnisverlust nur simuliert hatte, könnte ihn die Konfrontation mit Orten seines Verbrechens so in die Enge treiben, dass er sich ungewollt verriet oder gar ein Geständnis ablegte. Sollte es aber psychisch bedingte Amnesie geben, könnte die Tatrekonstruktion das Gedächtnis des Täters reaktivieren. Im Ergebnis käme es auf dasselbe raus. Mal sehen, was Dr. Lichter dazu sagen würde!

Jetzt aber hatte er Feierabend. In der Absicht abzuschalten, machte er bewusst die Tür hinter sich zu. Erst würde er noch die Planken, Mannheims Konsum-Meile, entlangspazieren und dann bei *Thalia* in der Sitzecke für Leseratten in das eine oder andere Buch reinlesen, auch in die Mohammed-Biografie von diesem, wie hieß der noch, Hamam abd Smaragd – ein unaussprechlicher Name –, da er nun auch beruflich mit Islamisten zu tun hatte.

Vor Ort fragte er einen Buchhändler nach dem Autor und erntete ein mitleidiges Lächeln. Wie vermutet, hieß der anders, nämlich Hamed Abdel-Samad. Na ja, so daneben lag er doch gar nicht. Als er es sich in der Sitzecke mit dem Buch gerade bequem machen wollte, läutete sein Smartphone.

„Ist da Hauptkommissar Kautz?“, fragte eine ihm bekannte, doch nicht gleich erkannte Stimme.

„Am Apparat!“

„Fred Luther vom Verfassungsschutz Baden-Württemberg. Sie hatten mich letzten Freitag noch spät angerufen, Herr

Kautz. Nun muss ich Sie dringend sprechen. Ich bin gerade im Auto auf der A 5 von Karlsruhe kommend vor dem Kreuz Walldorf. Wo könnten wir uns schnellstmöglich treffen?"

Das Tempo, das Luther vorlegte, ließ keinen Zweifel zu: Da war etwas im Busch!

„Sekunde ... Haben Sie schon zu Abend gegessen, Herr Luther?"

„Nein, eine Kleinigkeit könnte ich schon vertragen."

„Dann kommen Sie doch zum Restaurant *Dioni Zur Schindkaut* in Mannheim-Rheinau, ein Grieche. Man sitzt dort sehr schön direkt am Rhein, Schindkautweg, die Nummer weiß ich nicht. Sie haben doch ein Navi?"

„Natürlich!"

„Ich beeile mich, bin in einer halben Stunde dort."

„Bestens! Ach ja, wie erkenne ich Sie?"

„Am orangefarbenen Hemd, trägt sonst kein Mann!"

„Mein Panamahut fällt auch auf, also bis gleich!"

Der gemütliche Abend war vorbei! So war sein Job eben, kein gewöhnlicher Beruf, eher schon eine Berufung. Als Kripo-Chef war er nun mal mit dem Verbrechen im Ring und hatte nicht vor, das Handtuch zu werfen. Er lief zum Präsidium zurück, wo sein Alfa stand, stieg außer Atem ein und setzte das Blaulicht aufs Dach.

Schon gegen 19 Uhr saß er im Biergarten des Restaurants vor einer Weißherbst-Schorle, an dem schwülwarmen Abend herrlich erfrischend und nicht ganz so fett wie in der Pfalz, wo im *Dubbeglas* oft zwei Drittel Wein auf ein Drittel Sprudel kamen. Das stieg viel zu schnell in den Kopf. Maßloses Trinken, wie bei Weinfesten nicht unüblich, lag ihm gar nicht. Er war Genusstrinker, das war etwas völlig anderes. Obwohl, das sagen sie alle, sogar die Alkoholiker, wandte er selbstkritisch ein.

Nach dem zweiten Schluck kam auch schon der Mann mit Panama-Hut und setzte sich zu ihm.

„Ein alkoholfreies Weißbier, bitte!", rief Fred Luther der Bedienung zu und kam gleich zum Punkt.

„Wir sind leider einen V-Mann ärmer, Herr Kautz. BT wurde gestern Nacht von der Freundin in seiner Wohnung in Mutterstadt tot aufgefunden, erwürgt. Heute Mittag informierte mich der Verfassungsschutz Rheinland-Pfalz darüber. Eine furchtbare Geschichte!"

Der Kommissar erschrak. Kaum eine Woche nach seinem Treffen mit BT lebte der junge Mann nicht mehr! War Brieftaube beobachtet und in seiner Gesellschaft erkannt worden? Hatte der V-Mann versucht, ihm bei der Aufklärung des Falls Bode zu helfen und dabei zu viel riskiert? Verdammt, noch ein Mord! Obwohl er dafür nicht verantwortlich war, fühlte er sich doch in das Verbrechen verstrickt.

„Das tut mir schrecklich leid. Ich traf BT vergangenen Freitag im *Café Schall* in Bad Dürkheim, den Ort hatte er selbst vorgeschlagen. Und jetzt tot – nicht zu fassen! Das zählt zu den Erfahrungen in meinem Beruf, die ich zutiefst hasse. Dabei – und das klingt jetzt makaber – hat sich der Kontakt für meinen Fall echt gelohnt. Mustafa Braun steht seither als Mordverdächtiger auf unserer Liste, ein fataler Zusammenhang!"

„Ich muss davon ausgehen", fuhr Luther fort, „dass BT enttarnt und, da er zu viel wusste, liquidiert wurde. Mustafa halte ich für skrupellos und traue ihm den Mord sofort zu. BT und Chris Bode kannten sich ganz gut. Ich kann nicht ausschließen, dass Mustafa beide auf dem Gewissen hat, weil er annahm, dass BT mit Chris unter einer Decke steckte: Rache wegen Heuchelei, Verrats und Ausspionierens – wenn das nicht für einen Islamisten reicht!"

Der Kellner kam und wollte ihre Bestellung aufnehmen, doch beiden war der Appetit vergangen. Ein zweites Getränk aber passte.

„Mustafa ist zweifellos ein Gefährder, aber auch Deutscher, sodass man ihn nicht ausweisen kann. Sollte sich unser Anfangsverdacht verstärken, der sich bislang nur auf die Kontextanalyse und ein Motiv stützt, nehmen wir ihn umgehend fest. Wenn Sie bei Ihren Ermittlungen auf diesbezügliche Hinweise stoßen, unterrichten Sie mich bitte zeitnah … Noch etwas, Herr Kautz: Ich muss Sie vor dem Fanatiker warnen. Wenn der von Ihrem Kontakt mit BT Wind bekommen hat – ein gezielter Anschlag auf einen Kriminalbeamten ist mir zwar nicht bekannt, aber es gibt immer ein erstes Mal."

„Ihr Urteil über Mustafa erscheint mir plausibel, Herr Luther. Jemand, der einen Anschlag plant, ist extrem gefährlich. Um meine Person aber mache ich mir keine Sorgen, ich kann ganz gut auf mich aufpassen." Äußerlich bewahrte er ruhig Blut, obschon ihm nach Luthers Warnung allmählich mulmig wurde.

„Nichts für ungut, Herr Kautz. Ich musste Ihnen das persönlich sagen. Wir sind durch unseren Job zwar abgehärtet, aber gegen Schuldgefühle und Furcht hilft auch der dickste Panzer nicht, das ist der Feind von innen."

Fred Luther erhob sich, drückte dem Kommissar die Hand und wünschte ihm trotz allem ein erholsames Wochenende:

„Wenn uns auch das Verbrechen immer wieder im Griff hat, müssen wir es respektive seine psychische Last loslassen, werter Kollege … Ich fahre jetzt nach Karlsruhe zurück. Leben Sie wohl!"

Luthers Rat zum Trotz ließ es Kautz gerade gar nicht los. Der Verfassungsschützer musste gemerkt haben, dass er sich wegen Brieftaubes Tod Vorwürfe machte, wohl auch, dass ihn seine aktuelle Gefährdung nicht so kaltließ, wie er tat. Auch ihm war kein islamistischer Anschlag auf einen Kommissar bekannt, aber Gewalt gegen Politiker war ja schon seit einiger Zeit kein Tabu mehr. Das Messer-Attentat auf eine Kandidatin vor der Wahl zum Kölner Oberbürgermeisteramt kam ihm in den Sinn. Reker hieß die lebensgefährlich verletzte Frau, wie er sich erinnerte. Damals war ein Rechtsextremist der Täter, wie überhaupt die meisten Anschläge auf Amts- und Mandatsträger auf das Konto Rechtsradikaler gingen, im Jahr 2016 fast 2.000. Beruhigend wirkte diese Erkenntnis ganz und gar nicht.

Gegen 20.30 Uhr war er wieder zu Hause. Nun meldete sich doch der Hunger. So setzte er sich mit einem würzigen, wenngleich geruchsstarken Brie und einem Baguette auf seine Terrasse. Dazu goss er sich ein Viertel Muskateller vom Weingut *Liddy* in Frankweiler ein, fruchtig-frisch und leicht. Er atmete tief durch und genoss den späten Snack. Dann nahm er sich das neu gekaufte Mohammed-Buch zur Hand. Es faszinierte ihn, je mehr er darin las. Dieser Abdel-Samad war ein rebellischer, radikaler Geist, der den erzkonservativen Islam am liebsten wie einen alten Weinstock ausreißen würde. Kein Wunder, dass der ägyptische Gelehrte Polizeischutz brauchte.

Nach einer Stunde Lektüre ermüdet, blätterte er noch ein wenig im Buch herum. Auf einmal blieb er auf einer Seite in Kapitel 5, *Mohammed und der Koran*, hängen, wo ihm das Wort *Huris* ins Auge stach. Natürlich wusste er, dass damit Jungfrauen gemeint waren, „von blendender Schönheit mit schwellenden Brüsten, wie Rubine und Korallen, gleich wohl verwahrten Perlen“, so hieß es ja im Koran an diversen Stellen. Was aber stand da? Im Nu vertrieb Neugier die

Müdigkeit. Die oft zitierte Aussage „... und wir werden sie [die Gläubigen] mit Huris vermählen ..." könnte nach Abdel-Samad auch völlig anders lauten, nämlich: „Wir lassen die Gläubigen unter Weintrauben rasten." Nicht zu fassen: zwei so unterschiedliche Übersetzungen derselben Stelle! Die philologische Erklärung verstand er natürlich nicht.

Mit der neuen Lesart würde er demnächst Marie, das „G'scheitle" im Team, reizen, die kannte sie bestimmt noch nicht. Die ihm sympathische Kollegin ließ allzu oft ihr Geschichtswissen raushängen. Dabei fühlte er sich ihr nicht unterlegen, hatte er doch während des Studiums an der FHS Villingen-Schwennigen manch theologische Vorlesung an der Tübinger Uni, auch beim berühmten Hans Küng, gehört. Jetzt kam es ihm wieder: Samads Ansatz ähnelte der historisch-kritischen Deutung der Bibel, die in Deutschland aus dem Geist europäischer Aufklärung im 19. Jahrhundert entstanden war. Seither galt ihr Text nicht mehr als göttliche Wahrheit, sondern als menschliches Produkt mit einer Entstehungsgeschichte, die soziale Verhältnisse der Zeit widerspiegelt und die theologische Absicht des Autors ausdrückt.

Für streng gläubige Muslime dagegen war der Koran das unverfälschte Wort Gottes, von Erzengel Gabriel an Mohammed Anfang des siebten Jahrhunderts in Mekka und Medina übermittelt. Kein Wunder, dass in der Islam-Debatte immer wieder die Forderung zu hören war, die Muslime sollten endlich auch eine Aufklärung vollziehen. Da war etwas dran, wie der Fall eines muslimischen Polizisten bewies, der auf seiner Beförderungsfeier im Frühjahr einer Kollegin aus religiöser Überzeugung den Handschlag verweigert hatte. Das roch stark nach Nachholbedarf. Andererseits hatte es schon seit dem Mittelalter auch islamische Aufklärer gegeben. In neuerer Zeit mehrten sich seines Wissens die Stimmen kritischer Muslime. Abdel-Samad zählte dazu. Sie zeigten, dass ein paar Intellektuelle mit ihrer These, der Islam sei nicht zu einer Aufklärung fähig, falsch lagen.

Den seit Jahren geführten Streit, ob der Islam zu Deutschland gehöre oder nicht, fand er ätzend und sogar gefährlich. Der setzte bloß die soziale Balance im Land aufs Spiel und förderte Feindseligkeit auf beiden Seiten. Den Anstieg islamistischer und rechtsextremer Gewalt aber hatten Polizei und Justiz auszubaden. In diesem Punkt war auch in Deutschland noch eine gute Portion Aufklärung nötig.

Er musste jetzt aufhören, *loslassen*, sonst würde er noch lange kein Auge zutun. Morgen war ein neuer Tag, der seine volle geistige Präsenz erforderte.

Freitag, 21. Juli 2017

Am Freitagmorgen war Friedebert, wie die Tage zuvor, auf dem Weg zu Mustafa Braun, der in der Humboldtstraße in einem Altbau mit Hof wohnte. Wie bisher setzte er sich an den Tisch vor einem kleinen Kiosk in der Nachbarschaft, las den *Mannheimer Morgen* und nahm einen Tee, der nach Minze duftete. Bislang war Mustafa stets gegen zehn aus dem Haus gekommen und zur Al-Faruq-Moschee spaziert. Ab und an blieb er stehen, schaute um sich und ging wieder weiter. Dann betrat er die Moschee und hielt sich dort ungefähr zwei Stunden auf.

So lang blieb Friedebert im *Café Marathon* am Fenster, wo er einen guten Blick auf die Moschee schräg gegenüber hatte, studierte zum Zeitvertreib auch Wirtschaftsteil und Feuilleton des Mannheimer Blatts und trank zwei, drei Tassen *Latte macchiato*. Anfällig für Sodbrennen, vertrug er Kaffee mit viel Milch am besten.

Von der Moschee aus begab sich Mustafa meist an den Neckar, setzte sich dort zwanzig bis dreißig Minuten auf eine Bank und schien nachzudenken. Schließlich schlenderte der Verdächtige wieder nach Hause zurück.

Bislang war nichts Aufregendes passiert. Vielleicht hatte der Chef ja die Gefährlichkeit des Salafisten überschätzt, die auf dem Urteil dieses V-Manns beruhte. Solche Leute neigten doch dazu, ihre Erkenntnisse aufzubauschen, um den Wert eigenen Tuns hervorzuheben, getreu dem Motto: Je größer die Gefahr, desto wichtiger der Helfer! Wahrscheinlich gehörte diese Brieftaube auch zu der Sorte … Was wohl die Kollegen jetzt machten? So eine Beschattung war doch ein einsamer Job.

Wenigstens war das Leben um die Moschee herum geschäftig und bunt. So viele Muslime hatte er selten auf einem Fleck gesehen. Männer, ein paar in Kaftan und Gebetsmütze, Frauen mit Kopftuch, Kinder an der Hand, vereinzelt auch Frauen mit Gesichtsschleier, dem *Nikab*, der bloß die Augen frei lässt. Eine *Burka*, den orientalischen Ganzkörperschleier, der Sichtkontakt nur durch den Einsatz aus Netzgewebe erlaubt, sah er seltener. Für beide Formen der Verhüllung hatte er kein Verständnis. In Deutschland lief man nicht mit heruntergeklapptem Visier herum, sondern schaute sich offen ins Gesicht. Ein Kopftuch ging für ihn gerade noch, obwohl er es bedauerte, dass Frauen damit ihr schönes Haar verbargen. Wenn die das so wollten, besser deren Männer, die ihre Frau für Besitz hielten, den es vor begehrlichen Blicken zu schützen galt, musste man das wohl oder übel hinnehmen – aber nicht in öffentlicher Funktion: In Schulen, Verwaltungen und Gerichten hatten Schleier nichts zu suchen!

Während er noch seinen Gedanken nachhing, war er plötzlich hellwach. Mustafa, der an diesem Morgen schon um neun Uhr aus dem Haus gekommen war, trat jetzt, eine Stunde früher als gewohnt und in Begleitung zweier Männer, aus der Moschee. Den einen erkannte er sofort. Reflexartig zückte er sein Handy. Das musste er dem Chef melden.

Dass der Kommissar um diese Zeit auch an ihn dachte, konnte er nicht wissen. Auch nicht, dass Fred Luther am Abend zuvor dem Kripo-Chef die Augen dafür geöffnet hatte, wie gefährlich dieser Mustafa war. Als Kautz, gerade auf dem Weg ins Kommissariat, abnahm, flüsterte Friedebert:

„Chef, Zielperson verlässt gerade – es ist 10.05 Uhr – mit zwei Männern die Moschee, einer auch im Kaftan, der andere in kurzärmligem Hemd und Jeans. Und weißt du was? Das ist unser Mashni, der Flüchtige!"

„Volltreffer, Friedebert, lass die Drei bloß nicht aus den Augen! Es scheint sich was zu bewegen, pass aber auf!"

„Mache jetzt Schluss, Karlheinz, muss hinterher. Melde mich wieder, wenn's was gibt."

Der Chef konnte beruhigt sein. Der erfahrenste Kollege im Team war ja am Drücker. Wenn auch mit 64 nicht mehr der Schnellste, war er doch hartnäckig. Wen er im Griff hatte, ließ er so schnell nicht wieder los.

Unauffällig folgte Friedebert dem Trio, das sich zügig auf den Weg machte. Der führte von der Lortzingstraße weg in eine Seitengasse, um ein paar Ecken herum und schließlich zielstrebig auf die Humboldtstraße zu, bis die Drei im Durchgang zu dem Haus verschwanden, in dem Mustafa wohnte.

‚Dacht' ich's mir doch, die wollen zu ihm nach Hause.' Rasch, aber vorsichtig näherte er sich der Eingangstür, einst ein vornehmes Stück mit kleinen bleigefassten Scheiben aus buntem Glas. Sie war nicht ins Schloss gefallen. Das war nicht unüblich, alte Türen waren ja oft verzogen, was heute sein Vorteil war. Er hörte, wie sich die Schritte der Männer nach unten entfernten, während sie sich unterhielten, zu leise, um ganze Sätze verstehen zu können. Nur einzelne Wörter schnappte er auf: „SAP … Westerwagen … Bombe …"

Plötzlich wusste er, was die Uhr geschlagen hatte. Brieftaube hatte doch nicht übertrieben. Die planten tatsächlich einen Anschlag, und zwar in der SAP-Arena, vor den Toren Mannheims! Und er, der alte Kunz, wusste auch, wann: Am 10. Oktober würde Marius Müller-Westernhagen dort auftreten und wieder mal mit klassischem Rock begeistern, Musik seiner Generation. Er hatte sich schon eine Karte besorgt – und jetzt das, da war höchste Alarmstufe angesagt!

Auf Zehenspitzen schlich er dem Trio hinterher. Sein Herz schlug bis zum Hals. ‚Stopp', warnte sein Profi-Ich, ‚du brauchst Verstärkung!' – ‚Bis die Kollegen da sind, ist es bestimmt zu spät', gab eine andere Stimme Kontra. Er konnte jetzt nicht mehr zurück – oder wollte er einfach nicht mehr? ‚Schluss der Debatte, du musst jetzt handeln!', entschied ein Teil von ihm, der den Helden spielen wollte.

Der Keller war tief gelegen, drei Treppenstücke, nach jedem ein Absatz, danach die Richtung der Stufen um 180 Grad gewendet. Vor dem letzten Absatz hielt er an und warf blitzschnell einen Blick um die Ecke. Keine akute Gefahr, also ein zweiter, sondierender Blick: Ein großes Gewölbe tat sich vor ihm auf, durch Mauern in mehrere Keller für die Mietpartien des Hauses aufgeteilt, die durch Holztüren und Riegel mit Vorhängeschloss gesichert waren, der Riegel einer Tür zurückgezogen, dahinter unverständliches Gemurmel.

Auf einmal verließen ihn alle guten Geister. Er zückte seine Waffe und entsicherte sie. Das Geräusch mussten die Typen gehört haben, ihr Gemurmel verstummte schlagartig. Dennoch huschte er in Richtung Holztür, die plötzlich aufging und den Blick auf einen Albtraum freigab: Zwei Männer saßen an einem Tisch, auf dem ein paar Flaschen standen sowie Gläser mit Pulver und Metallteilen, offensichtlich beim Bau eines Sprengkörpers. Der dritte hatte die Tür halb geöffnet und zog, als er den bewaffneten Fremden sah, fix eine Pistole aus dem Kaftan hervor, um sofort das Feuer zu eröffnen. Friedebert spürte ein heftiges Brennen am linken Arm, schoss einmal zurück, um Zeit zu gewinnen, während er in Richtung Treppe flüchtete. Er hatte gerade den ersten Treppenabsatz erreicht und war im Begriff, ums Eck zu biegen, als er aus den Augenwinkeln heraus sah, dass der Schütze aus der Deckung gekommen war und auf ihn zielte. Die Kugel traf knapp neben ihm die Kellerwand, prallte dort ab und flog nochmals an ihm vorbei. ‚Schwein gehabt', ging ihm durch den Kopf, als ein ohrenbetäubender Knall den Raum erfüllte. Eine Druckwelle warf ihn zu Boden. Sein letzter Gedanke war noch: ‚Das war's, Pension am Arsch!'

Ein paar Minuten nach dem Knall wagten sich zwei jüngere Hausbewohner in den Keller hinab. Blankes Entsetzen schaute aus ihren Gesichtern. Eine Wolke aus Rauch, Staub und Dreck kam ihnen entgegen. Sie hielten an, bereit, jederzeit wieder nach oben zu flüchten. Als sich der Smog verzogen hatte, sahen sie, dass die Explosion ein Loch in die Decke gerissen hatte. Doch das massive, aus Sandstein gemauerte Gewölbe, hatte standgehalten. Am Boden lagen drei Männer. Oder besser das, was von ihnen übrig geblieben war, von einem nur der Rumpf. Arme und Beine waren im Raum verstreut, ein Kopf starrte sie mit aufgerissenen Augen an. Das war zu viel für die beiden. Sie rannten die Treppe hoch und stolperten dabei fast über den dort liegenden älteren Mann mit Pistole in der Hand. „Der atmet noch!", schrie einer der beiden und alarmierte noch auf dem Weg nach oben die Polizei. Der Beamte am Telefon versprach, unverzüglich Rettungswagen, Polizei und Feuerwehr zum Unglücksort zu schicken. Als die beiden Männer die Haustür erreichten, mussten sie sich erst mal im Hof auf den Boden setzen. Der Schock ließ sie am ganzen Körper zittern. Inzwischen waren Menschen von allen Seiten herbeigeströmt, die ihre Smartphones zückten, um Bilder zu schießen, und gar ins Haus drängten. Der junge Helfer griff nochmals ein und verwehrte der Meute den Weg. Als die nicht zurückweichen wollte, zog er einfach die Haustür zu.

Nach etwa zehn Minuten, einer gefühlten Ewigkeit, traf die Streife ein, gefolgt von einem Krankenwagen, beide mit Martinshorn und Blaulicht. Die Polizisten vertrieben die Schaulustigen und sperrten den Eingang ab. Zwei von ihnen stiegen zum Ort der Explosion nach unten. Wenige Minuten später kamen sie wieder zurück, leichenblass: „Da unten ist keine Maus mehr am Leben“, sagte der eine. Während der andere die Kripo anrief, musste er sich übergeben, das Grauen im Keller war zu grässlich für ihn. Inzwischen hatten die Sanitäter bei dem ohnmächtigen Opfer, das noch genauso auf der Kellertreppe lag, einen Notfall-Check gemacht, hoben den Verletzten auf die Transportbahre und trugen ihn vorsichtig nach oben in den Hof. Seine Identität gab der Polizeidienstausweis im Geldbeutel preis, die Zeit der Explosion seine Armbanduhr; sie war um 10.20 Uhr stehen geblieben. Den am Boden kauernden, geschockten Hausbewohner hüllten sie rasch in eine Rettungsdecke, bevor sie Kunz auf der Trage zum Krankenwagen beförderten, ihn ins Wageninnere schoben und mit Blaulicht davonfuhren.

Am selben Freitag war Karlheinz Kautz schon in aller Frühe wach geworden. Er fühlte sich wie gerädert und hatte Kopfschmerzen. Unruhig wälzte er sich im Bett, öffnete kurz die Augen – sein Wecker zeigte halb sechs – und konnte nicht mehr einschlafen. Statt gleich aufzustehen, drehte er sich ‚ein letztes Mal‘ rum und hatte Erfolg. Als er wieder aufwachte, war es schon viertel vor neun. Er sprang aus dem Bett und huschte in die Dusche, wo ihn das Wasser kalt erwischte. Nach geraffter Morgentoilette entschied er, trotz Verschlafens zu Fuß ins Kommissariat zu gehen. Bewegung und frische

Luft, wenn man das von „Mannemer" Luft überhaupt sagen konnte, würden seinem Brummschädel guttun. Bei Marie kündigte er sich gegen zehn Uhr an.

Als er aus dem Haus trat, fühlte sich auch noch sein Hals verspannt an. Was war bloß los mit ihm? Plötzlich fiel ihm Fred Luthers Warnung vom gestrigen Abend ein. *Die* also saß ihm im Nacken. Auch das noch! Sofort schaute er sich möglichst unauffällig nach allen Seiten um, nichts Auffälliges sichtbar. Nein, er würde sich nicht ins Bockshorn jagen lassen. Seinen Alltag sollte dieser Mustafa nicht versauen! Unterwegs nahm er beim *Dolce* noch auf die Schnelle einen Cappuccino zu sich. Und schon fühlte er sich besser. Beim letzten Schluck erklang die *Schicksalssinfonie* auf seinem Handy, Friedebert war dran. Etwas schien bei der Beschattung von Mustafa in Gang gekommen zu sein. Der Kollege würde sich gegebenenfalls wieder melden.

Um 10.15 Uhr war er endlich im Kommissariat. Marie begrüßte ihn fast zärtlich, legte den Arm um ihn und fragte:

„Na Chef, alles paletti?" Sie hatte beschlossen, so viel von ihm zu nehmen, wie sie eben kriegen konnte.

„Danke, Marie, wieder besser. Wie geht's dem Kissinger?"

„Der ist okay und wartet darauf, dass du nochmals mit ihm sprichst."

„Sag ihm Bescheid, in 30 Minuten kann's losgehen!"

Kautz rief Peter Maier an. Der Kollege hatte sich als exzellenter Verhörspezialist erwiesen. Er briefte ihn in der geplanten Taktik, nichts sollte heute schieflaufen. Dann betraten beide den Vernehmungsraum. Kissinger saß schon da und grüßte. Der Tatverdächtige wirkte gefasst. Den Gruß erwidernd, nahmen sie ihm gegenüber Platz.

„Freitag, den 21. Juli 2017, 10.35 Uhr …" Zu den üblichen Formalien kam er nicht mehr, das Klingeln von Kautz'

Smartphone störte das Verhör. Es musste wichtig sein. Nur Auserwählte hatten die Nummer, allen voran sein Team und der Staatsanwalt.

„Ja, was gibt's, Marie?“ Er klang grantig.

Plötzlich wurde sein Gesicht aschfahl, er rang nach Luft.

„Was ist los, Chef?“, stammelte Peter, griff ihm unter den Arm und führte ihn nach draußen. Allmählich kam Farbe in Kautz' Gesicht zurück. Er setzte sich auf einen Besucherstuhl, bevor er leise sagte:

„Eine Explosion in der Humboldtstraße, wo Mustafa Braun wohnt. Friedebert war dort zur Beschattung, liegt jetzt im Klinikum, angeschossen, übel zugerichtet, vielleicht Lebensgefahr. Muss sofort zu ihm. Wie konnte ich nur?“ Der Kommissar fuhr sich verstört durchs Haar.

„Natürlich komme ich mit, Chef, du solltest da jetzt nicht alleine hin.“

Als sie sich auf den Weg machten, schloss sich Marie wie selbstverständlich an. Auch sie war blass. Peter übernahm die Regie und fuhr mit den beiden im Dienstwagen zum Klinikum, das ungerührt von jedwedem Stress wie ein stoischer Koloss in heller Sonne ausgestreckt am Neckar lag. ‚Wie viele Verletzte hatte es kommen und gehen sehen?‘, hämmerte es in Kautz' Kopf, ‚einige haben das Krankenhaus auch in einem Sarg verlassen!‘

Auf der Intensivstation verwehrte ihnen vor der Tür von Friedeberts Zimmers ein Polizist den Einlass. Peter Maier zückte den Dienstausweis und wünschte Kontakt zum behandelnden Arzt. Der Bewacher bat eine Schwester, den Therapeuten zu holen. Schon ein paar Minuten später eilte der Arzt herbei und gab bereitwillig Auskunft, als er die bangen Gesichter der Beamten sah. Bei Kautz blieb nur der erste, alles entscheidende Satz hängen:

„Ihr Kollege hat unwahrscheinliches Glück gehabt." Die Erläuterung hörten nur Peter und Marie:

„Zu dem Streifschuss am linken Arm hat er einen gehörigen Schock und auch ein Knalltrauma abbekommen, das in der Regel eine gute Prognose hat. Die Verletzung am Rücken, verursacht durch zwei Metallsplitter nahe der Lendenwirbel L 5 und L 4, schien zunächst gefährlich. Doch wir konnten die Metallsplitter ohne Komplikationen entfernen. Herr Kunz ist noch einmal glimpflich davongekommen!"

„Glück gehabt, unwahrscheinliches Glück gehabt", hallte es penetrant in Kautz' Ohr.

Die Kripo-Leute durften kurz rein und stellten sich schweigend um das Bett des verletzten Kollegen. Friedebert schaute sie an, als ob er in einer fernen Welt weilte. Auf einmal murmelte er vor sich hin:

„Doch nicht am Arsch, die Pension doch nicht am Arsch! Was für ein Dusel!"

Dann schloss er wieder die Augen. Das Beruhigungsmittel, das man ihm gespritzt hatte, wirkte, und Schlaf hatte er jetzt bitter nötig. Dem Trio fielen Steine vom Herzen, besonders Kautz, der sich schuldig fühlte, weil er Friedebert, wie er sich vorwarf, gedrängt hatte, den aggressiven Mustafa nicht aus den Augen zu lassen. Er hätte seinen Senior doch kennen müssen. Der glaubte, sich vor den jüngeren, schneidigen Kollegen immer wieder mal beweisen zu müssen. Er hätte sich ohrfeigen können: ‚Ich bin so ein Idiot!'

Im Kommissariat zurück, trank Kautz erst mal einen starken Kaffee, den ihm die besorgte Marie gleich gebraut hatte. Der lenkte ihn von Schuldgefühlen ab und half ihm, sich zu sortieren. Was stand an? Was war vordringlich? Ach ja, aus Zeitgründen musste er Gary Kissinger doch schon dem

Haftrichter vorführen lassen, das Verhör schob er auf, wahrscheinlich auf morgen. Die Begleitung zum Richter übernahm er diesmal selbst, damit ihm der ja keinen Strich durch die Rechnung machte. Vor einem Hauptkommissar hatte ein Richter halt mehr Respekt als vor einem gewöhnlichen Mitarbeiter, zudem glaubte er, mit dem Fall am besten vertraut zu sein. Es klappte, der Verdächtige kam in U-Haft.

Wieder im Präsidium, saß er mit seinem Team noch eine halbe Stunde lang zusammen, bis der Stress allmählich von ihm abfiel. Anrufe vom Polizeipräsidenten Thomas Köder und Oberbürgermeister Dr. Peter Kurz trafen ein, die ihr persönlich-amtliches Mitgefühl zum Ausdruck brachten, vielleicht auch nur aus erster Hand informiert sein wollten, da war er sich auf einmal nicht so sicher. ‚Stop', rief ihn sein gutes Gedächtnis zur Vernunft. Der Präsident und der OB pflegten doch schon eine Zeit lang den Dialog mit muslimischen Gemeinden der Region. Erst im Frühling 2016 gab es ein solches Treffen in Mannheim. Seine Skepsis war fehl am Platz. Was ihn spontan freute, war ein Anruf von Staatsanwalt Messer, bei dem er echte Empathie zu spüren glaubte. Ihr Verhältnis hatte sich in letzter Zeit ja erfreulich verbessert.

Mittlerweile war es Nachmittag geworden. Der Chef stellte seinem Team frei, nach dem heutigen Drama den Dienst für den Tag zu beenden. Die Spuren am Tatort waren schon von Klaus Fischer und Spusi-Kollegen gesichert worden. Der Verfassungsschutz und das Landeskriminalamt hatten die Zeugenbefragung im Fall Mustafa Braun wie auch das weitere Vorgehen in die Hand genommen und ihnen so Luft für Erholung verschafft.

Junior Hans und Peter nahmen dankend an. Marie wollte bleiben und weiterarbeiten, das sei die beste Ablenkung für sie. Außerdem müsse ja jemand für die Kommunikation mit den neuen Ermittlern zur Verfügung stehen. Auch Kautz blieb im Dienst. Beim Stand der Dinge war er als Kripo-Chef natürlich unabkömmlich. Er informierte Staatsanwalt Messer wie auch Fred Luther. Letzterer war Leiter der Ermittlungen geworden und organisierte gerade eine Sonderkommission. Bei Bedarf wolle sich Luther gerne an ihn wenden, die Zusammenarbeit mit der Mannheimer Kripo sei ja exzellent. Kautz hörte die Anerkennung zwar, spürte sie aber nicht. Seine Gefühle waren wie betäubt. Der einzige Lichtblick in dieser dunklen Stunde war seine Verabredung mit dem sympathischen Arzt vom Zentralinstitut am Abend. Die würde ihm guttun, wenn sie auch ein Arbeitstreff war, so doch in netter Gesellschaft in einem von ihm geschätzten Lokal.

Am Abend war es noch richtig warm, ideal, um draußen zu sitzen und sich mit kühlen Drinks zu erfrischen. Der Kommissar traf schon vor der vereinbarten Zeit im Restaurant *Golfgarten* ein, wählte einen ruhigen Platz und vertiefte sich in die Speisekarte, die ihm schnell gereicht wurde. Für den Durst käme ein *Golfer* gerade recht, eine Mischung aus Grapefruitsaft, Bitter Lemon und Mineralwasser. Die Variante mit Sekt, die er auch sehr lecker fand, ließ er vorerst lieber sein, wollte er doch mit Dr. Lichter ein schwieriges Feld beackern. Und schon sah er den schlanken Arzt am anderen Ende der Terrasse und winkte ihn herbei.

„Wirklich schön ist es hier, Sie haben nicht zu viel versprochen!“

„Freut mich, Herr Lichter, nehmen Sie doch Platz. Wenn ich Ihnen ein Getränk empfehlen darf: Da Sie ja keinen Alkohol trinken, probieren Sie doch mal den *Golfer*, sehr erfrischend.“

Zum Essen bestellte der Kommissar das Tagesgericht, Rindfleischsalat mit Bratkartoffeln. Lichter orderte selbst gemachte Semmelknödel mit Pfifferlingen in Rahmsoße, auch der *Golfer* sagte ihm zu.

Nach dem üblichen Smalltalk – „Wie geht es Ihnen? … Seit dem letzten Treffen auch schon wieder ein Jahr her … Toller Sommer … Die Arbeit nimmt in Anspruch …“ – kam der Kommissar zur Sache und schilderte sein Problem.

„Also, lieber Herr Kautz, zunächst muss ich einräumen, dass ich auf diesem Gebiet nicht so zu Hause bin, dafür haben wir Fachärzte am ZI, durchaus mit Renommee. Aber ein wenig kann ich Ihnen schon helfen. Ihr Fall hat zwei ganz unterschiedliche Seiten. Einerseits das Konzept eines tatbezogenen Gedächtnisverlusts, die Fachleute nennen das *dissoziative* oder auch *psychogene Amnesie* auf der Basis einer *peri-deliktischen Dissoziation.*“

„Ach du meine Güte!“, stöhnte der Kommissar, „geht’s etwas verständlicher?“

„Ja, ja, der Fachjargon ist oft eine Geheimsprache. Mit dem Sprech könnten Sie glatt Ihren Staatsanwalt in den Schatten stellen.“

Lichter hatte ein gutes Gedächtnis und sich schon beim letzten Mordfall des Kommissars über den blasierten, mit lateinischen Ausdrücken um sich werfenden Messer amüsiert.

„In Alltagssprache übersetzt, heißt das: Die Erinnerung an ein Delikt wird dissoziiert, also abgespalten, offenbar ein Schutzmechanismus im Umgang mit schwer zu bewältigenden Emotionen, meist Traumata. Auch der in Deutschland übliche Diagnoseschlüssel ICD-10 für psychische Krankheiten benutzt den Begriff *dissoziative Amnesie*, was nicht darüber hinwegtäuschen darf, dass es sich um ein äußerst problematisches Konstrukt handelt. Die andere Seite betrifft Ihr geplantes Vorgehen …"

Das Essen kam und lenkte die Aufmerksamkeit vorerst auf die kulinarische, bekömmliche Seite des Lebens. Der Kommissar war darüber nicht unfroh, das anstehende Thema schien ein hartes Stück Brot zu sein.

„Also", Lichter hatte keinesfalls den Faden verloren, „forensische Experten – wie Sie natürlich wissen, Fachleute für gerichtlich relevante Fragen – gehen heutzutage davon aus, dass es sich bei den meisten Fällen von Gedächtnisverlust, den Straftäter für sich reklamieren, um Simulation handelt. Die Absicht dahinter ist gewiss, ein strafmilderndes Urteil zu erreichen."

„Dachte ich's mir doch", stimmte der Kommissar zu.

„Zunächst: Selbst wenn man davon ausgeht, dass es auch echte Fälle von tatbezogener Amnesie gibt, bedeutet so ein Gedächtnisverlust nicht automatisch, dass damit eine Beeinträchtigung oder gar Aufhebung der Schuldfähigkeit für die begangene Tat verbunden ist. Entscheidend ist nicht, ob die Tat erinnert wird oder nicht, sondern ob zum Tatzeitpunkt ein krankhaft veränderter Bewusstseinszustand vorlag, der die Amnesie bewirkte. Das nachzuweisen ist nicht einfach. Können Sie mir folgen?"

„Ja, doch, klingt spannend."

„Dennoch besteht ein empirischer Zusammenhang zwischen Amnesie und gerichtlicher Entscheidung. Bei behauptetem Gedächtnisverlust attestiert das Gericht Männern eher verminderte Schuldfähigkeit, Frauen werden weniger häufig wegen Mordes verurteilt. Wie man sieht, führt die Annahme einer tatbezogenen Amnesie aller Erfahrung nach zu Strafmilderung. Aus Tätersicht ist es also durchaus sinnvoll, Gedächtnisverlust geltend zu machen.

Es gibt natürlich noch andere Beweggründe, Amnesie für sich in Anspruch zu nehmen: Zum einen kann sich ein Täter dadurch elegant der Zeugnisverweigerung bedienen, ohne diese Karte offen auszuspielen, zum anderen muss er nicht über die Tat sprechen und kann auch nach Verurteilung im Knast oder der forensischen Psychiatrie für psychisch kranke Straftäter peinlichen-beschämenden Erinnerungen ausweichen. Aus fachlicher Sicht allerdings ein zweifelhafter Vorteil, denn eine solche Vermeidung wirkt sich nachteilig auf die Resozialisierung aus. Sie ist sogar ein bedeutsamer Risikofaktor für einen Rückfall ins Verbrechen. Selbstkritische Delikt-Verarbeitung hat sich dagegen als Schutzfaktor erwiesen."

Der Kommissar staunte, wie differenziert Lichter über ein Thema sprach, das nicht zu seiner eigentlichen Tätigkeit gehörte.

„Obwohl große Skepsis bei der Behauptung einer Amnesie angebracht ist", fuhr der Psychiater fort, „kann man nicht gänzlich ausschließen, dass die Erinnerung an eine Tat, die als hoch stressig oder gar traumatisch erlebt wird, psychisch blockiert werden kann. Nach heutigem Forschungsstand ist es aber *in der Regel* so, dass stark affektbesetzte, traumatische Erlebnisse nicht vergessen werden, sondern bewusstseinsdominant bleiben und somit gut erinnerbar sind. Wohl bemerkt, wir sprechen hier nicht über eine *organisch* bedingte Amnesie, die meist nachweisbar ist!

Mein Fazit Herr Kautz: Sie sollten zunächst davon ausgehen, dass ‚Ihr' Täter ein Simulant ist. Die Rechtsprechung hinkt da noch etwas hinterher. Der Bundesgerichtshof hat in einem älteren Urteil, ich glaube Ende der 1980er-Jahre, noch ausgeführt, dass eine Gedächtnislücke, die nur auf das eigentliche Tötungsgeschehen begrenzt ist, ‚Ausdruck eines affekttypischen Erinnerungsverlusts‘ sein kann, eine mir suspekte Formulierung, naiv und konzeptlos. Was heißt denn da *affekttypisch*? Na ja, lassen wir das.“

„Ihre Rede bestärkt meine bisherige Auffassung“, bemerkte Kautz mit Respekt und einem Schuss Humor: „Eine vorgebliche Amnesie kann man also gewissermaßen vergessen!“

„So kann man es auch sagen“, schmunzelte der Arzt. „Nun zum zweiten Punkt: Ihr Plan, mit dem mutmaßlichen Täter den Weg bis zum vermeintlichen Tatort zurückzuverfolgen, klingt für mich nach Krimi-Klamauk – entschuldigen Sie meine Direktheit! Ob das etwas bringt, wage ich zu bezweifeln. Andererseits, warum eigentlich nicht? Der Verdächtige könnte allerdings, wenn er denn die Tat begangen hat, in starken Stress geraten und mit belastenden Symptomen reagieren. Deshalb rate ich dazu, einen psychiatrischen Profi mit an Bord zu nehmen, so sind Sie auf der sicheren Seite.“

Der Kommissar bedankte sich – zum Verdauen der Expertise bräuchte er noch etwas Zeit – und fand, dass er sich jetzt ein Glas Weißburgunder leisten dürfe, die Denkarbeit war ja getan. Lichter gestand, dass er eine Naschkatze sei, und bestellte die hausgemachten Pralinen. Statt des dazugehörigen Achtels Scheurebe bekam der dem Alkohol entsagende Arzt einen Coupe Bourbon-Vanilleeis. Die Spätlese nahm Kautz ihm gerne ab und begann, sie genüsslich zu schlürfen, ein bukettreicher Tropfen, wie er der Karte entnahm, von *Hartmann*, einem Jungwinzer aus Kirrweiler, den er jüngst in der Vinothek des kleinen Weinguts kennengelernt hatte.

Der Nachtisch war für Lichter das kulinarische Highlight des Abends. Begeistert erzählte er Kautz, der ihm die süße Scheurebe gern abgenommen hatte und nach dem trockenen Tropfen als Dessert-Ersatz genoss, von seiner ersten Alpentour mit dem Rad im vergangenen September, einer tollen Fahrt entlang der alten Römerstraße Via Claudia Augusta. Obwohl gut in Form, war das fast 1.900 Meter hohe Hahntennjoch dennoch eine Herausforderung für ihn. Ohne hin und wieder abzusteigen, ging das nicht. Der gebürtige Hamburger Arzt, also ein Nordlicht, schwärmte vom Charme des Südens, den Bergen, Tirol und den Burgen, dem Gardasee, den Oliven, Zypressen und Zedern. Die per Rad sacht erfahrene Welt war reich an Eindrücken und einfach schön.

Die Zunge vom Wein gelöst – „*In vino veritas*, wenn wir schon mal den Römern auf der Spur sind!" –, gab der Kommissar nun etwas Intimes preis.

„Es ist mir fast peinlich, aber ich fühle mich von der Frau eines einstigen Opfers magisch angezogen. Ich glaube … ich befürchte … ich bin in meinem Alter nochmals total verliebt."

„Doch nicht etwa in die schwarze Jaqueline?"

„Volltreffer. Ihr Gedächtnis ist ja phänomenal!"

Auf der Suche nach einem Therapeuten vor einem Jahr hatte er Jaqueline Bosch-Hallig, der Frau des ermordeten Helmut Bosch, empfohlen, Kontakt zu Dr. Lichter vom Zentralinstitut für Seelische Gesundheit Mannheim aufzunehmen. Die aparte Frau hatte wohl auch den Arzt nicht unbeeindruckt gelassen.

„Jetzt stoßen wir mal auf uns an, werter Herr Dr. Lichter, ich bin der Karlheinz."

„Und ich Björn!"

Samstag, 22. Juli 2017

Am folgenden Morgen wieder im Kommissariat – der Brisanz halber hatte Kautz Dienst angeordnet –, gelang es dem Team nicht einfach so, zur Normalität zurückzufinden. Das gestrige Drama steckte allen mehr oder weniger noch in den Knochen. So kamen sie überein, erst einmal Friedebert in der Klinik zu besuchen, um ihre Solidarität zu zeigen. Ohne Absprache hatte jeder außer Neuling Hans, dem das Team noch nicht so nah war, etwas für Kunz mitgebracht: Marie einen bunten Sommerstrauß, Peter ein Buch über Sizilien – er wusste, dass der Team-Älteste die Insel an der Spitze des Stiefels auch spitze fand – und Karlheinz eine edle Flasche Wein aus seinem gut sortierten Keller, einen Weißburgunder vom Winzerverein *Vier Jahreszeiten* in Bad Dürkheim. „Nummer 1" stand groß auf dem Etikett. Instinktiv hatte Kautz damit die richtige Wahl getroffen. Der Senior-Kollege, der mitunter randständig schien, war auf einmal, wenn auch auf erschütternde Weise, ins Zentrum des Teams gerückt.

Als sie bei ihm eintrafen, war Friedeberts Krankenbett von Blumen eingerahmt, allen voran Sträuße vom obersten Dienstherrn und dem OB, was an den Schleifen zu erkennen war. Seltsam, dachte Kautz, Schleifen sind doch für Kränze zur Beerdigung üblich. Er nahm es als versteckten Hinweis, dass Friedebert an der „Grenze" gewesen war und dank eines Schutzengels überlebt hatte, ein altes Bild, aus der Zeit gefallen und dennoch tröstlich. Vor dem Glückspilz im Unglück standen die beiden jungen Männer, die ihn gefunden hatten, und drei Frauen, zwei mit Kopftuch. Sie hatten ihm selbst gebackene Süßigkeiten mitgebracht und nahmen offen Anteil am Los des Sprengstoff-Opfers. Als sich die Kripobeamten dem Bett näherten, machten sie bescheiden Platz, sagten dem Herrn Kommissar auf Wiedersehen und wünschten „Alles, alles Gute“. Der Patient war vom Mitgefühl der Bewohnerinnen und Bewohner des Unglückshauses ergriffen.

Dann hatten die neuen Besucher seine Aufmerksamkeit. Er freute sich riesig über den Aufmarsch der Truppe und natürlich auch über die Mitbringsel. Gerührt wischte er sich die Augen. Als niemand so recht wusste, was zu sagen jetzt richtig wäre, ergriff er selbst das Wort: „Ich bin echt froh, dass ich noch mal davongekommen bin, so kurz vor der Pension. Da liegst du ein Leben lang auf der faulen Haut, und dann, bevor du im Ruhestand aktiv werden könntest, fliegst du in die Luft!“

Hans schien irritiert. Er kannte den Team-Senior ja kaum, Kautz war nicht nach Galgenhumor, Marie und Peter aber lachten erleichtert: Ihr Friedebert war wieder der Alte.

„Spaß beiseite, Kollegen, ich bin so ein blöder Hund! Warum hab’ ich keine Verstärkung angefordert, musste unbedingt ’nen Alleingang machen? Den ganzen Morgen schon versuch’ ich, mir auf die Schliche zu kommen, hab’ mich quasi selbst verhört. Dabei ist mir ein Kronleuchter aufgegangen. Ich Depp wollte dir, Karlheinz, wider die Regeln soliden Kripo-Handwerks einen Gefallen tun, eigentlich bei euch allen Eindruck schinden, was der alte Kunz noch so auf dem Kasten hat. Dabei hätte ich mich fast in den letzten Kasten gelegt!“

Marie wie auch die Kollegen waren berührt, solche selbstironische Tiefe hatten sie dem Alten nicht zugetraut. Sie drückten ihm die Hand. Marie bemühte sich, die Tränen zurückzuhalten. Als einzige Frau im Team wollte sie nicht als Weichei gelten, obwohl selbst der hartgesottene Kunz heute nah am Wasser gebaut hatte.

„Nun geht mal schön wieder an die Arbeit, Leute, und chillt hier nicht einfach so ab." Ihr Senior war stolz, dass ihm ein cooler Spruch gelungen war, mit dem er auch das Rührselige der Situation entschärfen wollte und zugleich, bewusst oder unbewusst, den Kollegen den Auftrag zur Weiterarbeit gab.

„Übrigens, Montagfrüh werde ich entlassen!"

„Alla dann, bessere dich", fand Kautz als Erster die Sprache wieder und grinste verlegen.

„Gute Genesung!", wünschten die anderen, bevor sie den Patienten verließen, der für sie fast ein Philosoph geworden war.

Kaum war das massige Holztor des Präsidiums hinter ihm ins Schloss gefallen, traf Kautz die nötigen Absprachen für sein Psycho-Experiment, das beinhaltete, den Verdächtigen zunächst nicht weiter zu vernehmen. Danach könnte alles ein Kinderspiel sein. Er informierte Kissinger über die geplante Rekonstruktion des Tathergangs und bekam sofort sein Einverständnis zur Mitarbeit. Zum Glück war auch der Wohnwagen in Otterstadt wieder frei. Verwalter Christoph hatte darauf verzichtet, ihn für den Tag neu zu belegen, auch ohne Beschluss. Damit standen alle Vorzeichen günstig, und Kautz traf mit seinem Team die nötigen Vorbereitungen. Auch ein Motorboot beim *Seeadler* wurde gebucht, mit dem Kautz zur Kuckucksinsel schippern und seinen Köder auslegen würde. Das Experiment sollte am Abend gegen 19 Uhr starten, um der Tatzeit in etwa zu entsprechen. Ein möglichst reales Szenario schien Kautz geboten.

Gerade wollte er die Tatrekonstruktion nochmals durchgehen, als es an der Tür klopfte und Marie ihren Kopf in sein Büro streckte.

„Karlheinz, draußen sitzt ein Überraschungsgast für dich."

Ihm war nicht nach einer Surprise-Show zumute, so etwas mochte er überhaupt nicht.

„Ist etwa Jaqueline da?", fragte er, plötzlich freudig erregt.

„Nein", sagte sie barsch. „Es ist der Imam Zaman von der Al-Faruq-Moschee, der draußen sitzt." Und schon war sie wieder weg.

Kautz merkte den Stimmungsumschwung, dachte sich aber nichts dabei. „Soso, der Imam", murmelte er vor sich hin, „da bin ich mal gespannt!"

Er begrüßte den Gast höflich und bat ihn in sein Büro.

„Bitte setzen Sie sich doch", dabei zeigte er auf seine Sessel. „Möchten Sie einen Kaffee?"

„As-salamu 'ala man ittaba'a l-huda, Friede sei mit dem, der dem rechten Weg folgt, Herr Kommissar! Wenn Sie Tee hätten, sehr gern."

„Natürlich!"

Er bestellte Tee für den Imam und Kaffee für sich bei Marie, die zügig den „hohen Herren" das Gewünschte servierte, die Dienerin ihres Chefs spielend. Sie schien sich wieder im Griff und Lust auf Ironie zu haben.

„Ich freue mich, dass Ihnen Scheu vor der Kripo fremd ist", der Kommissar machte den ersten Zug in einem Schachspiel der besonderen Art.

„Nein, nein, ich hatte ja auch schon mit Ihrem Mitarbeiter, Maier heißt er, soweit ich mich erinnere, das Vergnügen, das leider jäh zu Ende ging, weil ein mir bekannter Moschee-Besucher vor dem Beamten Angst bekam und Reißaus nahm, was ich natürlich bedauere."

„Die Flucht war auch nicht unbegründet, wie sich jüngst erwiesen hat." Der Kripo-Chef umgab sich mit der Aura eines Meisters. Nach einer Pause mit fühlbar steigender Spannung blickte er dem Imam forschend ins Gesicht.

„Ahmet Mashni gehörte ziemlich sicher zur Al-Faruq-nahen Terrorzelle, die offenbar einen Anschlag auf das bevorstehende Rockkonzert von Westernhagen in der SAP-Arena plante."

„*Fi sabil allah*, um Himmels willen, das darf doch nicht wahr sein!" Der Imam schien entsetzt.

„Leider doch, Herr Mashni hat das gestern bei der Explosion in der Humboldtstraße mit seinem Leben bezahlt."

„Wie kann das sein?", stöhnte der Imam. „Der Ahmet war ein freundlicher Mann, der nicht nur zum Freitagsgebet in die Moschee kam."

„Die gleiche Frage muss auch ich Ihnen stellen, Herr Zaman, wenn Sie schon einmal hier sind."

„Die Nachricht ist so furchtbar, dass ich erst tief Luft holen muss."

Der Imam nahm einen Schluck Tee, dabei zitterte seine Hand so stark, dass die Tasse klirrte, als er sie auf den Unterteller zurückstellte. Der Mann stand offensichtlich unter großem Stress.

„Ich kann dazu nur sagen, dass im vergangenen Jahr IS-Sympathisanten in unserer Moschee aufgetaucht sind, denen wir aber Hausverbot erteilt haben. In keiner Weise rufen wir zu Gewalt auf. Wir predigen einen friedlichen Islam, Mohammed ist unser Zeuge, Friede und Segen seien mit ihm. Der Verfassungsschutz des Landes merkte zwar missbilligend an, dass unser Glaube fundamentalistischer Art nach saudi-arabischem Vorbild sei, aber das ist doch nicht verboten! Dass auch Salafisten bei uns verkehren, ist uns bewusst. Aber nur wenige davon sind gewaltbereit. Das ist denen leider nicht auf die Stirn geschrieben.

Überzeugen Sie sich selbst, Herr Kommissar, ich lade Sie und Ihr Team herzlich zu uns in die Moschee ein. Übrigens war das der Grund meines Besuchs. Natürlich haben wir erfahren, dass einer Ihrer Beamten bei dieser schrecklichen Explosion verwundet wurde, zum Glück nicht allzu schwer. *Inschallah*, möge Allah ihn segnen! Wir strecken Ihnen die Hand der Freundschaft entgegen, ergreifen Sie diese und beehren Sie uns mit Ihrer Gegenwart, wann immer es Ihnen recht ist. Wir würden ein gemeinsames Mahl organisieren, ohne Alkohol versteht sich. Sagen Sie mir bitte nur einen oder zwei Tage im Voraus Bescheid, das wäre nett. Und kommen Sie bitte mit Ihren Kollegen, selbstverständlich auch mit der Kommissarin, die mich heute Morgen überaus nett empfangen hat. Frauen spielen bei uns Muslimen nicht die zweite Geige, wie manche meinen. Und bringen Sie vor allem den vom Schicksal Gebeutelten mit."

„Was den Bombenbauer angeht, Herr Zaman, finde ich das Wort *Scheusal* treffender!"

„Sie haben so recht, Herr Kommissar. Das Schicksal nehmen wir allzu oft selbst in die Hand. Obwohl es sich aus dem Erleben des Betroffenen durchaus als fremdbestimmt anfühlen mag. Heute sagt man einfach, bestimmt *zu* einfach: zur falschen Zeit am falschen Ort, ein dummer Zufall!"

„Aus Sicht des Ermittlers erlaube ich mir, Ihnen zu widersprechen, Herr Zaman. Mein Kollege Kunz war ja, was die Aufdeckung eines Anschlagplans betraf, zur rechten Zeit am rechten Ort. Leider, leider, muss ich im Nachhinein sagen! Im Übrigen weiß ich natürlich Ihre einladende Geste sehr zu schätzen." Der kluge Kautz versäumte nicht, die Höflichkeit des Gastes zu erwidern.

Der Imam verstand den Satz als letzten Zug des ihm ebenbürtigen, vielleicht gar überlegenen Strategen im Spiel des Tages.

„Ich bedanke mich sehr für Ihre wertvolle Zeit, Herr Kommissar. Nun muss ich aber gehen, grüßen Sie bitte Herrn Kunz vielmals von mir, *Masha Allah*!"

Der Imam erhob sich und verabschiedete sich mit einer Verneigung. Den Kommissar ließ er hin- und hergerissen zurück. War der verbindlich-blumige Auftritt echt gewesen? Authentisch im Sinn orientalischer Art war er gewiss. Oder aber nur Maske, hinter der sich ein Schakal verbarg? Statt sorgfältiger Abwägung, bei der seiner Erfahrung nach die Vernunft nicht selten an Grenzen stieß, wollte er diesmal Neuland betreten und den Kollegen sowie Marie empfehlen, der Einladung des Imam zu folgen.

Da sein Team an diesem Samstag bis auf Kunz vollzählig im Dienst war, rief er es gleich zusammen, um die Einladung des Imam zu überbringen. Marie war ganz scharf darauf. Die fremde Welt des Islam reizte sie schon lang, und eine offizielle Einladung in die Moschee, das war doch was. Hans dagegen hatte keine Lust. Mit Religion hatte der gebürtige Sachse, von Hause aus Atheist, rein gar nichts am Hut. Da würde er sich lieber mit seinem „Babe" in Speyer vergnügen, mit Shoppen, Trüffel-Nudeln im *Piccolo Emporio*, dem Top-Italiener in der City, und danach 'nem kühlen Weizen im Biergarten des *Alten Hammer* am Rhein. Spusi-Spezi Klaus fand die Idee, im Dienst mal nicht nur Tatorte aufzusuchen und Spuren zu sichern, eine coole Abwechslung. Und auch Peter war nicht abgeneigt. Der rief gleich mal Friedebert in der Klinik an, um zu fragen, ob der Team-Senior zum Fest mitkommen würde, wenn es seine Gesundheit erlaubte.

„Danke, dass ihr mich dabeihaben wollt", freute sich Kunz. Die Kollegen und Marie waren dem Single im Laufe der Jahre zur Familie geworden. „Mir geht es schon wieder wesentlich besser. Mensch, Peter, stell dir vor, ich soll nur noch morgen zur Kontrolle im Klinikum bleiben und darf schon Montagfrüh nach der Visite nach Hause! Ich freu' mich auf meine vier Wände, du weißt gar nicht, wie sehr! Auch das fade Essen hier wird mir nicht fehlen. Natürlich bin ich froh, dass die mich wieder hingekriegt haben … Was will der Chef wissen? Ach ja, ob ich in die Moschee mitkomme. Sag ihm, ich geh' mit, trotz gehöriger Vorbehalte. Aber nicht ihm zuliebe, die Denke ist passé! Doch wenn's dem Frieden mit den Muslimen dient, spring' ich mal über meinen Schatten."

Der Kommissar fand ein zeitnahes Treffen sinnvoll und ließ Peter als Termin schon den kommenden Montagmittag vorschlagen. Kunz stimmte zu, er fühle sich bereits jetzt wieder fit. Kautz gab dem Imam Bescheid. Der freute und fühlte sich geehrt, dass der Kripo-Chef höchstpersönlich die Dinge in die Hand genommen hatte. Der schnelle Termin sei kein Problem.

Am Abend gegen sieben begab sich Kautz, der zuvor noch das gebuchte Boot abgeholt und die Kuckucksinsel-Szene präpariert hatte, mit Kissinger, Peter, Marie sowie Dr. Seiler, dem Polizeipsychologen, im Mühlauhafen auf das Motorboot.

Seiler legte Gary nach kurzer Erklärung ein Messgerät ums linke Handgelenk, mit dessen Hilfe er Blutdruck und Puls überwachen konnte. Die Daten würden per Funk an sein eigenes Gerät übersandt, so sei gewährleistet, dass er beim Erreichen kritischer Werte den Versuch jederzeit abbrechen könne. Nun wies der Kommissar dem Mordverdächtigen, der am Steuer seinen Vorgaben folgen sollte, den Weg, zunächst vom Hafen aus in den Rhein, dann unter der Kurt-Schumacher- und der Konrad-Adenauer-Brücke durch und weiter flussaufwärts.

Niemand sprach. Gary war am Steuer auf den Flusslauf und entgegenkommende Boote konzentriert. Kautz verfolgte die vorbeiziehende Szenerie, das Schloss, *Walzmühle*, *Rheingalerie* und Stadtpark, bis sie die Abzweigung zum Bellenkrappen erreichten und linker Hand in den Altrheinarm einbogen, der ein uriges Biotop erschloss: an den Ufern alte Bäume mit Misteln, andere verfault oder vertrocknet, Schlingpflanzen, Unterholz; da ein auffliegender Reiher, dort das Hämmern eines Spechts, Fröschequaken. Ab und an wich Gary Geäst aus, das die Weiterfahrt behinderte. Kautz kam sich wie auf einem Wasserweg durch den Urwald vor, nur Krokodile, Schlangen und Moskitoschwärme fehlten noch, was er aber nicht bedauerte. Doch der Vergleich mit einer Dschungelfahrt war für ihn ein passendes Bild: War er doch im Dickicht des Verbrechens unterwegs.

Als sie an der Kuckucksinsel angekommen waren, ließ er dort anhalten, wo Chris' Leiche im Unterholz entdeckt worden war.

Gary blickte um sich und schien irritiert: Ein länglicher Gegenstand lag da, in Müllsäcken verpackt und verschnürt, teils vom Ufer-Gestrüpp verdeckt – ein zu Kautz' Inszenierung gehörendes Requisit. Und schon stieg der Kommissar mit Gummistiefeln ins Wasser, watete auf das Bündel zu, durchschnitt die Schnüre und wollte gerade den Inhalt aus dem Sack ziehen, als Gary sichtlich in Aufregung geriet.

Peter und Marie waren verblüfft. Insgeheim hatten sie den Plan ihres Chefs bespöttelt. Nun aber schien bei Gary wirklich etwas in Gang zu kommen. Selbst Kautz war perplex, konnte das nur besser verbergen.

Gary berichtete auf einmal von goldenen Zeiten: „Dort habe ich früher *hours of love* mit Nora verbracht."

War Kissinger's Erregung wirklich positiv getönt, oder war es ihm nur gelungen, das Bedrohliche des Orts zu kaschieren? Schwer zu sagen, die zugrunde liegenden physiologischen Vorgänge waren auch fast gleich, wie sich Kautz an einschlägige Ergebnisse der Sozial- und Emotionspsychologie erinnerte. Der Auftakt reicht, fand er und hielt inne. Es wäre eh nur altes Zeug zum Vorschein gekommen. Er watete ins Boot zurück und forderte Gary zur Weiterfahrt auf.

Um die Kuckucksinsel herum und den Bellenkrappen zurück, kamen sie wieder zum Rhein und fuhren flussaufwärts am Strandbad vorbei. Auf dem langen Balkon des neuen Restaurants saßen Gäste, speisten und plauderten oder schauten auch nur in den Sonnenuntergang. Zwischen Altrip und dem Ketscher Rheinwald wurde Gary erneut unruhig. Darauf angesprochen, konnte oder wollte er nicht antworten. Als der Amerikaner dann in den Otterstadter Altrhein abbiegen sollte, blickte er nervös um sich, doch wieder kein Kommentar.

An der Anlegestelle ausgestiegen, gingen sie auf den Wohnwagen zu, den Gary gemietet hatte. Dem Verdächtigen war jetzt die Anspannung ins Gesicht geschrieben. Kautz schloss die Tür auf, sie traten ein. Gary's Atem ging immer schneller, er kam ins Hyperventilieren, ein Zustand des Überatmens mit quälenden Symptomen. Nun griff der Polizeipsychologe ein. Er bat den Erregten, sich auf das Bett zu legen, nahm dessen Hand und legte sie ihm auf den Unterbauch: „Atmen Sie tief ein. Stellen Sie sich vor, wie Ihr Atem bis zu Ihrer Hand hinunterfließt und diese hochhebt.

Ihr Atem entweicht nun wieder über den Brustraum, über die Nase nach außen, die Hand sinkt wieder nach unten."

Gary's Atem verlangsamte sich merklich. Die suggestive Kraft der Instruktionen brachte ihn wieder zur Ruhe. Dr. Seiler wandte sich an den Kripo-Chef:

„Berufsethisch rate ich, den Versuch hier abzubrechen. Es ist zu heftig für den Mann. Die Aussicht auf Ermittlungserfolg darf die Schmerzgrenze nicht überschreiten. Sie sehen ja, Kissinger ist fast in Panik geraten. Wahrscheinlich ist er morgen in besserer Verfassung und Sie können ihn vernehmen. Lassen Sie uns jetzt nach Mannheim zurückfahren."

Obwohl Kautz sauer war, dass sein Plan so kurz vor dem gefühlten Erfolg abgewürgt wurde, war er im Grunde doch froh, dass Dr. Seiler die Kontrolle der Situation übernommen hatte. Auf der Rückfahrt, diesmal mit Peter am Steuer, nickte Gary im Fond des Boots vor Erschöpfung kurz ein. Der Psychologe sagte Kautz zu, das Experiment noch am Abend auszuwerten. Er könne ihn diesbezüglich schon Sonntagmorgen anrufen. Als sie wieder zurück im Hafen waren, fragte Seiler den Gestressten, ob er zum eigenen Wohl die Nacht über ins *ZI* wolle, dem Zentralinstitut für Seelische Gesundheit, das ganz in der Nähe liege. Kissinger lehnte dankend ab, er habe sich von der Aufregung schon wieder erholt und psychisch krank sei er ja nicht. So fuhr ihn der Kommissar mit Peter und Marie ins Präsidium zurück. Der Amerikaner wollte nur noch in seine Zelle und schlafen.

Das Experiment war spannend, doch auch anstrengend gewesen, der Kommissar freute sich auf sein Bett. Daheim aber war an Schlaf nicht zu denken. Zu viel spukte ihm im Kopf herum. Alle Verdächtigen schienen sich ihm zu entziehen: Mustafa Braun hatte sich buchstäblich in Einzelteile aufgelöst, das Neonazi-Duett sang nicht, und der Amerikaner wusste angeblich von nichts, obwohl der Versuch seinen Verdacht zu bestätigen schien … Was aber war auf der Bootsfahrt eigentlich los gewesen? Wenn Kissinger wirklich der Täter war – wofür seiner Ansicht nach einiges sprach –, aber an Gedächtnisverlust für die Tatzeit litt: Was war dann mit ihm beim heutigen Experiment psychisch passiert? Wurde eine Blockade durch visuelle Reize auf dem Weg vom Fundort zum Tatort gelöst und gespeicherte, zuvor zensierte Erinnerungen freigesetzt? Oder hatte der Amerikaner bislang nur mehr oder weniger überzeugend simuliert? Und die erneute Begegnung mit Orten seines Verbrechens hatte ihn aufgewühlt, aber nicht dazu gebracht, mit der Sprache herauszurücken …? Noch nicht?

Hätte er ihn gegen Seilers Rat vor Ort verhören sollen? Dann hätte er womöglich schon Gary's Geständnis in der Tasche. Nein, nein, er wollte sich nicht vorhalten lassen, die Wahrheit auf seelische Kosten des Verdächtigen erpresst zu haben. Folterähnliche Methoden gab es bei ihm nicht! Auch könnte so ein Geständnis später widerrufen werden. Aus gutem Grund. Sein Vorgehen war klug … ethisch ohne Tadel … tadellos … den guten Ruf nicht los … Seiler doch ein Heiler … alles heil … heilfroooh …

Sonntag, 23. Juli 2017

Gegen 9 Uhr rief Kautz Seiler an. Allzu früh wollte er den Psychologen am Sonntag nicht stören.

„Guten Morgen, Dr. Seiler. Liegt die Auswertung des gestrigen Versuchs schon vor?“

„Gewiss doch. Ich habe die Daten, wie versprochen, am Abend noch begutachtet. Also: An den vier fraglichen Orten der Bootsfahrt gab es zunehmend höhere Erregungsspitzen. Der Unterschied von einer zur nächsten Spitze ist deutlich, aber nicht statistisch bedeutsam. Die Differenz zwischen Peak eins und vier dagegen ist hochsignifikant.“

„Die objektiven Daten bestätigen somit unsere Beobachtungen?“

„Genau! Der physiologische Erregungsverlauf weist klar auf sich steigerndes Stress-Erleben des Verdächtigen. Der Grund dafür waren entweder schon zuvor verfügbare Erinnerungen an zunehmend belastendes Geschehen, oder aber der Versuchsverlauf hat Gedächtnisinhalte reaktiviert, die durch eine Amnesie verschüttet waren. Mit Sicherheit entscheiden lässt sich das nicht.“

„Besteht Ihrem Urteil nach für eine der beiden Alternativen eine höhere Wahrscheinlichkeit?“

„Leider nein, Herr Kautz. Das Experiment hat technisch funktioniert, das Fazit aber ist nicht eindeutig.“

„Schade, sehr schade.“ Die Enttäuschung des Kommissars war groß. Er war kein bisschen weitergekommen. „Jedenfalls besten Dank für Ihren Einsatz. Den Versuch war es wert.“

Er musste sich etwas Neues einfallen lassen. Was, war ihm momentan schleierhaft. Wenigstens konnte er jetzt den Tag mit Jaqueline ohne Skrupel genießen. Das stand ihm, wie er fand, nach der Stress-Woche auch zu.

Kurz bevor sich Kautz auf Freiersfüße begab, rief Freundin Lea an. Wenn sie auch ausgezogen war – vorübergehend, wie sie betont hatte –, sah sie ihre Beziehung noch nicht als beendet an. Sie wollte mal hören, was er so trieb.

„Entschuldige bitte, ich hab' noch 'ne dringende Ermittlung am Hals, dem Sonntag zum Trotz. Du kennst ja meinen Job. Ich ruf' dich die Woche mal zurück."

Es war jetzt der denkbar schlechteste Moment für eine Aussprache.

„Wenn dich der Beruf auffressen soll, nur zu! Falls es dich interessiert, wie es mir geht: recht gut. Also, bis die Tage, ade."

Sie legte auf. Wenn das stimmte, war er echt froh. Und schon schmolz sein Schuldgefühl in den warmen Strahlen der Sonne dahin, die ihren Weg durch die Wolken gefunden hatten.

Der Tag mit Jaqueline begann nicht gerade entspannt, vielmehr schweißtreibend und mühsam. Sie brauchten fast eine Stunde, bis sie von der Talstation der Seilbahn oberhalb von Edenkoben auf den meist steinigen Waldwegen die Rietburg erreichten, die immerhin 535 Meter über dem Meer am Haardtrand thront. Jaqueline lachte, als sie ihn leise stöhnen hörte. Der Aufstieg setzte ihr nicht zu, ihre Kondition war gut, und ihre Beine schienen vom Tanzen in Form zu sein. Kautz hatte sich immer wieder mal vorgenommen, Sport zu treiben oder ins Fitnessstudio zu gehen, am besten beides, und dann doch nichts dergleichen getan. Diesmal würde er damit ernst machen, jetzt, da er Jaqueline begehrte, Sirene mit *bella Figura*.

Die Sicht von der Lokalterrasse auf die Rheinebene, die im Dunst des Mittags wie von einem Schleier bedeckt unter ihnen ruhte, war majestätisch. Kein Wunder, dass sich der bayerische König Ludwig I. diese Landschaft für sein Sommerschloss ausgesucht hatte: Dörfer inmitten grüner Wingerte, am Horizont die Berge von Odenwald und Schwarzwald. Der Wormser und der Speyerer Dom flankierten nur bei klarem Wetter das Bild. Dafür waren „Industrie-Dome" nicht zu übersehen: die Skyline der BASF, die Schlote des Mannheimer Großkraftwerks, die beiden Kühltürme des AKW Philippsburg und die Windräder in der Vorderpfalz.

Die gewählten Gerichte waren für eine Höhengaststätte überraschend lecker, und auch der feinherbe Gewürztraminer hielt, was er versprach. Jaqueline zog Mineralwasser vor. Hieß das, dass sie die Selbstkontrolle nicht verlieren wollte? Eigentlich nicht schlecht, dann könnte sie bei Bedarf das Steuer seines Alfa übernehmen, wenn er zu tief ins Glas geschaut hätte.

Übers Erzählen und Flirten verstrich die Zeit wie im Flug. Klar spielte er seine Trümpfe aus, die Pfalz war ja quasi seine dritte Heimat nach der Kindheit in Stuttgart und neben Mannheim, seinem beruflichen Wirkungskreis. Viele Wochenenden verbrachte er hier, und in manchem Weingut war er zu Hause: Dieses hatte duftige Muskateller, jenes fruchtig-spritzige Rieslinge auf speziellen *Terroirs* – ein Modewort für charakteristische Lagen mit besonderen Böden wie Granit oder Schiefer. Wieder ein anderes kelterte trockene Rotweine, die Besten im Holzfass ausgebaut.

Er kannte auch Wanderwege, sein liebster ging vom höchsten Pfälzer Weingut aus, dem *Sankt Annaberg* in Burrweiler, über Gleisweiler, unter einer Lindenallee nach Frankweiler am Waldrand entlang bis nach Sankt Johann, auf die Terrasse der Wirtschaft *Hüttenzauber* mit grandiosem Trifelsblick. Dazu schätzte er Kultur- und Natur-Kleinode, das Tempelchen im Wingert bei Maikammer, die Jugendstil-Festhalle in Landau, zig Burgen entlang der Weinstraße von der Neuleininger Ruine im Norden bis zur Burg Landeck im Süden – und natürlich alte Geschichten. Auch die Rietburg hatte ihre Sage von Raubritter *Wilder Geier mit der Fratze Satans*, der einst ein junges Mädchen geraubt und es nach der Erpressung hohen Lösegelds zynisch-brutal von den Zinnen der Burg in die Tiefe gestürzt hatte. Das Verbrechen war so alt wie die Menschheit.

Jaqueline hörte ihm gerne zu, brachte ihn aber auch auf leichte Gedanken, wenn er ihr zu ernst wurde. Der 54-Jährige fühlte sich bei ihr um Jahre verjüngt. Nach Himbeer- und Käsekuchen zum Kaffee machten sie ihren Logenplatz an der Burgmauer für das nächste Paar frei, das schon darauf luchste, wanderten Hand in Hand am Tierpark entlang, um dann um viertel nach fünf auf dem letzten Sesselpaar der Seilbahn ins Tal hinabzugleiten. Aus Übermut fing das Kind in Kautz zu schaukeln an, bis ihn Jaqueline sanft bremste. Ob sie die Schilder *Schaukeln verboten* dazu brachten oder sie schlicht Angst bekam, blieb ungesagt. Schwindelig aber war ihr auf jeden Fall, wenn auch nicht in wörtlichem Sinn.

Als Karlheinz sie am Ende des romantischen Tags nach Hause fuhr, war dem Kavalier alter Schule ihr Verhalten nicht eindeutig genug. Sie schien zu wollen und doch wieder nicht. Souverän nahm er die Sache selbst in die Hand, verwies auf zwei komplexe Verhöre am nächsten Morgen und schlug vor, künftig samstags auszugehen. Dann würde der ganze Abend ihnen gehören. Hinter Ritterlichkeit jedoch machte sich Enttäuschung breit, den Ausklang ihrer Tour hatte er sich anders vorgestellt. Wenigstens wäre jetzt genug Zeit, das fragwürdige Experiment mit Kissinger nochmals zu durchdenken, eine vernünftige Idee, doch keinesfalls seinem Bedürfnis gemäß.

Als sie sich zum Abschied umarmten, spürte er ihren Körper, der sich erst sacht, dann immer stärker an den seinen schmiegte und ihn unverblümt einlud. Beglückt ließ er die Rüstung aus Anstand fallen, zog die heiße Schöne an sich und die Tür hinter sich zu.

Montag, 24. Juli 2017

Den Montagmorgen begann Kautz in aller Frühe mit Kaffee auf seiner Terrasse. Erzengel Michael funkelte im Licht der Morgensonne von der Kirchenkuppel und schien zum letzten Gefecht zu blasen. Zugleich verströmte der christliche Held ein tröstliches Gefühl. Friedebert, wie von höherer Macht beschützt, würde am Vormittag aus der Klinik entlassen. Nüchtern betrachtet hatte der Kollege einfach unglaubliches Glück gehabt. Sein Herz jedoch beschwor wider den Kopf Bilder seiner Kindheit, die schon manchem, selbst Todgeweihten, geholfen hatten. Der Theologe Dietrich Bonhoeffer fiel ihm ein, der noch in Gestapo-Haft imstande gewesen war, ein bewegendes Gedicht zu schreiben: „Von guten Mächten wunderbar geborgen, erwarten wir getrost, was kommen mag", lautete der Beginn. War er ein sentimentaler, alter Mann geworden oder hatte er eine poetisch-spirituelle Ader, die anderen abging?

Wie auch immer, er musste jetzt seinen Job als Kripo-Chef von Mannheim ausfüllen, schließlich stand die Aufklärung eines Mordfalls an. War der ganze Aufwand seines Psycho-Experiments wirklich für die Katz? Er weigerte sich, das zu glauben, und spürte zugleich, ganz nah dran zu sein. Plötzlich kam ihm sein Traum wieder in den Sinn, wie er vor der Insel Symi auf dem Meeresgrund nach Schätzen suchte und fündig wurde. Wie Schuppen fiel es ihm von den Augen: Auf dem Boden des Flusses lag die Lösung, er musste nur zugreifen! Und schon entstand ein Plan, wie er Kissinger in die Knie zwingen würde. Sein Versuch war im Nu zur Grundlage für das weitere Vorgehen geworden, hatte er doch die Stellen im Rhein lokalisiert, wo sie suchen müssten.

Nachdem Kautz Staatsanwalt Messer verständigt hatte, erhielt er umgehend das Plazet für die anvisierte Tauchaktion. Nun konnte er bei der Wasserschutzpolizei eine Bergungsfahrt in Auftrag geben, um die Tatwaffe und Chris Bodes fehlende Habe aufzuspüren. Zuvor scharte er aber im Kommissariat sein Team um sich und zog erst einmal Bilanz der bisherigen Arbeit:

„Mit Maries islamistischer These sind wir leider in einer Sackgasse gelandet. Obwohl die IS-Message vorgetäuscht war, könnte Mustafa dennoch der Mörder gewesen sein, doch die Bombe ist für unseren Diskurs ein Totschlag-Argument geworden! Zudem liegen die Ermittlungen zur Terrorzelle in der Humboldtstraße ab jetzt beim LKA und beim Verfassungsschutz. Die Kripo Mannheim muss den Deckel der Akte Mustafa und Mashni schließen. Die Indizien, die für die Neonazis als Täter sprechen, sind nach wie vor nicht von der Hand zu weisen. Da müssen wir dranbleiben. Was Kissinger betrifft, hat unser Experiment nach Rücksprache mit Dr. Seiler nicht den erhofften Beweis gebracht. Wir kennen zwar nun die Stellen, wo der Amerikaner besonders aufgeregt war, was aber belegt das? Dennoch ist Kissinger für mich zum Hauptverdächtigen avanciert. Er müsste gestehen, doch ohne gehörigen Druck können wir das vergessen. Also werden wir den jetzt aufbauen."

Alle Augen waren auf ihn gerichtet.

„Wir werden uns die dafür nötigen Mittel beschaffen. Ich weiß auch schon, wie."

„Rück endlich raus mit der Sprache, Chef, was hast du vor?", wollte Marie genervt wissen.

„Es ist eigentlich ganz simpel: Wir werden dort, wo Gary Kissinger besonders erregt war, Taucher einsetzen, und ich bin zuversichtlich, dass wir etwas von der bei Bodes Leiche fehlenden Habe finden werden, vielleicht sogar das Mordmesser. Die nötige Tauchaktion werden wir heute durchziehen. Ich gehe davon aus, dass wir am Abend Bescheid wissen und bei Erfolg Kissinger mit den Fundstücken konfrontieren können. Noch Fragen?“

Niemand meldete sich zu Wort.

„Da wär’ noch was. Wir sind zwar am Mittag in die Moschee eingeladen, ich bin aber hin- und hergerissen, ob ich das Fest nicht kurzfristig absagen soll.“

„Wenn die Zeit drängt, wär’s schon zu überlegen“, fand Peter.

„Bloß nicht, Chef! Die Al-Faruq-Gemeinde will sich mit uns solidarisch zeigen, das sollten wir nicht verschieben, schon gar nicht ausschlagen!“

„Ich stimm’ dir zu, Marie. Es bleibt also dabei. Wenn Gary der Täter ist, kommt es ohnehin nicht auf zwei, drei Stunden an. Bei der Aktion übernimmst du, wie besprochen, die kriminalistische Regie. Und jetzt ab zum Hafen! Der Schiffsführer des Polizeiboots heißt Claude Jürgens und wartet dort auf dich.“

Marie strahlte bei dem Auftrag, der Wertschätzung ihrer Arbeit zum Ausdruck brachte und zudem spannend zu werden versprach.

Sie brach umgehend auf.

Im Mannheimer Hafen instruierte sie Schiffsführer Jürgens über ihr Vorhaben. Als Erstes sollten die Taucher den Grund um die Bootsanlegestelle beim Otterstadter Campingplatz absuchen, dann den Flussboden bei der Abzweigung in den Altrhein, und wenn auch da nichts zu finden wäre, schließlich die Stelle nahe Altrip. Sie müssten um 15 Uhr starten. Jürgens blieb genügend Zeit zur Vorbereitung.

Als das Kripo-Team mit Friedebert, der gleich am Vormittag aus der Mannheimer Uniklinik entlassen worden war, um 13 Uhr in der Moschee eintraf, war im großen Saal ein Büfett mit orientalischen Speisen aufgebaut, dort, wo jüngst der flüchtige Ahmet Mashni Frauen und Kinder in Angst versetzt hatte. An die sechzig Mitglieder der Gemeinde waren gekommen, Männer, Frauen und sogar einige Kinder, um dem Ehrengast des Tages, Kommissar Kunz, ihr Mitgefühl zu bekunden.

Kautz war vom Bürgersinn der Muslime wie ihrem Büfett gleichermaßen beeindruckt. Die Gerichte waren mit Kräutern und anderen Zutaten geschmackvoll garniert: gebratener Fisch, geschmortes Lamm, gegartes Rindfleisch und Hühnchen, Gemüse aller Arten, Auberginen, Paprika in Rot, Gelb und Grün, Blumenkohl, Bohnen, Linsen, Falafel, also Bällchen aus Kichererbsen, Hummus, diverse Soßen, Salate, Fladenbrot, Reis, Couscous, kurkumagelbe Pfannkuchen sowie eine Auswahl von Süßspeisen mit Datteln, Pistazien, Sesam und Honig. Es duftete herrlich nach Gewürzen, ein Gemisch aus Kardamom, Knoblauch und Kümmel, Salbei, Thymian und Minze.

Als die Begrüßungsfloskeln ausgetauscht waren – „Friede sei mit dem, der dem rechten Weg folgt“, „Vielen Dank für die Einladung!“, „Es freut uns, dass Sie uns mit Ihrem Besuch beehren!“, „Wir sind sehr gerne gekommen!“ – und alle Platz genommen hatten, ergriff der Imam das Wort. Er hieß die Gäste – *coram publico*, würde Messer sagen – willkommen und bat um Nachsicht, dass der Schmaus erst nach seiner Ansprache beginnen würde. Er dankte den Muslimas für die

Zubereitung der Köstlichkeiten und bat um Allahs Segen für die Zusammenkunft. Dann hob er zur angekündigten Rede an:

„Wir wollen heute zu Ehren von Kommissar Kunz ein Fest der Freundschaft feiern, von Herzen froh, dass er der Tragödie in unserer Mitte nicht zum Opfer gefallen ist. Zugleich distanzieren wir uns mit den meisten Muslimen hier in Deutschland und auf der ganzen Welt von Gewalt und Terror, in welcher Form auch immer. Nach unserem Glauben missbrauchen Muslime den Koran, wenn sie statt Frieden den Dschihad predigen. Leider hatten sich gewaltbereite Salafisten unter uns gemischt und im Schutz der Moschee einen Anschlag in unserer Nähe geplant. Als Feinde des Propheten – Friede und Segen sei mit ihm – haben sie sich selbst gerichtet und verdienen unser Mitleid nicht, wohl aber unser Ehrengast, über den Allah seine schützende Hand gehalten hat.

Gleichwohl dürfen wir die salafistischen Brüder nicht alle verdammen, weil sich einige von ihnen radikalisieren. Die friedfertigen sind Teil der Gemeinschaft. Man mag die strenge Ausrichtung der Brüder an der Welt des frühen Islam für schwer mit heutiger Zeit vereinbar halten, dennoch glauben sie auf ihre Weise, Allahs Gebote zu halten. Gewalttätigen Islamisten aber weisen wir die Tür, im Jenseits wartet die Hölle auf sie.

Die Beziehung des Islam zu Deutschland ist, soweit ich weiß, schon sehr alt und begann spätestens im 17. Jahrhundert, als das Heer des Heiligen Römischen Reichs Deutscher Nation die türkischen Truppen vor Wien abwehrte und danach mehrere Hundert Moslems als Kriegsgefangene nach Deutschland kamen. *Beutetürken* wurden sie damals genannt. Nicht wenige von ihnen wurden unter sozialem Druck zu

Christen und so in das Gemeinwesen integriert. Ein Beispiel dafür ist das viel beachtete Ereignis des Jahres 1680, als zur Einweihung der Mannheimer Konkordienkirche eine sogenannte Mohammedaner-Taufe stattfand. Zum Glück hat sich die Beziehung von Muslimen zur deutschen Gesellschaft seither vielfältig entwickelt und in den 1960er-Jahren einen ungeahnten Aufschwung erfahren, sodass heute etwa vier Millionen Muslime in Deutschland leben, viele davon als deutsche Bürger. Abendland und Morgenland sind sich so nah gekommen wie nie zuvor. Auch das ist ein Grund zum Feiern. Das tun wir heute im Kleinen.

Dem Herrn Friedebert Kunz wünschen wir weiterhin gute Gesundung, auf dass er bald wieder für den Schutz der Menschen in diesem Land tätig sein kann, für deutsche Bürger, zu denen, wie gesagt, auch viele von uns zählen, wie auch für Nichtdeutsche. *Masha Allah* – alles Lob gebührt Allah!

Das Büfett ist eröffnet, liebe Schwestern und Brüder, liebe Gäste, *Schaka*, guten Appetit!“

Die Kinder, während der Ansprache ruhig geblieben, wurden nun umtriebig und ausgelassen. Die Erwachsenen stellten sich gesittet am Büfett an, den Vortritt lehnten die Kommissare dankend ab und reihten sich in die Schlange der Wartenden ein. Kautz probierte verschiedene Speisen, zunächst geschmortes Lamm mit Bohnen, Auberginen und Falafel, auch die Kollegen Kommissare griffen nicht nur einmal zu. Marie Liebig übte sich trotz Sorge vor Gewichtszunahme diesmal nicht in Zurückhaltung, nur um Hühnchen mit Reis und Blumenkohl machte sie einen großen Bogen – zu sehr erinnerte sie das Gericht an den Ermordeten . Zum Essen wurden Minztee und Wasser getrunken.

Nachdem die meisten schon gut gespeist hatten, stand Friedebert zur Überraschung seiner Teamkollegen auf, klopfte mit dem Löffel an sein Teeglas und begann zu reden, als es ruhig geworden war.

„Werte Gastgeber, zuerst möchte ich mich, auch im Namen von Kommissarin Liebig und den Kollegen, für Ihre Gastfreundschaft bedanken. Wie Sie gehört haben, bin ich vor ein paar Tagen erst dem Tod von der Schippe gesprungen, Sie wissen, was ich meine! Bislang war ich dem Islam gegenüber skeptisch, manchmal fast feindlich gesonnen wie nicht wenige Deutsche. Ich stand nicht auf Ihrer Seite."

Kunz musste eine Pause machen, er schluckte mehrfach.

„Das Mitgefühl Ihrer Gemeinde aber hat meine Haltung infrage gestellt. Das heißt jedoch nicht, dass ich der Meinung bin, der Islam gehöre zu Deutschland. Natürlich sind die hier lebenden Muslime ein Teil unserer Gesellschaft. Wer wollte das bestreiten? Allerdings werden immer noch im Namen Allahs Gräueltaten begangen. Eine solche wurde quasi unter dem Dach Ihrer Moschee geplant und vorbereitet. Da ist von offizieller Seite des Islam viel mehr Aufmerksamkeit und Selbstkontrolle gefordert als bisher. Nicht nur der deutsche Verfassungsschutz, auch Sie müssen islamistische Gewalt verhindern helfen. Wie ich heute von Ihnen deutlich höre, verurteilen Sie diese genauso wie ich.

Ich hoffe sehr, Sie missbilligen auch jeglichen Psychoterror im Vorfeld von Gewalt, wie zum Beispiel die Drohungen und Hass-Mails, die Seyran Ates, die muslimische Rechtsanwältin, nach der Gründung der *Ibn-Rushd-Goethe-Moschee* in Berlin erhalten hat. Die liberale Ordnung dieser Moschee – Männer und Frauen nebeneinander, auch eine Imamin als Leiterin des Gebets – lässt einen Geist erkennen, der den Werten unseres Landes entspricht. Die neue

Moschee macht Frau Ates Hoffnung auf einen Islam, der wirklich zu Deutschland gehört. Was dies betrifft, bin ich ab heute nicht mehr so kritisch wie bisher. Ich danke Ihnen, dass Sie mir zugehört haben, *shukran!*"

Die Stille, die sich bei Friedeberts Rede eingestellt hatte, wollte auch danach so schnell nicht weichen. Kautz war aufgewühlt, da war Zündstoff drin verpackt, wie auch das betretene Schweigen jetzt zeigte. Verdammt, warum hatte sich Kunz nicht zuvor mit ihm abgesprochen? Gewiss hätte er ihm diesen Text ausgeredet, so ein Mist! Nein, nein, rief ihn seine Wertschätzung offenen Dialogs zur Vernunft, das war kein Mist, vielmehr ein ehrliches, wenn auch riskantes Wort. Im Grunde musste er Kunz sogar zustimmen. Mutig, der Alte. ‚Hut ab, werter Friedebert!', dachte er insgeheim.

Marie, Peter und Klaus staunten nicht minder über den Schneid ihres Kollegen und Pensionsanwärters, das sah man ihnen an. „Vielleicht kann man so souverän sein, wenn beruflich nichts mehr zu verlieren ist", bekannte Klaus später, in diesem Moment gedacht zu haben.

Der Raum blieb totenstill, selbst die Kinder rührten sich nicht. Es war, als ob das Fest den Atem anhielt. Manche hatten den Blick gesenkt, andere hielten sich mit den Augen am Imam fest. Als der nach endlos scheinenden Sekunden als Erster zu klatschen begann, schlossen sich mehrere Muslime und Muslimas wie auch ihre Gäste dem Vorbild an. Nach Friedeberts brisanter Rede konnte man natürlich nicht von Standing Ovations sprechen. Jedenfalls schienen sich die Wogen, die über dem Fest fast zusammengeschlagen waren, wieder zu glätten. Auch die Kommissare und Marie atmeten auf, wie man Gesichtern und Körperhaltung ansah. Unterbrochene Gespräche wurden fortgesetzt, neue begonnen. Die Kinder taten sich in Grüppchen zusammen und beschäftigten sich mit ihren Spielsachen.

Bei honigsüßem Nachtisch, Tee und Mokka ging ein denkwürdiger Nachmittag zur Neige. Als die Gäste signalisierten, dass sie sich wieder auf den Weg machen wollten, verabschiedete sie der Imam:

„Sie sind hier immer willkommen!"

Einige Muslime schüttelten ihnen die Hand, auch Marie Liebig, die Frau im Team, wurde nicht gemieden. Das Fest hatte trotz Friedeberts Provokation – oder gerade wegen ihr? – auf beiden Seiten etwas bewegt, das war spürbar. So fühlte sich Begegnung zwischen Menschen verschiedener Kulturen an, ein authentischer Austausch ohne überzogene Vorsicht, dem anderen nur nicht auf die Zehen zu treten, und schon gar kein Gesülze. Wäre Hans dabei gewesen, hätte der die Stimmung vielleicht so auf den Punkt gebracht: *„That's the spirit!"*

Gleich danach eilte Marie zum Hafen. Dort stand ein schweres Boot der Wasserschutzpolizei inklusive vier Tauchern zum Auslaufen bereit. Kommissarin Liebig ging an Bord und gab den kriminalistischen Lotsen an der Seite des Schiffsführers. Es war jetzt 15 Uhr. Wenn sie vor Ort wären, stünden rund vier Stunden für mehrere Tauchgänge zur Verfügung, bis es dämmerte. Falls der Verdächtige am Punkt höchster Erregung vor dem Ausflippen im Wohnwagen wirklich etwas ins Wasser geworfen hatte, musste sich das doch finden lassen.

Nach zwanzig Minuten hatte das Schiff die Anlegestelle vor dem Campingplatz erreicht. Die Taucher, wegen dortiger Untiefe über die Schiffsleiter ins Wasser gegangen, suchten im Umkreis von fünfzig Metern den Flussboden minutiös ab. Doch außer nutzlosem Beifang – leere Alu-Bierfässchen, ein kaputtes Grillgitter, verrostete Zeltstangen und verbogene Heringe, eine demolierte Taschenlampe sowie jede Menge Scherben – ging ihnen nichts von Belang ins Netz.

Nach einer Stunde war die Arbeit vor Ort getan und das Boot auf Kurs zum nächsten Standort, der Mündung des Otterstadter Altrheins in den Fluss, von Marie anhand der ermittelten Positionsdaten bestimmt. Das Schiff drehte bei und hielt an. Diesmal gingen die Taucher rücklings über Bord und machten sich auf die Suche, die hier umfänglicher ausfallen würde. Das ausgemachte Areal war um einiges größer als das beim Campingplatz. Marie wartete gebannt an Bord. Der Schiffsführer versuchte, sie zu unterhalten, was ihr nicht half, sie eher nervte. Und über die bisherigen Ermittlungen durfte sie nicht reden. Zum Glück musste Claude Jürgens wachsam sein und größere Schiffe, vor allem Schlepper, per Funk auf die äußerste Seite der Fahrrinne leiten sowie bei Gegenverkehr ein Schiff rechtzeitig zum Anhalten veranlassen, damit seine Männer beim Auftauchen nicht in Gefahr gerieten. Nach einer Viertelstunde tauchte ein schwarzer Kopf auf, die dazugehörige Hand mit Daumen nach unten: kein Fund. Die Taucher kamen von Zeit zu Zeit hoch, doch jedes Mal ohne ein positives Signal.

Eineinhalb Stunden waren bereits vergangen. Marie wurde zunehmend unruhiger. Am liebsten wäre sie selbst reingesprungen, das Warten war ätzend. Inzwischen, es war schon kurz nach 17 Uhr, ließ späte Sonne den Rhein königsblau und zugleich luzide schimmern und färbte Bäume wie Sträucher am Ufer goldgelb-orange. Die Natur zeigte sich von ihrer schönsten Seite, ideales Flair für ein Schäferstündchen. Einen Moment lang ließ sie ihrer Wehmut freien Lauf. Karlheinz und sie passten doch perfekt zusammen und hätten ein superschönes Paar abgegeben … ‚Stop!‘, rief sie sich zur Räson und machte das romantische Farbenspiel mit einem Hauruck zur bloßen Kulisse ihrer aktuellen Ermittlung.

Und wieder kam ein Taucher nach oben. Diesmal kein Daumen nach unten. Was war denn das? Hielt der nicht etwas in der Hand? Als sie näher dran waren, sah Marie den Ast, an dem sich eine Armbanduhr verfangen hatte. Ihr Herz raste. Den Fund in einen Drahtkorb gelegt, der an Bord geholt wurde, verschwand der Taucher wieder von der Bildfläche. Ein neuer Kopf tauchte auf, auch mit Objekt in gereckter Hand, einem Schlüsselbund mit großem Kamel als Anhänger: Volltreffer! Die Armbanduhr war vermutlich kein Beweis, schätzte sie, der Schlüssel aber ein Goldgriff, der ließe sich zweifelsfrei überprüfen. Sofort rief sie Kautz an und erstattete Bericht. Der ließ sie die Aktion beenden, die Schlüssel als Beweisstück reichten ihm. Jürgens sammelte seine erfolgreichen Taucher wieder ein und fuhr zum Mannheimer Hafen zurück.

Marie hatte beide Fundstücke in Plastiktüten gesichert und überreichte sie dem Kripo-Chef, der schon am Kai stand, als das Polizeiboot anlegte. Kautz bedankte sich für die exzellente Kooperation und fuhr mit Marie sofort zum Präsidium. Dort übergab er den Fund Klaus Fischer, der ihn vorsichtshalber noch auf Spuren untersuchen sollte, bevor man die Schlüssel ausprobieren wollte. Wie vermutet, erhielt Kautz negativen Bescheid: Startschuss für eine Fahrt auf heißen Reifen zu Chris' Wohnung nach Mannheim-Rheinau. Schon der erste Schlüssel passte ins Haustürschloss. Ein zweiter öffnete Bodes Wohnung. Wofür der dritte diente, blieb noch unklar. Jetzt hatte er den Kissinger im Sack! Oder etwa doch nicht?

Könnten dahinter nicht genauso die Neonazis stecken? Die waren doch auch am Tag der Tat in Otterstadt auf dem

Altrhein unterwegs, hatten zuvor Chris Bode bedroht und also gleichfalls ein Tatmotiv. Ohne Kissinger's Geständnis blieb es bei bloßen, wenn auch starken Indizien. Das Verhör würde schwierig werden. Sein Trumpf war des Amerikaners Unkenntnis. Der konnte nicht wissen, dass auch die dringend verdächtigen Neonazis mit einem Boot kurz vor dem Mord am vermutlichen Tatort waren. Er würde Kissinger mit dem zwingenden Schluss, dass die Fundstücke ihn und nur ihn überführten, zu einem Geständnis bewegen. Bloß er wusste, dass der Schein trog. Es würde ein großer Bluff werden. Er konnte nur hoffen, dass der nicht wie eine Seifenblase zerplatzte.

Noch am selben Abend ließ Kautz Kissinger zum Verhör bringen. Nach den Formalien kam er zunächst auf ihre Testfahrt vom Samstagabend zu sprechen:

„Während Sie das Boot nach Otterstadt steuerten, Mister Kissinger, wurden Sie immer aufgeregter. Warum?"

Gary schwieg, doch es war ihm anzusehen, dass ihn etwas bedrängte.

„Was war an den vier kritischen Orten – Sie wissen, welche gemeint sind – mit Ihnen los? Denken Sie nach!"

Kautz' offene Frage enthielt die Chance zum freiwilligen Geständnis.

„Die Fahrt hat etwas mit meiner Vergangenheit zu tun."

War der Amerikaner nun so weit? Die Nerven des Kommissars waren zum Zerreißen gespannt.

„Die Kuckucksinsel, dort war ein Liebesnest für Nora und mich. Ah, eben fällt mir noch etwas ein. Ich war schon mal in Otterstadt. Jetzt rutscht mir ein Schleier von den Augen …"

Kautz nickte nur, die Frucht war reif!

„Als ich so heftig in Nora verliebt war, hatte ich diesen Wohnwagen ein Wochenende lang gemietet. Ich hatte auch

Drogen dabei. Das war die aufregendste, intensivste Nacht *in my life.*“

Mit dieser Wendung hatte Kautz überhaupt nicht gerechnet. Ein cleverer Schachzug des Verdächtigen? Blitzschnell checkte er die neue Lage. Mit der Love-Story könnte Kissinger die große Erregung im Wohnwagen erklären. Der Tod seiner Frau lag ja erst ein Jahr zurück. Der Schmerz über den Verlust hätte ihn dort überwältigt, könnte Gary geltend machen. Kautz' Strategie stand auf der Kippe.

„Mehr kann ich dazu wirklich nicht sagen, glauben Sie mir, Herr Kommissar!“

Der Kripo-Chef schwieg. Kissinger sollte ruhig noch etwas schmoren. Die Sekunden zogen sich dahin. Man hätte eine Stecknadel fallen hören. Schließlich hielt Kautz die Spannung selbst nicht mehr aus:

„Meine Geduld ist am Ende, Mister Kissinger. Kommen wir jetzt mal zu den Fakten. Wir haben Polizeitaucher an zwei der erwähnten Stellen suchen lassen. Und was glauben Sie, haben die gefunden?“

Vor dem plötzlich nervösen Mann legte er mit Bedacht und Genugtuung erst die Armbanduhr, dann Chris Bodes Schlüsselbund auf den Tisch.

„Die beiden Sachen lagen auf dem Boden des Rheins, dort, wo der Altrheinarm nach Otterstadt abzweigt! Die Schlüssel passen in Haus- und Wohnungstür von Chris Bode, das haben wir getestet. Was sagen Sie nun, Mister Amnesie?“ Kautz konnte seinen Spott nicht verbergen.

Gary Kissinger wurde abwechselnd blass und rot, rang erst nach Luft und atmete dann immer heftiger. Auf die Reaktion war Peter vorbereitet. Er nahm die bereitgelegte Papiertüte zur Hand: „Die Tüte stülpe ich Ihnen jetzt über, Mister Kissinger, hilft gegen Überatmung, wie Sie wissen!“

Widerstandslos ließ Kissinger das mit sich machen und fand allmählich zu ruhiger Atmung zurück. Die Szene sah skurril aus, wie bei einer Entführung oder einem Verhör des Ku-Klux-Klan. Peter fing breit zu grinsen an, was in der Situation ziemlich unpassend wirkte.

Wieder mit freiem Kopf, stöhnte der Verdächtige und begann stockend zu sprechen: „Ja, es stimmt … dort warf ich die Sachen von Chris aus dem Boot … *My God* … was habe ich getan!"

Die Spannung fiel von Kautz ab. Seine Rechnung war aufgegangen. Der Damm war gebrochen. Gary schien von Erinnerungen überflutet, sein Kopf sank auf die Brust. Nach langen Sekunden blickte er ruckartig auf und sagte: „Mein *memory* an diesen Abend mit Verhängnis ist wieder zurück. Ich muss ein Geständnis machen. *I killed* Chris! Im Wohnwagen am Rhein." Es klang gequält. „Es war nicht geplant, im Gegenteil. Ich hatte mich über sein Besuch gefreut, entwickelte eine Verbindung zu dem jungen Mann, der einzige Mensch, der mich noch mit Nora verband. Es war impulsiv, alles ging zu schnell, aus dem Affekt heraus. Im Wohnwagen attackierte mich Chris mit Hass, aber das erzählte ich schon. Dann zerriss ein grausamer Satz das Band, das zwischen uns entstanden war:

‚Ich habe Nora getötet, in der Hütte am Fluss', sagte er hart wie ein Racheengel.

‚Was hast du …?' Ich war wie vor den Kopf geschlagen.

‚So wie du mein Leben zerstört hast, habe ich deines kaputt gemacht. Auge um Auge, Zahn um Zahn!'

Ich begann zu zittern, mein Atem jagte, mir wurde kalt. Ich sprang auf, packte Chris von hinten am Hals, sah das scharfe Wurstmesser, das noch beim Geschirr auf dem Tisch lag, nahm es und schnitt dem Mörder meiner Frau die Kehle durch. Ich muss *crazy* geworden sein … Chris hat sich nicht gewehrt … Für einen Moment hielt die Zeit an, es war ein Albtraum. Er blutete stark … Auf einmal übernahm ein cooler Manager in mir Kontrolle. Ich griff einen Topf aus dem Küchenschrank und ließ ihn ausbluten. Dann goss ich das Blut in den *milk pot*, der im Schrank war, und Deckel drauf.

Chris nahm ich alles weg, was ihn identifizieren könnte: Geldbeutel mit Ausweis, Brille, Handy, *watch* und Schlüssel. Die Leiche packte ich in zwei Müllsäcke und schnürte die in der Mitte fest zu … Langsam kam ich wieder zu mir, begriff, was ich getan hatte: Noras Sohn ermordet, ein Leben ausgelöscht, ich, der Arzt, der den Eid des Hippokrates abgelegt hatte, *horrible!*

Und plötzlich wusste ich es: Chris hatte mich provoziert dazu. Er wollte gar nicht mehr in sein Leben zurück. Ich hatte seinen Todeswunsch erfüllt. Er wollte gerichtet werden für die Schuld, die er auf sich geladen hatte … Aber, wie konnte ich mit *meiner* Schuld weiterleben? Das Messer hielt ich noch in der Hand. Es drängte mich plötzlich, es mir in die Brust zu stoßen. Etwas stoppte mich, mein Wille zu überleben, denke ich jetzt. Der gab nun den Ton an.

Ich säuberte den Tatort noch mal, wischte wie verrückt, bis die kleinste Spur weg war. Ich sank erschöpft auf das Bett und wartete, bis es dämmrig wurde. Draußen war alles ruhig, niemand unterwegs. Ich nahm den Sack auf die Schulter, trug ihn die paar Meter bis ins Boot und fuhr den Altrhein runter zum Fluss, wie in Trance. Dort warf ich das Messer und Chris' Sachen über Bord. Aber wohin mit der Leiche? Die Kuckucksinsel fiel mir ein. ‚Dort ist Chris mit Noras Glück vereint' – eine absurde Idee, es lief mir eiskalt über den Rücken! Während mein Herz raste, goss ich Chris' Blut aus dem *milk pot* in den Rhein. Es war grässlich, wie ein gruselige Bestattung. Als ich am nächsten Morgen im Wohnwagen erwachte, fühlte ich nur Leere."

„Was ging Ihnen da durch den Kopf?"

„Chris' Besuch, das Dinner, der Espresso im Wohnwagen und seine Anklage. Er verabscheute mich. Es war die Hölle. Dann musste Chris gegangen sein, mit dem Zug nach Hause zurück …"

„Was war Ihre letzte Erinnerung?"

„Ich glaube, es war der Streit … Ich fuhr dann den Rhein rauf nach Speyer, bis die Türme des Doms vor mir standen, suchte Schutz in der Kirche, so nahe wie möglich am Altar. Ich war am Ertrinken. Die Lungen voll Wasser, ging ich unter. Plötzlich stand ich vor Gott, mein Urteil zu kriegen … Ich nahm mein Mut zusammen und wollte gestehen. Ich bekam Schüttelfrost. Als ich die Augen aufmachte, sah ich das besorgte Gesicht eines alten Mannes, der mich an der Schulter rüttelte. Ich musste auf der Bank in Schlaf gefallen sein … Am nächsten Morgen wachte ich im Wohnwagen auf, mein Kopf dröhnte. Ein Satz von Chris fiel mir ein: ‚Ich habe was für dich zu Hause.' Er hatte nicht gesagt, was, aber es schien wichtig, also *let's go!*

Ich fand Chris' Wohnung und läutete, niemand öffnete. Ich brach die Tür auf, den Schlüssel hatte ich in den Rhein geworfen. Drinnen suchte ich herum, las gerade in seinen Notizen, da hörte ich Schritte. Ich griff das nächste schwere Ding und versteckte mich hinter der Tür. Dem Mann mit Pistole, der 'reinstürmte, schlug ich damit auf den Kopf, er fiel ohnmächtig zu Boden. Ich war entsetzt, was ich getan hatte! Zum Glück lebte der Mann noch, das habe ich geprüft, bevor ich mit Chris' PC aus dem Haus flüchtete. Meine Knie zitterten. Auf dem Camping zurück, rief ich die Fluggesellschaft an und konnte mein Ticket tauschen. Der Jet ging noch am selben Abend. Der Verwalter war erstaunt, dass ich schon abreiste. Er versprach, das Boot für mich zurückzubringen. Ich fuhr auf und davon … Den Flug verbrachte ich wie in Trance. Zu Hause versuchte ich, in Chris' PC zu kommen. Umsonst, ich konnte die PIN nicht knacken … Ich bin am Ende, Herr Kommissar", sagte Gary Kissinger erschöpft. Das meinte er wohl in doppeltem Sinn.

Nach einer Pause – die Blutspur des Mörders hatte die Kommissare aufgewühlt – gab Kautz ein knappes Statement ab:

„Ihre Geschichte klingt nach Tragödie, Mister Kissinger. Es ist gut, dass Sie ein Geständnis abgelegt haben. Ihre Aussage wird Ihnen noch zur Unterschrift vorgelegt. Sie wissen, dass ein Strafprozess auf Sie wartet. Bis dahin bleiben Sie in Untersuchungshaft."

„Ich weiß", sagte Gary Kissinger blass. „Ich habe schon Kontakt zu einem Anwalt aufgenommen."

Kautz hatte sich wieder im Griff. Die Zweifel an Gary's Gedächtnisverlust waren nicht beseitigt.

„Etwas verstehe ich nicht. Warum haben Sie Chris' Hausschlüssel in den Rhein geworfen, wo Sie doch wussten, dass er etwas für Sie in seiner Wohnung hatte?"

„Ich war in Panik, Herr Kommissar, wollte einfach alles, was mich an mein Verbrechen erinnerte, über Bord werfen."

„Dann war Ihr Gedächtnis ja noch einige Zeit nach der Tat intakt!"

„Wie gesagt, am Morgen danach wachte ich auf und mein *memory* war weg."

„Noch etwas zum Schluss, Mister Kissinger. Als Sie vor Chris' Tür standen und nicht reinkonnten, erinnerten Sie sich, wie Sie sagten, Chris' Sachen in den Rhein geworfen zu haben. Also hatten Sie Ihre Tat auch am Tag danach noch nicht vergessen!"

Kissinger schien irritiert und reagierte erst nach einer Pause.

„Da war mein Report missverständlich, Herr Kommissar. Ich konnte diese Aussage erst später in Ihrem Verhör machen. Da funktionierte mein Gedächtnis ja wieder. Vor Chris' Tür habe ich bloß gemerkt, dass ich nicht reinkonnte, also brach ich sie auf."

Kautz' Skepsis war nicht ausgeräumt, obwohl Kissinger's Antwort zu passen schien. Oder hatte der sich nur klug aus der Affäre gezogen? Er würde es nie erfahren und kam zum offiziellen Schluss:

„24. Juli, 20.50 Uhr, Ende der Vernehmung von Gary Kissinger."

Dann wandte er sich nochmals an Kissinger:

„Eine letzte Einlassung außerhalb des Protokolls, Mister Kissinger. Was Chris Bode in seiner Wohnung für Sie versteckt hielt, hat meine Mitarbeiterin gefunden. Es ist ein USB-Stick mit dem Geständnis von Chris, der Mörder Ihrer Frau zu sein. Ihre Unschuld in diesem Fall ist somit bewiesen und ein Freispruch erster Klasse garantiert – Ironie des Schicksals, dass Sie im aktuellen Fall ein erstklassiger Schuldspruch erwartet."

Mittlerweile waren zwei Beamte eingetreten, um den von seinem Delikt Aufgewühlten in seine Zelle zurückzubringen. Der stöhnte bei einem Selbstgespräch leise vor sich hin:

„Das darf nicht wahr sein, Chris! Warum hast du mir das angetan? Warum? Warum habe ich das nur getan …? Mir graut vor mir!"

Der Kommissar ließ aufkommendes Mitleid mit dem Mörder zu. Der schien verzweifelt zu sein, eine tragische Figur – oder doch nur ein raffinierter Mime? Für alle Fälle informierte er Björn Seiler, der Psychologe sollte sich um Kissinger kümmern, der traumatisiert, vielleicht sogar suizidgefährdet schien. Er schaute Peter an und versuchte, ein Fazit zu ziehen:

„Gary hat ein astreines Geständnis abgelegt. Die zwei Unstimmigkeiten, die mir aufgefallen sind und der tatbezogenen Amnesie widersprechen, konnte er einigermaßen zurechtrücken. Wenn er simuliert hat, ist er jedenfalls für ein Hitchcock-Remake bestens geeignet. Sollte die Amnesie echt sein, handelt es sich um einen der seltenen Fälle psychogenen Gedächtnisverlusts, den selbst Dr. Lichter nicht ausschließen mochte. Dafür spräche auch, dass Gary meiner Einladung nach Mannheim umgehend und freiwillig Folge leistete. Ohne Erinnerung an die Tat hatte er ja auch nichts zu befürchten. Obwohl“, relativierte Kautz sein Fazit, „hinter Gary's Trip in die Höhle des Löwen auch ein Drang nach Bestrafung stehen könnte. Der könnte mit der Hoffnung auf ein bei Amnesie milderes Urteil ein paradox erscheinendes Bündnis geschlossen haben.“

Ihm schwirrte der Kopf. Was für ein komplexes Gebilde war doch die Psyche, voll widersprüchlicher Motive, untergründiger Triebe und bewusster Pläne! Ein Glück, dass über die Frage von Gary Kissinger's Schuld andere zu urteilen hatten! Für heute machte er Schluss, sein Fall war gelöst, wenn auch holprig – Abwege inbegriffen und für sein Team jüngst gar dramatisch. Im Endeffekt war er entlastet, doch Zufriedenheit oder gar Stolz wollten nicht so recht aufkommen.

Auf dem Heimweg klingelte sein Smartphone. Eine schlechte Nachricht vertrug er jetzt nicht und zögerte, ob er drangehen sollte. Sich wegducken hilft nichts, entschied er und nahm das Gespräch an.

„Ja, hallo!"

„Bist du das, Karlheinz? Hier spricht George Mueller *from* Mobile, Alabama. Was macht deine Mord-*Investigation?* Hast du den Täter übergeführt?"

Kautz bejahte und skizzierte den Verlauf seiner Ermittlungen.

„Du bist ja ein super *Detective*, mein Lieber. *I take my hat off to you,* auf Deutsch, ich glaube, ‚Hut runter'!"

Der Kommissar musste lachen. In seiner Verfassung kam der Chief wie gerufen. Ein anderes Kleidungsstück, die Hose nämlich, hatte er beim Fall Bode ja schon runterlassen müssen. Das Lob tat seinem Selbstrespekt gut, überhaupt war die humorige Art Muellers herzerfrischend.

„Pass auf, Karlheinz, ich mach' dir ein *offer*, lade dich ein in mein Haus am Golf: Mach einfach mal Urlaub, zwei Wochen oder mehr, und komm zu uns rüber, mit dein Frau, *of course,* dein tollen Fall feiern, da gehst du baden, wenn du willst, *daily,* was denkst du?"

„Klingt verlockend, George. Ich schau' mal, ob sich das machen lässt, und ruf dich dieser Tage zurück."

„Okay, du kommst, das höre ich, ich freue mich *really, see you soon,* bis bald!"

Zu Hause fühlte sich der Kommissar wie verloren, die Wohnung leer und niemand da, dem er das Ende seines Falls hätte erzählen können. Der war nun gelöst, und gewiss hatte er gut mitgemischt. Den Erfolg jedoch konnte er nicht spüren. Auf einmal sehnte er sich nach Jaqueline. Spontan griff er zum Handy und hatte Glück.

„Hallo, Karlheinz!", sagte sie fröhlich.

„Ich fall' mal wieder mit der Tür ins Haus, Jaqueline. Du denkst sicher, der Typ kann nicht anders …"

„Stimmt genau, du kommst mir schon recht getrieben vor!"

Kautz erschrak. War er zu aufdringlich, ihr vielleicht gar lästig?

„Ironie beiseite, dein Einfall freut mich. Hab' eh gerade an dich gedacht."

„Wirklich?"

„Alles gut, mein Lieber!"

„Danke Jaqueline, das geht mir runter wie Öl, mein feines griechisches Olivenöl. Apropos Hellas, ich kenn' da ein Lokal am Rhein, da gibt's Retsina, Naoussa, furztrocken, wenn du's lieblich magst, auch Samos oder Mavrodaphne."

Beglückt von Jaquelines Gunst, sang er ihr spontan ins Ohr: „*Griechischer Wein ist so wie das Blut der Erde, komm, schenk dir ein …* Hättest du Lust?"

„Gerne, dafür lasse ich die Hausarbeit mit Handkuss liegen. Wann treffen wir uns wo?"

„Ich hol' dich ab. Wie wär's so gegen halb sieben?"

„Perfekt, dann kann ich mich noch ohne Hektik schick machen."

„Bis gleich, ich kann's kaum erwarten!"

„In der Ruhe liegt die Kraft, Karli", spöttelte sie.

Wie im Traum nahm Karlheinz Kautz seine Herzdame an die Hand und führte sie im Restaurant *Dioni Zur Schindkaut* auf den Balkon mit Blick auf den Rhein, über dem Biergarten, wo er jüngst mit Fred Luther vom Geheimdienst gesessen hatte – als wollte er den Ort, der Zeuge seiner Not geworden war, mit frischem Glück übermalen. Jaqueline ahnte von alledem nichts. Sie war von ganz irdischer Lust erfüllt, hatte einen *Mordshunger*, wie sie mit Augenzwinkern gestand, und bestellte gleich einen Teller Tagliatelle mit Lachs und Scampi in Sahnesoße.

„Wie du siehst habe ich das Kokettieren mit der schlanken Linie über Bord geworfen, jedenfalls für den Moment. Natürlich weiß ich, dass dich meine Rundungen reizen, also, was soll's!"

Zu trinken wählte sie ein Glas griechischen Sekt, Karlheinz ein Viertel weißen Demestica. „Bitte kühl!", rief er dem Kellner nach. Während vorbeiziehende Schiffe den Rhein rauf- wie runtertuckerten und Jaqueline gekonnt ihre Nudeln mit der Gabel im Löffel aufrollte, rollte Karlheinz den Fall Chris Bode für seine Schöne auf. Er begann mit dem Auftakt zum Finale, dem Fest in der Moschee. Dann schlug er einen Bogen zum Anfang und folgte dem Mord und diversen Spuren, seinen Ermittlungen entlang, den aufgeworfenen Rätseln wie Befunden bis zur Lösung des Falls. Nach dem dritten Viertel Demestica kam er zum seelischen Kern der Sache, wie er fand und mit Pathos formulierte:

„Mit ihrem Abflug in die USA, Hals über Kopf, hat Nora Bode so ichbezogen wie unbewusst den Samen für Not und Hass gesät. Die Saat ist aufgegangen, groß geworden und in der Katastrophe geendet. Wie in einer Tragödie. Verfluchte Flucht", seufzte er vor sich hin.

Jaqueline strich ihm sanft über die Wange: „Lass gut sein, du musst jetzt nicht noch den Philosophen spielen!"

Karlheinz war fast gekränkt, kriegte aber noch die Kurve: „Recht hast du, aber da ist noch etwas …"

Es fiel ihm sichtlich schwer, die passenden Worte für sein ganz persönliches Fazit zu finden.

„Ich hab' mich bei den Ermittlungen", er räusperte sich, „nicht gerade mit Ruhm bekleckert, mich ein paarmal verheddert, sogar Kollege Friedebert in Lebensgefahr gebracht, vielleicht auch den V-Mann, und zu viele handwerkliche Fehler gemacht. Ein Glück, dass Messer einen kühlen Kopf behalten hat! Der hyperkritische Herr ist mir dieses Mal eine echte Hilfe gewesen."

„Ist dein Anspruch an dich nicht viel zu hoch, Karlheinz? Du hast doch den Fall gelöst, und kreativ, wie ich finde. Natürlich auch mit dem nötigen Glück. Sei froh, dass du einen wachen Staatsanwalt im Rücken hattest, natürlich auch ein fähiges Team. Verbrecher bringt man nicht im Alleingang zur Strecke."

Der Kommissar war in sich versunken. Plötzlich ging es wie ein Ruck durch ihn, er schien sich zu schütteln, besser etwas abzuschütteln. Als er aufblickte, war das Düstere in seinem Blick verschwunden:

„Du tust mir gut, Jaqueline, echt gut, danke! Eigentlich kann ich richtig zufrieden sein."

Mit einem Mal war die positive Seite des Falls für ihn ans Licht gekommen, wie bei einer *Kippfigur* aus der Wahrnehmungslehre, die anders betrachtet ein neues Bild ergibt.

„Menschlich gesehen sogar rundum! Der Fall Bode hat mich den Kollegen und Marie nahegebracht und uns als Team auf ungeahnte Weise zusammengeschweißt. Der Kontakt zu Messer, der zuvor formal und oft nervtötend war, ist persönlich, nett und sogar witzig geworden. Und das Schönste dabei: Mit dir bin ich reich beschenkt!"

Dabei sah er Jaqueline in die Augen und küsste sie überglücklich. Sie erwiderte seinen Kuss *con amore*.

„Da fällt mir noch was ein", fuhr Karlheinz fort, als er wieder auf dem Boden war. „Dieser Chief Mueller aus Alabama, ein launiger, sympathischer Typ, hat mich für zwei Wochen in sein Haus eingeladen, mit Begleitung versteht sich. Ich hab' ihn mal an der langen Leine gelassen. Offen gesagt, bin ich nicht wild darauf. Aber weißt du was? Ich hätte große Lust, mir dir nach Griechenland zu reisen. Was hältst du davon?"

„Noch ein Viertel Samos, bitte!", rief er dem vorbeihuschenden Kellner hinterher, der das reife Liebespaar nicht stören wollte. Der Abend war frisch geworden, da täte ein temperierter Roter gut. Den wollte er sich noch gönnen, obwohl er danach garantiert nicht mehr fahrtauglich sein würde.

„Könntest du mich später nach Hause bringen? Ich glaub', ich kann … ich sollte nicht mehr hinters Steuer."

„Kein Problem! Und um deine Frage zu beantworten: Hätte ich auch!"

„Was hättest du?"

„Im Herbst habe ich zwei Wochen Urlaub, der noch nicht verplant ist. Da könnten wir doch ins Land der Götter fliegen. Ich wollte schon immer mal auf den Peloponnes – Epidauros, Mykene, Olympia –, geheimnisvoll klingende Orte der Antike. Was meinst du, Karli?" Die Verniedlichung seines Namens klang jetzt zärtlich. Aus dem Lokal ertönte griechische Musik, es passte perfekt.

Plötzlich sprang Kautz auf, riss seine gräkophile Braut kurz an sich, um dann, von den Klängen beschwingt, einen Sirtaki zu tanzen, ein spontaner, in weinseligem Zustand waghalsiger Akt. Die Kripo-Kollegen und Marie hätten das dem seriösen, leicht linkischen Kautz bestimmt nie zugetraut. Der aber steigerte sich in einen, wenn auch kurzen Bewegungsrausch, von den anderen Gästen beklatscht, bis sich ihm, dem Jaqueline sichtlich den Kopf verdreht hatte, auf einmal der Kopf ganz real drehte. Er musste sich setzen. Wäre der Rausch doch nur ein Tanz, ging es ihm durchs schwindlige Hirn. Dann könnte er jetzt wie nach zig Rechtsdrehungen beim Walzer mit links gegensteuern – natürlich meinte er: ein paarmal linksrum kreisen. Obschon sein Drehwurm auch im Sitzen nur langsam zur Ruhe kam, hielt ihn das nicht davon ab, noch den zur Rechnung spendierten Ouzo mit gegrilltem Tintenfisch-Tentakel zu verdrücken.

Als er schließlich am Arm von Jaqueline die Terrasse verließ, hörte man ihn noch *Griechischer Wein* vor sich hin trällern. Er war auf dem Höhenflug zum Olymp und würde sich bald in Aphrodites Schoß legen.

Personen-Register:

Karlheinz Kautz	Kriminalhauptkommissar in der Mannheimer Kriminalinspektion1, Kapitaldelikte, „Kripo-Chef“
Marie Liebig	Kollegin von Kautz, Herz des Kommissariats
Friedebert Kunz	Kollege von Kautz, Team-Senior
Peter Maier	Kollege von Kautz, Triathlet
Hans Jäger	Kollege von Kautz, Team-Junior
Klaus Fischer	Kollege von Kautz, Spurensicherung („Spusi“)
Herr Messer	Staatsanwalt in Mannheim
Frau Weber	Sekretärin des Staatsanwalts
Kurt Krüger	Chef des Streifenboots *Mannem* mit zwei Mann Besatzung
Claude Jürgens	Schiffsführer des Boots der Wasser-schutzpolizei mit Tauchern an Bord
Fred Luther	Abteilungsleiter des Verfassungs-schutzes von Baden-Württemberg
Brieftaube / BT	V-Mann
George Mueller	Kripo-Chef (Chief) von Mobile, Alabama
Dr. Björn Lichter	Psychiater am ZI Mannheim
Dr. Seiler	Polizeipsychologe, Mannheim
Chris Bode	vormals Psychologe und Salafist alias Ibrahim

Nora Bode	Mutter von Chris
Karl Bode	Vater von Chris
Ilse Bode	Tante von Chris
Claudia Kern	Freundin von Chris
Gary Kissinger	pensionierter US-Arzt aus Mobile, Alabama
Lea	Ex-Freundin von Kautz
Jaqueline Bosch-Hallig	neue Liebe von Kautz
Frank Steinmann	Geschäftsführer einer Jugendhilfe-Organisation, Ludwigshafen
Bert Binder	Chef des Bootsverleihs *Seeadler* in Mannheim-Rheinau
Bruno	Wirt des Restaurants *Schiefer Sack* in Otterstadt
Connie	Bedienung im Restaurant *Schiefer Sack*
Christoph	Verwalter vom Campingplatz
Mehmet Zaman	Imam der Al-Faruq-Moschee in Mannheim
Ahmet Mashni	Salafist
Mustafa Braun	radikaler Salafist
Sven Ziegler und Albert Frey	Neonazis aus Ludwigshafen-Mundenheim

Nachwort des Autors

Der Kick zum Krimi kam von Manfred Schöniger, damals Psychiatrie-Referent des Diakonischen Werks Baden, der mir nach Lektüre meines Debüts *Wo der Wahnsinn wohnt* ein paar Zeilen schrieb, am Ende das Fazit: „Ich finde auch, dass dieser Kommissar noch einige andere Fälle lösen könnte."

Den Impuls zum Thema gab die hitzig geführte Debatte über den Islam in Deutschland, die im Zuge der Flüchtlingskrise rational aus dem Ruder lief und die Menschen immer noch bewegt. Als im Winter 2016 die Geschichte des jungen Bombenbastlers von Ludwigshafen durch die Presse ging, die auf dem Weihnachtsmarkt der Stadt zu einer Tragödie hätte werden können, nahm der vorliegende Roman in meinem Kopf Konturen an.

Als Beitrag zu der oft flachen und polemisch geführten Debatte schrieb ich einen Polit-Essay, dessen geschichtlicher Teil ein Jahr später im Feuilleton des *Neuen Deutschland* unter dem Titel *Streit um des Kaisers Bart* veröffentlicht wurde (17./18.02.2018). Sein Ziel ist, ein vernünftiges, friedliches Miteinander von Muslimen und deutscher Gesellschaft zu fördern gegen Fanatismus und Gewalt. Auf diesem Nährboden ist mein Roman gewachsen. Der Text sei dem interessierten Leser als historisches Nachwort zum Krimi gewidmet, eine Doku zur Fiktion gewissermaßen.

Ich danke meiner Schwester Susanne Lechler für die feinsinnige Durchsicht des Romans und ihre Anregungen wie auch den Freunden Dr. Hans Dobiasch und Dipl.-Psych. Wolfgang Kirchhoff für ihr Feedback und nicht zuletzt meiner Frau Gabrijela, die meine psychische Absenz bei der Entstehung des Buchs ertragen musste.

Streit um des Kaisers Bart. Gehört der Islam zu Deutschland?
Ein Blick zurück in die Geschichte

(Erstabdruck in: *neues deutschland,* 17./18.02.2018)

Angesichts islamistischen Terrors und der Krise deutsch-türkischer Beziehungen bewegt die Frage *Wie hältst du's mit der Religion?*, die mit Christian Wulffs Satz *Der Islam gehört zu Deutschland* entbrannt ist, die Nation noch heftiger als zuvor. Die seither landesweit erstarkte AfD ist vom Gegenteil überzeugt und hat manch verstörten bis erzürnten Bürger auf ihre Seite gezogen: *Der Islam gehört nicht zu Deutschland, basta!*, glaubt man da zu hören! Der rechte Parteienrand sieht neuerdings schon in einem Berliner Kinderspielplatz im Märchenstil von Ali Baba den Beleg für den Vormarsch des Islam. Beim Streit, was denn Deutschland mit dem Islam gemein habe, wird heimische Kultur und Identität beschworen, muslimisches Erbe ausgeschlagen oder unter den Teppich gekehrt. Wer weiß denn schon, dass das Los von Muslimen vom Ende des 17. Jahrhunderts an mit Deutschland verbunden ist? Dass es seit der Aufklärung Brücken zwischen Deutschem und Osmanischem Reich gibt und der Orient einmal größte Anziehungskraft auf die deutsche Gesellschaft gehabt hat?

So irritierend für die einen, so bestätigend für die anderen klingt da die These von Werner Ulrich Deetjen, Kunsthistoriker und Theologe: Johann Wolfgang von Goethe hatte türkische Vorfahren! Sein Stammbaum gehe mütterlicherseits auf den Hauptmann Sadok Selim Soldan zurück, der Ende des 13. Jahrhunderts in Gefangenschaft von Ordensrittern geraten war, im württembergischen Brackenheim 1304 eine Familie gegründet hatte und in die naheliegende Truppe aufgenommen wurde. Die Story des mit der Taufe Johannes Soldan genannten Christen sei die Urgeschichte deutsch-türkischer Integration. Der deutsche Dichterfürst türkischer Herkunft? Eine tolle oder irre Geschichte, je nach Standort! Indizien dafür gibt es, doch keinen direkten Beweis.

Fakt dagegen ist, dass seit dem Großen Türkenkrieg, 1683 bis 1699, als Truppen des Heiligen römischen Reichs deutscher Nation die zweite Belagerung Wiens abwehrten, mehrere Hundert Muslime als Kriegsgefangene nach Deutschland kamen, darunter Offiziere, Kammerdiener, Leinweber, Schuster, Bäcker, Lehrer, wie auch Frauen und Kinder. Sie wurden von der deutschen Gesellschaft aufgenommen, wenn sie auch *Beutetürken* genannt wurden. Die meisten assimilierten sich, heirateten Deutsche und wurden Christen, oft unter Anpassungsdruck. Trotz des Kriegs und seinen Folgen war das Türkenbild in jener Zeit bei verständlicher Angst und Abneigung – auch Türkensteuergesetze für Verteidigungskosten hatten das Volk belastet – nie nur feindselig. Zuweilen zeigte es gar hohe Meinung vom Gegner, wie sie in politischen Briefwechseln von 1777 Ausdruck fand. Geradezu schwärmerisch schrieb damals der Historiker August Ludwig von Schlözer in einem Brief über die Türken: „ … ein Volk, das von seiner körperlichen sowol als geistigen Seite alle möglichen Anlagen hat, das menschlichste, aufgeklärteste, und ehrwürdigste Volk der Welt zu werden.“ Dagegen sah Martin Luthers Türkenbild alt aus! Wie seine Zeitgenossen bedrängt von osmanischer Expansion, die seit Konstantinopels Fall 1453 als Türkengefahr in Europa grassierte, hatte Luther die fremde Militärmacht, *Mahomeths Rotten*, zum Zerstörer Deutschlands stilisiert, Strafe Gottes und Zeichen für das nahe Weltende – ein heute peinliches Hirngespinst.

Im 18. Jahrhundert spross dann auf Preußens Boden ein morgenländisches Gewächs in Gestalt von zwanzig hochgewachsenen, türkischen Soldaten, die König Friedrich Wilhelm I für seine Leibgarde, die *Langen Kerls*, rekrutiert hatte. Für sie wie andere angeworbene Muslime ließ er 1732 in Potsdam bei der Garnisonskirche einen Saal als Moschee herrichten, damit seine Mohammedaner ihren Glauben ausüben könnten. Das religiös-kulturelle Klima in Brandenburg-Preußen war in jener Zeit erstaunlich tolerant. Das lag durchaus im eigenen Interesse, weil die durch Pest und Kriege dezimierte Bevölkerung frisches Blut brauchte. Für Toleranz stand insbesondere Friedrich der Große. Sein Wort von 1740: „…und wen Türken und Heiden kähmen und wollten das Land Pöbliren (= bevölkern), so wollen wier sie Mosqueen und Kirchen bauen“, war Willkommens-Kultur auf preußisch!

1761 schloss der König angesichts preußisch-österreichischer Gegensätze mit dem Osmanischen Reich ein Freundschafts- und Handelsabkommen ab, das zur Annäherung beider Staaten und Jahre später zu einem Offensiv- und Defensivbündnis führte. 1762 wurde in Preußen ein 1.000 Mann starkes muslimisches Bosniaken-Korps aus Überläufern der russischen Armee gebildet. Ab 1763 gab es eine ständige osmanische Gesandtschaft in Berlin. Umgekehrt wirkte 1836 der preußische Generalfeldmarschall Helmuth von Moltke auf Wunsch des Sultans drei Jahre lang als Instrukteur der türkischen Truppen. 1877 wurde in Konstantinopel die deutsche Botschaft eröffnet. Zur Krönung der Beziehungen rief sich der deutsche Kaiser Wilhelm II auf seiner Orientreise im Jahr 1898 als Freund der muslimischen Welt aus und legte am Grab Sultan Saladins in Damaskus einen goldenen Kranz nieder. Dahinter standen natürlich deutsche Interessen, die das gemeinsame Projekt Bagdad-Bahn zu befriedigen verhieß: Aussicht auf Absatzmärkte, Erschließung von Erdöl- wie Erdgasvorkommen wie einen strategischen Stützpunkt am Persischen Golf.

Neben „großer" Politik begann der Orient vom 18. Jahrhundert an die deutsche Gesellschaft zu faszinieren und beachtliche Kulturtransfers auszulösen. Im ganzen Land entstanden orientalisierende Bauwerke. 1779 ließ Kurfürst Carl Theodor im türkischen Garten des Schlossparks zu Schwetzingen sogar eine Moschee bauen, die, obwohl nicht zum Kult bestimmt, Toleranz für Religionen und Kulturen zeigen sollte, über den Trend damaliger Türkenmode hinaus. Es folgten andere wie das Pumpwerk im Park von Sanssouci in Potsdam, die maurischen Bauten des Stuttgarter Zoos Wilhelma, sowie Bäder, Kaffeehäuser, Pavillons. Dazu kamen kostbare Kunstgegenstände, Teppiche, Textilien, Münzen, Speisen nach Deutschland und selbst Fremdworte wie Baldachin, Damast, Sofa fanden Eingang in heimische Sprache.

Der Bezug zu morgenländischer Literatur wuchs, wie auch der Orient zum Sujet deutscher Dichter wurde: So in Lessings *Nathan der Weise* 1779, Goethes Gedichtsammlung *West-östlicher Diwan* 1819 und einer Fülle von Literatur. Friedrich Rückert, Orientalist wie Poet, übertrug 1834 Teile des Koran – ein Manifest der Aufklärung angesichts kirchlicher Übersetzungen mit anti-islamischer Tendenz. Zugleich begann eigenständige Erforschung von Orient und Islam an deutschen Universitäten, nicht nur als Hilfswissenschaft für christliche Theologie, der Erwerb orientalischer Manuskripte setzte ein und führte zu besten Beständen in Berlin und München, die *Deutsche Morgenländische Gesellschaft* wurde 1845 gegründet, muslimische Wissenschaftler gelangten nach Deutschland. Bis ins 20. Jahrhundert hatte das Faszinosum des Orients Teile der deutschen Elite für sich eingenommen, erreichte aber auch ein breiteres Publikum. So verschlangen die Deutschen, und nicht nur ihre Jungs, Karl Mays Orient-Romane, die zwischen 1881 und 1888 erschienen. Beispiele islamischer Toleranz sind darin nicht selten. In *Durch die Wüste* lässt May Scheik Malek zu seinem Helden Kara Ben Nemsi sprechen: „Du bist unser Freund und Bruder, obwohl du einen anderen Glauben hast als wir."

Muslimische Präsenz in Deutschland aber gab es bis zum Ersten Weltkrieg nur am Rande. Der Krieg erst brachte mehr Muslime ins Land, überwiegend Soldaten, die auf Seiten der Gegner des Deutschen Reichs gekämpft hatten, im *Halbmondlager* Wünsdorf bei Berlin an die 12.000 Kriegsgefangene. Für Propagandazwecke wurde in der Nähe das Lager Zossen eingerichtet, um Araber, Afrikaner und Inder aus der britischen wie französischen Armee zum Überlaufen zu bewegen. Dafür förderte das Deutsche Reich islamische Praktiken, sorgte für fließendes Wasser und ermöglichte, dass Istanbul zwei Muslime als Lager-Imame entsandte. Zudem wurde in Zossen 1915 die erste Moschee Deutschlands mit religiöser Funktion nach dem Bild des Jerusalemer Tempeldoms errichtet. Nach dem Krieg kehrten zwar viele Muslime in ihre Heimat zurück, einige aber blieben. Dazu kamen andere zu Studium und Ausbildung nach Deutschland. In den zwanziger Jahren entwickelte sich vor allem in Berlin buntes muslimisches Leben. Vereinigungen entstanden, die auch deutsche Intellektuelle und Konvertiten anzogen. Schließlich wurde 1922 die islamische Gemeinde zu Berlin gegründet, Mitglieder aus gut 40 Ländern umfassend.

In beiden Weltkriegen wurden Muslime und islamische Länder vor den Karren deutscher Kriegspolitik gespannt. Nach dem Plan Max von Oppenheims, Diplomat und Orientalist, sollten Muslime in den Kolonialländern wie dem Irak zu Revolten aufgestachelt werden, um die Hauptfront der Deutschen zu entlasten. Im 2. Weltkrieg hoffte man zudem, deutsche Herrschaft in den eroberten Gebieten mit muslimischer Hilfe zu stabilisieren. Dafür gab es in Bosnien und unter Krim-Tataren Resonanz, zum Teil wurde auch zwangsrekrutiert. Noch vor Kriegsbeginn 1939 hatte Adolf Hitler den Nutzen der Völker des Nahen Ostens verächtlich auf den Punkt gebracht: „Wir werden weiterhin die Unruhe in Fernost und in Arabien schüren. Denken wir als Herren und sehen wir in diesen Völkern bestenfalls lackierte Halbaffen, die die Knute spüren wollen."

Schnell weichte der Bedarf an Soldaten NS-Hochmut auf und ließ Heinrich Himmler, Reichsführer SS und Chefideologe, den abstrusen Begriff *Muselgermanen* prägen. Im 2. Weltkrieg half gar der judenphobe Großmufti von Jerusalem, Al-Husaini, den Nazis bei der Umsetzung ihrer Strategie. Die hatten keinerlei Skrupel, die Berliner Moschee für Propaganda-Auftritte mit Al-Husaini zu missbrauchen. So wenig erforscht das Thema Halbmond und Hakenkreuz auch ist: Es gab unter Muslimen auch Kollaborateure, der überwiegende Teil aber sah sich Repressalien des Regimes ausgesetzt. Alle KZs hatten auch arabische und muslimische Häftlinge unbekannter Zahl. Nach dem Ende der NS-Diktatur war die muslimische Gemeinde stark dezimiert und ihr Elan verloren.

Ein neuer Aufschwung fand erst nach dem deutschen Anwerbe-Abkommens von 1961 mit der Türkei statt. Der Migration türkischer Muslime folgten Arbeiter aus Nordafrika und Jugoslawien. Ab den 80er Jahren entstanden sukzessiv neue Moscheen, bis heute an die 2750, die meisten nicht repräsentativer Art, Bethäuser und sogenannte Hinterhof-Moscheen. Mit zunehmender Organisation muslimischer Gastarbeiter und Zuwanderer bildeten sich Vereine und Gruppen, die sich zu Dachverbänden zusammenschlossen, bis sich 1984 die Ditib, Türkisch-Islamische Union der Anstalt für Religion, bildete mit dem Anspruch, den größten Teil türkischer Muslime in Deutschland zu vertreten, geschätzte 3,8 bis 4,3 Millionen.

Von Faktenvielfalt zur Grundsatzfrage zurück: Inwiefern „gehört“ eine Religion zu Deutschland? Gewiss hat das Christentum die deutsche Gesellschaft geprägt, aber auch im negativen Sinn. Die fatale Rolle, die Martin Luthers Antijudaismus im Dritten Reich spielte, dämmerte der protestantischen Kirche mit gehöriger Verspätung. Zu nüchterner Betrachtung des Problems mag moderner Unglaube anregen: Im Frankreich der Aufklärung entstanden, fand der Atheismus seit dem 19. Jahrhundert auch in Deutschland Verbreitung. Selbst Theologen wie Bruno Bauer und Ludwig Feuerbach wurden zu „gottlosen“ Philosophen. Seit Ende des 2. Weltkriegs kommunistischer Einfluss Ostdeutschland formte, erfuhr der Atheismus enormen Aufschwung. Heute bezeichnen sich fast die Hälfte der Menschen dort als Atheisten, im Vergleich zu fünf Prozent im Westen. Ob Freund oder Feind, der Atheismus ist da, in der BRD angekommen, Teil ihrer pluralen Gesellschaft geworden!

Die Debatte, ob der Islam zur deutschen Gesellschaft gehört oder nicht, ist ein Streit um Kaisers Bart. Weder Abwehr noch Umarmung Mohammeds dienen deutscher Identität, wohl aber besonnene Vergangenheitsarbeit und ein neu zu verhandelndes Selbstverständnis, das zur eigenen Nation trotz Irrwegen steht und gleichwohl für ein kulturell offenes Deutschland eintritt, dessen Werte Chancen eröffnen und zugleich Grenzen setzen, das Maß allein die Menschenrechte. Zum deutschen Staat aber, einer Demokratie aus europäischem Geist kann kein noch so historisch verbriefter Glaube gehören. Der Staat westlicher Prägung ist zu religiöser Neutralität verpflichtet. Er hat alleine für die Freiheit seiner Bürger zu sorgen, die Weltanschauung ihrer Wahl leben zu können.

WINZERVEREIN
DEIDESHEIM
TESTEN SIE
DIE BESTEN!
GENOSSENSCHAFTSTEST
DER WEINWIRTSCHAFT
1. PLATZ
„beste Genossenschaft"
PFALZ
2020
ÖFFNUNGSZEITEN DER VINOTHEK:
MONTAG BIS SAMSTAG: 9 - 18 UHR
SONNTAG UND FEIERTAGS: 10 - 18 Uhr
WWW.WINZERVEREINDEIDESHEIM.DE
PRINZ-RUPPRECHT-STR. 8 • 67146 DEIDESHEIM
WINZERVEREINDEIDESHEIM
WINZERVEREIN.DEIDESHEIM

Sie sind selbstständig?
Nää, verheiraad!
EIN
BOISELLE 966

Hännse ebbes gege Schnooke?
Seh isch so aus?
NEU
HUSTEN BONBONS
BOISELLE 665 B
... däääden Se mool besser uns frooge!
HAUCK
Fliegengitter
www.fliegengitter-hauck.de

Turnverein 1848 Edenkoben

Turnerjugend

tv1848-edenkoben@online.de

www.tv-edenkoben.de

Facebook:

HYUNDAI
Autohaus Schläfer
HYUNDAI

HYUNDAI
HYUNDAI

HYUNDAI

AGIRO

Steffen Boiselle & Clemens Ellert
Sauterstr. 36 • 67433 Neustadt a. d. Weinstraße
Fon: 06321 - 489343 • Fax: 06321 - 489345
Mail: info@agiro.de • www.agiro.de

Sagenhaft & spannend

Pfälzer Mysterien
von Ulrich Magin
Softcover, DIN A5, 112 Seiten
ISBN 978-3-946587-10-1
EUR 9,95

Sagen und Geistergeschichten aus Bad Dürkheim
von Viktor Carl
Softcover, DIN A5, 96 Seiten
ISBN 978-3-939233-61-9, EUR 9,95

Geistergesichten aus Ludwigshafen am Rhein
von Hewdig Laudien
Softcover, DIN A5, 148 Seiten
ISBN 978-3-939233-49-7
EUR 9,95

Sagen und Geistergeschichten aus Neustadt
von Viktor Carl
Softcover, DIN A5, 148 Seiten
ISBN 978-3-939233-49-7
EUR 9,95

100% PÄLZER!

In seinen sechs bisher erschienenen Büchern der Serie »100% PÄLZER!« karikiert der Neustadter Zeichner Steffen Boiselle humorvoll die »Pälzer Seel« in all ihren Facetten.

Auf jeweils 64 Farbseiten und mit bis zu 80 Cartoons pro Band bekommt der Betrachter eine Breitseite regionalbezogener Späße präsentiert, die nicht nur »die Leit vun doo« erheitern, sondern auch dem Nicht-Pfälzer den sympathischen Landstrich links vom Rhein näherbringen.

Wer will, kann jeden Sonntag den neuesten Cartoon in der Zeitung lesen oder auch unter **www.agiro.de** als kostenlosen Newsletter abonnieren.

64 Farbseiten, kartoniert
€ 12,90

AGIRO VERLAG • Sauterstraße 36 • 67433 Neustadt an der Weinstraße
Fon 06321-489343 • Fax 06321-489345 • www.agiro.de